書下ろし

長編ハード・アクション

死線の魔物

傭兵代理店

渡辺裕之

祥伝社文庫

目次

各国の傭兵たちを陰でサポートする。
それが「傭兵代理店」である。
日本では東京都世田谷区の下北沢にあり、
防衛省情報本部と密接な関係を持ちながら運営されている。

【主な登場人物】

■傭兵チーム

藤堂浩志（とうどうこうじ）……………………「復讐者（リベンジャー）」。元刑事の傭兵。
浅岡辰也（あさおかたつや）……………………「爆弾グマ」。爆薬を扱わせたら右に出るものはいない。
加藤豪二（かとうごうじ）……………………「トレーサーマン」。追跡を得意とする。
田中俊信（たなかとしのぶ）……………………「ヘリボーイ」。乗り物ならば何でも乗りこなす。
宮坂大伍（みやさかだいご）……………………「針の穴」。針の穴を通すかのような正確な射撃能力を持つ。
寺脇京介（てらわききょうすけ）……………………「クレイジーモンキー」。Aランクに昇級した向上心旺盛な傭兵。
瀬川里見（せがわさとみ）……………………「コマンド1」。自衛隊空挺部隊所属。
黒川　章（くろかわあきら）……………………「コマンド2」。自衛隊空挺部隊所属。

森　美香（もりみか）……………………内閣情報調査室情報員。藤堂の恋人。
マジェール・佐藤（さとう）……… "大佐"という渾名の元傭兵。
池谷悟郎（いけたにごろう）……………………傭兵代理店社長。防衛省出身。
石井　透（いしいとおる）……………………内閣情報調査室国際部北朝鮮対策課情報員。
リュ・ソンミン……………韓国情報事務次官。"死線の魔物"の情報を求めて訪日。
ハン・ヨンミン…………北朝鮮"人民軍六九五部隊"元教官。現在マレーシアで服役中。

通り魔

一

表参道の欅も黄金色に色付きはじめた。空は抜けるように高く青い。

十月も下旬、いつもならこの季節を境に藤堂浩志は常夏のランカウイ島に行くことにしているが、今年はまだ腰を上げていない。

薄い革のジャケットに半袖のTシャツ、それにジーパンというラフな格好で、浩志は、表参道から青山通りを渡り、骨董通りの一本手前の細い路地に入った。ワンブロック過ぎたあたりに森美香に指定されたオープンカフェがあった。車も人の通りも少ない。落ち着いた店構えは裏通りの隠れ家といったところか。店の斜め向かいに大きな桜の老木がある。今は葉をすっかり落としているが、春になればさぞかし見応えがあるだろう。

店の中を覗いてみたが、美香の姿はない。左手首のミリタリーウォッチは、午後五時六分前、約束より早く着いてしまった。店内に空席はあるが女性客ばかり目立つので、屋外の席に座った。地理的には気を使ったのかもしれないが、女性客が占めるしゃれたカフェほど傭兵を生業とする男にとって場違いな場所もない。こんなこともあろうかと新聞を持ってきた。浩志は、メニューも見ないでブレンドコーヒーを頼み、新聞を拡げた。

傭兵チームを率いた浩志は、ソマリア沖でロシアの特殊部隊〝スペツナズ〟と死闘を繰り広げ、その後、怪我の治療もかねて一ヶ月近く仲間と共にランカウイ島の大佐ことマジエール・佐藤の水上ハウスにやっかいになっていた。バカンス気分も抜け、ランカウイから、日本に帰って来て一ヶ月以上過ぎ、街はすっかり秋色に染まっている。

この二ヶ月、かつてないほど平穏な生活を送っている。そろそろ平和ボケしてしまうと仲間から愚痴が出てもよさそうだが、今のところ誰からも聞いていない。〝スペツナズ〟との闘いがあまりにも熾烈だったということもあるのだろう。

そんな平和ボケの生活も、二、三日前からいささか気の抜けないものになっている。何者かの視線を時に感じることがあるのだ。その都度、尾行されないように気を使っているが、今のところ危険を感じるまでには至っていない。美香が珍しく店に行く前に会いたいと言って来たので、目立たない場所をと指定したのもそのためだ。

サングラスをかけ、革のジャケットとスカートを穿いたモデルのような女が、通りの向こうから手を振ってみせた。

「待った？」

通行人の視線を集めながら近づいてくる美香に、浩志は新聞紙を畳みながら頷いた。渋谷の東急文化村の近くに店を構えるスナックのママという職業柄、美香はファッションにうるさい。しかも、美人でスタイルがいいのでどこにいても目立つ。これで本業が本来なら人知れず行動をとるべき内調（内閣情報調査室）の特別捜査官だとは、首を捻りたくなる。

「何か注文をした？　私は、ヴァンショーをお願い」

席に着くなりウェイトレスを呼び、美香もメニューを見ないで注文をした。

「ヴァンショー？」

「ホットワインのことよ。今日はちょっと肌寒いから」

「アルコールも出すのか」

「ここは、フレンチスタイルの食事もできるし、アルコールも種類があるわよ。裏通りの店としてはまあまあね」

こんな時、美香はスナックのオーナーママに徹している。ファッションだけでなくおしゃれな店もかなりチェックをしているようだ。

しばらくの間、二人は、店の向かいにある桜の老木の枝が秋風に揺れるのを見ていた。

「お待たせしました」

愛想のいいウェイトレスが、浩志の注文したコーヒーと温められた赤ワインをテーブルに置いた。ワイングラスには、レモンのスライスが浮かべられている。いかにも女性受けする見栄えだ。

「十一月の第一週目にお休みを取るから、温泉に行かない？」

美香は、唐突に切り出した。

「この時期、紅葉で混雑する。行く気にはなれない」

「大丈夫よ。平日に行けば、そんなに混まないはずよ」

昨年、浩志を付け狙う国際犯罪組織ブラックナイトとの抗争で美香に怪我をさせてしまったため、彼女の怪我が完治した後も会わないようにしていた。それが、半年以上と長かったこともあり、美香にどこか旅行に付き合うことを約束させられていた。

「温泉ねえ……」

コーヒーカップを持った手が一瞬止まった。さりげなくコーヒーを啜りながら、浩志は視線を桜の老木に移した。

青山通りから紺色のウィンドブレーカーを着た男が、ゆっくりと近づいてくる。白い大きめのマスクにサングラスをしているため、顔は分からないが、身長は一七〇センチほど、中肉中背、何気なく歩いているようでも隙を見せない歩き方をしている。すると今度は、頬がこけ、だぶだぶのグレーのパーカーを着た若い男が目の前を通り過ぎて行った。

頭から被ったフードから覗く目がぎらぎらと光っている。落ち着きのない態度は、おそらく麻薬の常習者だろう。

マスクの男が、小さく手を上げてみせた。すると、頬がこけた男が頷いた。二人の男は桜の老木の前で立ち止まった。

(嫌なものを見たぜ)

浩志は、舌打ちをした。

マスクの男は麻薬の売人で、不健康そうな男は客なのだろう。マスクの男が、客の肩を叩き、骨董通りと反対側の道に曲がって行った。売人は、裏通りの桜の老木を目印にして客と待ち合わせ、人気のない場所に行って麻薬を渡すに違いない。

最近では、芸能人に麻薬汚染が広まり話題になっているが、まさかこんな場所で堂々と売買を目撃するとは思わなかった。麻薬が日常的になった証拠だ。

「聞いているの?」

視線を戻すと、美香が膨れっ面をしていた。

「聞いている」

頷いてみせると、美香は、いつもの笑顔に戻った。

「それじゃ、決めていいのね」

何を? という言葉を飲み込んだ。おそらく浩志が上の空になった隙に色々話しかけていたに違いない。どうやらいつもの美香マジックにかかったようだ。こうなれば、従うより他ないだろう。

「まかせる」

浩志は大きく頷き、コーヒーを飲み干した。

二

グッチの香水、〝エンヴィ〟。

美香の体臭ともいえる甘い香りは、浩志が唯一許せる香りでもある。浩志の右腕にさりげなく寄り添う彼女の胸元から、時おり過る控えめで、それでいて気高い香りが鼻腔を刺激する。

午後五時二十分、美香が予約した表参道のイタリアンの店で夕食を摂ってから店に一緒に行くことになった。

都会を嫌う浩志も過ごしやすいこの季節の表参道は、嫌いではない。だが、紛争が続くソマリアから帰ったばかりということもあり、屈託のない街にいるだけで、紛争地で絶望の淵に立たされている人々を置き去りにしてきたような後ろめたさを覚える。これが、三百メートルほど離れた竹下通りに行くとなると、傲慢で、利己的な若者を大勢見ることになり、むなしさを通り越し、腹立たしさだけがこみ上げてくることになる。

「ここよ」

美香は、一階にシャネルとブルガリのショップがあるビルの前で立ち止まった。神宮前五丁目の歩道橋の前にあるファッションビル〝ジャイル〟だ。

だが、浩志の目は、百五十メートル先の明治通りとの交差点に釘付けになっていた。

「どうしたの？　怖い顔をして」

「あれを見ろ。交差点を歩くグレーのパーカーを着た男を」

「どれ？　……あの酔っぱいのこと？」

美香は首を傾げたが、さっきまでいたオープンカフェの前で見かけた男に違いない。男は、明治通りを渋谷方面から現れ、スクランブル交差点でもないのに、ふらふらと神宮前の交差点を斜めに横切って行く。明治通りから右折しようとした車にクラクションを鳴らされても、まったく気に留める様子もない。

「あいつは、麻薬常習者だ。さっき見た時より足下が危うい。麻薬を飲んだに違いない」

「そう言われると、かなり危なそうね」

とはいえ、まだ事件を起こしたわけでもない。それに取り押さえるのは簡単だが、浩志は世間では死んだことになっている。捕まえた後で警察と関わりたくなかった。

「浩志、あの人を追って。私は警官を呼んでくるから」

浩志が引き止めるよりも早く、美香は、歩道橋の階段を駆け上って行く。道路の向かいに交番があるのだ。やはり、根は国家公務員なのだろう。彼女には国民の安全を守るという基本概念があるに違いない。

浩志は仕方なく歩道を走り明治通りを渡って、信号を待った。その間も男はすれ違う通行人にぶつかりながら歩いている。

信号が変わったところで、浩志は猛スピードで表参道を渡り、男のすぐ五メートル後ろに迫った。

男は、ふいにラフォーレ原宿(はらじゅく)の角を曲がった。

「くそっ！」

浩志は舌打ちをし、振り返った。すると美香と一緒に二人の警官が駆け足で交差点を渡ってくるところだった。浩志は、警官に男が路地に入ったことを右手を大きく振って示した。すると、警官は軽く敬礼し、浩志の脇を通って男の後を追った。男は、最初のY字路を右に入ったところだった。そのまま百八十メートルほど細い路地を道なりに進めば、竹下通りに出る。人でごった返す狭い通りで男が暴発しないとも限らない。

「君！　待ちたまえ」

「おい！　そこのフードを被った男、立ち止まりなさい」

二人の警官の声を無視し、男は歩き続ける。浩志と美香もその跡を追った。

「聞こえないのか！」

一人の警官が、男の右腕を捉えた。

「うおー」

男は、いきなり叫び声を上げて振り返った。その瞬間、腕を摑んでいた警官が悲鳴を上げ、左の首筋から血しぶきを上げながら倒れた。男は、手に凶器を持っていたようだ。

「貴様！」

同僚を刺された警官が、慌てて警棒を握ったが、男はそれよりも早く凶器を振り回し、警官の首と右胸を刺していた。一瞬の出来事だった。さすがの浩志も凶器を特定することもできなかった。

浩志は舌打ちをし、刺された警官の元に走り寄った。

男はすでに駆け出していた。さきほどまでの足取りが嘘のようだ。

「いかん！」

買い物袋を下げた女が二人、突き当たりの三叉路から入って来た。

「逃げろ！」

浩志は、大声で叫んだ。

女たちは返り血を浴びた男を見て悲鳴を上げた。

耳を裂くような悲鳴に反応したのか、男は路地に面した店に飛び込んだ。

負傷した警官を美香に任せ、浩志も店に飛び込んだ。店は、六、七坪のちいさなアクセサリーの店だった。店の中央にスーツ姿の男が二人、壁際には店員らしい女が胸を刺されて倒れている。男は、うつぶせに倒れている男に馬乗りになり、両手でナイフを持って振りかぶっているところだった。

「止めろ！」

浩志の声に反応し、男はまるで亡霊のようにゆらりと立ち上がって振り返った。返り血を頭から浴びた男の顔はどす黒くまだらに濡れ、両目が異常な光を帯びている。しかも、これまで気付かなかったが、ヘッドホンをしていた。警官の制止が聞こえなかったのも頷ける。男は、血だらけのナイフを肩口まで上げた。

浩志は、ナイフが外側に反（そ）った独特な形をしていることに気付き、眉間（みけん）に皺（しわ）を寄せた。エマーソンのタクティカル・ペルシアンのブラックタイプだ。ペルシャナイフを小型化したような形をしており、ステンレス合金の刀身はテフロンコーティングされ、刃渡りは十センチほどだが殺傷能力が極めて高い。刺された警官は、刀身が黒いために男がナイフを抜いたことに気付かなかったのかもしれない。

「殺せ！」

男は叫びながら、襲いかかってきた。

浩志は、左手で男のナイフを持つ右手を払い、右の裏拳で男の顔面を強打した。男の鼻が折れる鈍い音がしたが、顔面から血を噴き出させながらも男はナイフを振り回してきた。麻薬でハイになっているため、痛みを感じないのだ。米国ではよくあることで、警官が麻薬中毒の犯人に数十発も銃弾をぶち込むことがある。銃弾を喰らってもゾンビのように倒れない犯人を警官は恐れるのだ。

「殺せ！　殺せ！　殺せ！」

男は、呪文のように同じ言葉を繰り返し、執拗に心臓目がけてナイフを振り下ろしてくる。鋭い動きだが、ワンパターンだ。

浩志は、振り下ろされた男の右腕を摑み、体を入れ替えながら腕をねじ上げて、男の腕をへし折った。そして、鳩尾に膝蹴りを喰らわせ、前屈みになった男の後頭部に強烈な肘撃ちをくれて、男を床に沈ませた。浩志は、店を見渡し、カウンターにあったガムテープで男を縛り付けた。

狭い店の床は、グレーのタイル張りだが三人の被害者の血で赤く染まっていた。浩志は、被害者の状態を調べた。胸を刺された女は、軽く一リットル以上出血をしている。見開いた両目に光はない。

床に倒れているスーツ姿の二人の男は、一人は三十代前半で、もう一人は五十代後半。うつぶせに倒れている若い男は、背中から心臓を中心に数回刺され、呼吸もしていない。もう一人の年配の男は仰向けに倒れており、心臓を一突きされている。

浩志は血だまりを踏まないように注意を払い、脈を調べるために男の首筋に手をやると、男は宙を摑むように右手を上げた。

「魔物……を止めろ」

「口を開くな。出血がひどくなる」

男の脈は、かなり弱い。

「死線の魔物を……止めるのだ」

「死線の魔物?」

「止めてくれ……」

意味不明の言葉をうわごとのように繰り返し、白目になったかと思ったら、首を垂れて事切れた。

「その人も死んじゃったの?」

振り返ると店の入口に美香が立っていた。

浩志は、首を振って立ち上がった。

「警察と救急車を呼んだけど、間に合わなかったわね」

サイレンの音が近づいてくる。

「警官はどうした?」

「だめ。二人とも助からなかったわ」

「退散するか」

「野次馬が、遠巻きにひしめいているわ。近づくと顔を見られるわよ」

美香は、傭兵という浩志の立場を心配しているのだ。

浩志は、店の中を見渡した。店の一番奥に別のドアがある。女の死体を跨いで覗いてみると、薄暗い通路があり、突き当たりに非常口があった。美香を手招きで呼び寄せた。さすがに内調の特別捜査官だけに、美香は死体を見ても眉根を寄せるだけで、血だまりを避けて壁際を歩いて来た。

ドアの向こうには劣化して点滅する蛍光灯に照らされたトイレと小さな物置があり、突き当たりの左右の壁にドアがあった。右のドアはマンション入口に通じ、左のドアは非常口でロックもされていない。左のドアを開けると、暗い異質な空間があった。

「こりゃ、いい」

非常口の外は、幅一メートル足らずの照明もないビルとビルの隙間で、人目を避けるように裏通りまで続いている。

隙間を通り抜け裏の小道に出た。しかも、野次馬のすぐ後ろである。真っ暗な異次元空間から抜け出たような二人は、誰にも気付かれずに竹下通りまで出ることができた。

「ディナーは、お預けかしら」

美香が肩をすくめてみせた。

「俺は、どっちでも構わない」

「そう。……それじゃ、私のお店に行きましょう」

さすがに美香も気がそがれたらしい。

「それがいい」

浩志は、最初っからイタリアンには興味がなかった。それよりは、ミスティックで美香の手料理を肴(さかな)に飲む方がいい。

三

ミスティックで食事を済ませ、浩志は一人渋谷から竹下通りを目指した。時刻は、まだ午後八時にもなっていない。美香が作ってくれたチャーハンを食べ、ターキーのストレートを二杯飲んだに過ぎない。

適当に腹を満たしたので、浩志にとって原宿で起きた惨事はただの過去の出来事になっていた。無数の死体が散乱する紛争地にいることを思えば、驚くほどの事件とはいえない。だが、美香にとってはショッキングな出来事だったようだ。顔には出さなかったが、動揺しているらしくチャーハンが少々塩(しょ)っぱかった。

偶然とはいえ殺人事件の当事者になってしまった。縛り上げておいた犯人はすでに逮捕され、病院に搬送されたとニュースで聞いた。事件はすでに解決したのと同じだ。だが、犯人を取り押さえた当事者が雲隠れしている状態では、警察の捜査は終わらない。関わりたくはないのだが、元刑事としての余計な正義感がこんな時、頭をもたげる。

明治通りから現場に入る裏通りは、立ち入り禁止のテープが張られ、警官が立っていた。現場に車が入れないため、明治通りと竹下通りに複数の警察車両が停められ、さらにその周辺をマスコミ各社と野次馬が取り巻いていた。明治通りは渋滞し、竹下通りは事実上閉鎖状態になっている。へたに近づくと、マスコミの取材に摑まりかねない。

時間的に初動捜査が終わり、警視庁の一課と鑑識が本格的に調べをはじめたところだろう。浩志は現場に近づくのを諦め、携帯を取り出した。

「はい。杉野(すぎの)です」

「……俺だ。藤堂だ」

「藤堂さん！　生きていたんですか」

携帯が震えるほどの大きな声が返って来たため、浩志は思わず耳から携帯を離した。警視庁一課の主任刑事杉野大二(だいじ)だ。

「今どこにいる？」

「それは、こっちの台詞(せりふ)ですよ、藤堂さん。新聞に死亡記事が載っていたから、心配したんですよ」

三月末に浩志は、ミャンマーで交戦中に死んだことになっている。浩志が生きていることを知っているのは、一握りの人間に過ぎない。

「俺の質問に答えろ」

「原宿の殺人現場にいますけど」

「担当になったのか」

「まだ、捜査会議も開かれていませんので分かりませんが、たまたま担当事件が引けたばかりなので、本庁におりました。それで」

「わかった。おまえの上司はどうした」

この男は、いつも手短に話すことができない。

「佐竹係長なら一緒です。鑑識の新庄警視もいらっしゃっています」

――杉野、藤堂か？　代われ！

電話口で一課の係長である佐竹学が怒鳴りつけている。

「藤堂、今までどこにいた！」

佐竹は、電話を代わるなり詰問してきた。

「くだらん質問をするなら、切るぞ」

「待ってくれ。タイミングよく我々が事件現場にいるところにかけてくるとは、ひょっとして何か知っていることがあるのか」

「犯人が麻薬中毒だったことと、鼻と右腕を骨折しているトにガムテープで縛られていたことぐらいは知っている」

「どうして、そこまで知っているんだ。まだマスコミにも発表してないぞ」

「俺が、犯人を捕まえたんだ」

「何だと！　おまえも元刑事なら、どうして現場に残らなかったんだ」

「俺は、この世にいないんだ。知っているだろ」

「なっ………」

佐竹の絶句した様子が、手に取るように分かった。

浩志は、佐竹が落ち着くまで無言を通した。

「わかった。どうしたらいいんだ。教えてくれ」

「現場検証が終わって、本店に引き上げたら、そっちに行く」

本店とは、警視庁のことだ。

「……かまわんが、現場は見なくていいのか」

昨年まで浩志は警視庁の犯罪捜査支援室の犯罪情報分析官という肩書きで、国際犯罪組織の捜査協力をしていた。佐竹の浩志に対するスタンスは変わらないようだ。

「今はいい。当分、現場維持はするんだろ」

野次馬とマスコミがいる限り、現場に近づくつもりはない。

「本店に戻ったら、連絡してくれ」

「そのつもりだ」

「あっ、ちょっと待ってくれ。新さんが代わりたいそうだ」

新さんとは、鑑識課検死官室の室長であり敏腕検死官である新庄秀雄のことである。浩志が現役の刑事時代からの付き合いだ。警視庁で唯一頭が上がらない存在でもある。

「藤堂君か、あいかわらず君は人を驚かせるのがうまいな。今回、五人も犠牲者が出てしまった。死因は明らかだが、いずれも検死だけでなく司法解剖もする。君も被害者を見たいだろう。私は先に搬送された遺体を調べるために本庁に帰るつもりだった。よかったら、ピックアップする。今どの辺にいるのかね」

「原宿駅の近くです」

「そりゃや、都合がいい。表参道の交番の前辺りで待っていてくれ。十分後に落ち合おう」

浩志は苦笑しながら、携帯を切った。いつもながら新庄は、浩志をまだ現役の刑事と思っているようだ。

四

浩志は表参道の交番前から、新庄の乗る覆面パトカーで警視庁に向かった。しかも、驚くべきことにパトカーの運転を一課の係長である佐竹自らしていた。浩志の話を一刻も早く聞きたいのと、他の警官に浩志のことを知られるのを嫌ったのだろう。

車内で浩志は、事件のいきさつを二人に説明した。

「なるほど、とんだ場面に出くわしたものだね。もし、君がその場にいなくて、犯人が竹下通りまで行っていたら、どうなったことか。想像しただけで鳥肌が立つよ」

後部座席に浩志とともに座っている新庄が胸を撫で下ろしながら言った。

「藤堂。ミャンマーの件は、どうなっていたんだ」

佐竹が、バックミラー越しに聞いてきた。

「ミャンマー？」

「俺が、わざわざ新米刑事の真似をしてまでパトカーを運転しているのは、事件のことだけじゃなくて、ミャンマーで何があったか知りたいからだ」

「ブラックナイトは、知っているな」

ごく最近まで、国際犯罪組織〝ブラックナイト〟の存在を知っているのは、各国の情報機関とセキュリティレベルの高い政府高官だけだったが、今では、マスコミでもその存在を報道するようになり、一般的に知られるようになってきた。だが、武器・麻薬を扱う組織という程度で、扱いはヤクザやマフィアと変わらない。

佐竹や新庄はこれまでブラックナイトが関係する捜査を通じて、浩志が〝ブラックナイト〟と密かに闘っていることも知っていた。

「やはり、あいつらと関係していたのか」

「やつらに嵌められて、危うくミャンマーから脱出できなくなるところだった」

〝ブラックナイト〟に深く関与する軍人を暗殺した浩志は、逆に〝ブラックナイト〟に嵌められミャンマーの国軍に追われた。浩志は、退路を断たれる前に先手をうって死んだようにみせかけ、ミャンマーを脱出した。戸籍は傭兵代理店に頼んで抹消していた。

「戸籍まで抹消して隠遁生活をしているのに、たまに出かけて今日の事件に遭遇したのか。よほど危険な目に遭う運命なんだな」

佐竹は、低い声で笑った。

「余計なお世話だ」

不運を通り越し不思議だと思っているだけに、人に笑われると腹が立った。


警視庁の地下にある死体安置所。

時刻は、午後九時、二十四時間態勢の警視庁でも、地下のこの場所は、いつでも静寂が保たれている。刑事を辞めたのははるか昔だが、この場所に来る時は、いつもどうしようもないむなしさを感じたのを昨日のことのように思い出す。

被害者である五人の死体は、冷蔵が効く専用のロッカーには入れられておらず、台の上に並べて安置してあった。

「警官が二人も殺されるとは」

　一通り死体の検分をした新庄が、大きな溜息を漏らした。

「五人の遺体を見て、犯人のことをどう思う。犯人と接触したのは君だけだ、藤堂君。聞かせてくれ」

　新庄は、浩志のプロファイルを高く評価している。そのため、よくこうした質問をしてくる。浩志が鼻と右腕を骨折させた犯人は、警察病院に入院している。意識はまだ戻っていないらしい。

「まず、犯人が麻薬患者であることを除いて、答えましょう。犯人と闘って感じたのは、特に格闘技の訓練を受けたわけではないが、ナイフの扱いには慣れていた。執拗に心臓だけを狙ってくることから、強い殺意があった。所持していたナイフからして、ナイフマニアだったと考えられ、強い殺人願望を持っていた。また携帯音楽プレーヤーで音楽を聞いていたことから、殺人そのものを楽しんでいた可能性も考えられる」

　浩志は、頭の中で整理した文章を読み上げるように淡々と話した。

「ナイフ、マニアだった?」

「犯人が所持していたのは、エマーソンのタクティカルナイフで、マニアには人気がある。しかも、刀身が一五四ＣＭでできているタクティカル・ペルシアンは人気があり、シルバーのタイプは刻印がされ、限定モデルにもなっている。凶器となったブラックタイプは、日本では二万五千円前後、限定モデルは十万円前後する。衝動的に殺人を犯す者が持つような武器じゃない。その辺で手に入れられる代物でもないからな」

現在ではあまり使われていないようだが、一五四CMとは、耐熱・耐磨耗および耐腐食性が高いステンレス合金のことだ。ちなみにブランド名のエマーソンは、作者であるアーネスト・エマーソンのことで、軍や警察でナイフの教官をしていたという経歴がある。彼の造りだすナイフは、世界中の軍や警察の特殊部隊で圧倒的に支持されており、型番によっては生産が追いつかないものもあると言われている。

「十万だって！　安い方でも二万円以上するのか。確かにここ数年通り魔事件を起こしている犯人は、犯行時に複数の武器を携帯している場合が多い。彼らはいずれも殺傷能力が高い武器に固執する傾向がある。君の言う通り、高価な武器を集めるうちに殺人願望が高まった可能性も考えられるな」

「そういえば、秋葉原の通り魔事件の犯人は、ダガーナイフを使っていたな」

佐竹は眉間に皺を寄せて新庄に相槌を打った。

二〇〇八年六月、秋葉原で発生した通り魔事件では、七人が死亡し、十人が負傷している。犯人は、「できるだけ多くの人を殺せば、死刑になると思った」とまるで自殺願望を匂わせる自供をしている。だが、ダガーナイフと呼ばれる両刃の短刀以外にも五本もナイフを所持していたことから、自殺願望はなく、強い殺人願望を抱いていたと思われる。

「殺傷能力が高いのは、ダガーナイフだけじゃないがな」

浩志は、首を振った。

秋葉原の事件後、ダガーナイフの販売は規制されたが、ダガーナイフより、危険なタクティカルナイフは無数にあり、未だにネットで簡単に購入することができる。

「それにしても、さすがに武器については詳しいな」

新庄は、手を叩かんばかりに感心しているが、褒められることではない。浩志もエマーソンのナイフは、持っている。戦地でナイフは、身を守るだけでなく、食事をするときなど様々な場面で役に立つ。必需品ということもあり、知識は当然あった。

「疑問に思うことがある。ナイフを使い慣れていたとしても、麻薬でハイになった状態で、急所を正確に攻撃できたかということだ」

犯人と格闘した際、男は執拗に浩志の心臓を攻撃してきた。そのため撃退するのは簡単なことだった。むしろ、遮二無二振り回されたら、浩志でも手に負えなかったかもしれない。だが、単調な攻撃ゆえ、店内の被害者は、素人でも逃げようと思えばできたのでは、と浩志には思えるのだ。

「遺体を見る限り、最初に殺された二人の警官は、胸以外にも刺し傷はあるが、店内で発見された遺体は正確に心臓を刺されていた」

新庄は、死体を振り返りながら答えた。

「最初に襲われた警官は、急所を狙ったというより、振り回したナイフがたまたま急所に刺さったという感じだった。しかし、店の中の三人は、ほとんど一突きで急所を狙われている。しかも、俺が奴を追って店に入ったのは、数秒後だが、三人ともすでに刺されていた。数秒で三人も殺せるかということだ」

浩志は、現場を見ているが納得できなかった。

「不意をつかれて、三人は身動きとれなかったんじゃないのか。素人の場合、恐怖のあまり、腰を抜かすこともできずに呆然と立ち尽くすということも考えられる」

浩志と新庄のやりとりを傍観していた佐竹が口を開いた。

「現場は、さほど荒らされていなかった。被害者は、三人とも心臓を刺されるのをじっと待っていたのか」

たまたま居合わせた通行人の女性が絶叫するほど、返り血を浴びた男は鬼気迫る恐ろしい姿になっていた。たとえ無抵抗でも後退するのが普通だ。

「いや、それはないな」

浩志の反論に佐竹は口をへの字に曲げて答えた。

「新さん。解剖で分かると思うが、調べて欲しいことがある。年配の男は、心臓を一突きされているのに、しばらく生きていた。この男だけ、傷が浅かったのかもしれない」

新庄は、さっそく年配の男の傷口を調べてみた。

「確かに、刺された場所は、心臓の真上だな。もし、ナイフが心臓に達していたのなら、即死のはずだ。これは、解剖してみないと分からないな」

新庄は、首を捻った。

「犯人について詳しく分かったら、教えてくれ」

「分かった」

佐竹は渋い表情で答えた。

浩志は、桜田通りでタクシーを拾った。

「渋谷、東急文化村」

行き先は、もちろんミスティック。飲み直しだ。

五

事件の翌日の午後四時半、浩志は殺人現場にいた。午前中、テレビのリポーターなど報道陣が現場近辺をうろついていたため、彼らが引けるのを待っていたのだ。

「殺された男性で年配の方は、キム・ヒョク、五十七歳。この店のオーナーだ。宝石店で、ジュエリー・ペクトゥというらしい。若い方は、訪問販売をしている社員でチャン・

ミンハン、三十二歳、彼以外にも訪問販売を専門にしている社員は数人いるらしい。現在、残りの社員の消息を調べている。女性は、店頭販売員でクゥク・ユナ、三十九歳。店は裏通りにあることからも、店頭よりも訪問販売が主力だったらしい」

新庄秀雄は、舌を嚙みそうになりながらメモを読み上げた。

午前中には鑑識作業を終え、警察関係者も引き上げていた。現場保全のため、警備する警官がいるに過ぎない。今頃、一課の佐竹や杉野は捜査会議を終え、聞き込みに奔走しているに違いない。新庄は遺体の検死を終えて監察医に引き継いでいるため、時間ができたらしく、佐竹から手渡されたメモを持参して、浩志と現場で待ち合わせていたのだ。

「オーナーは、韓国人だったんですか」

「いや、朝鮮人だ。社員で女性のみ、在日だ。ちなみに店名のペクトゥは、白頭を意味し、北朝鮮の象徴である白頭山から取ったらしい」

戦時中、金日成は、白頭山を拠点としてゲリラ活動をしていたことと、金正日が生まれたとされるために、北朝鮮ではこの山は聖地のように扱われている。

「北朝鮮の店だったのか。犯人との利害関係は分かりませんか」

犯人の男は、通行人の女性の悲鳴で近くの店に飛び込んだように見えた。しかし、北朝鮮に関係している店と聞けば、何か裏を勘ぐりたくなる。

「犯人は、まだ意識を取り戻していない。君のパンチがよほど効いたらしい。指紋から、四年前に麻薬所持で逮捕された北村健次、二十九歳ということは分かっているが、この店との関係は今のところ分かっていない」

「北村の犯罪歴は？」

「四年前の麻薬所持だけだ」

「現住所は？」

「質問攻めにしないでくれ。免許証等、身分を示すものは何も所持していなかった。今、調べているところだ。まるで私が取り調べを受けているようだ」

新庄は、肩をすくめた。

「すみません」

苦笑する他ない。刑事を辞めて十八年近く経つ。経歴からすれば、傭兵の方が長い。だが、現場を調べはじめた途端、まるで一課の刑事に戻ったような錯覚を起こす。三つ子の魂百までというが、若い頃叩き込まれた刑事魂は、抜けないらしい。

「さて、改めて現場検証をするか」

新庄から、白手袋と鑑識が撮影した現場写真を渡された。

店は、二十四平米、十五畳ほどで、幅二メートル、奥行き四十五センチ、高さ七十センチのショーケースが一つだけ店の正面奥に置かれている。ショーケースの後ろに店員用の椅子が一つ、出入口左側に二人掛けのカウチソファーが一つある。店の中央は、比較的広くとってあり、ショーケースの高さからも、立って接客していたのだろう。

店の中に残された被害者の人型を確認しながら、浩志は一枚一枚現場写真を丹念に見た。二人の男は、ソファーの足下に近い床に倒れていた。

浩志は、写真を見ながら、ソファーに近づいた。ソファーには、血痕はない。

「うん？」

ソファーの横の壁に十数センチの細長い飛沫血痕があった。高さは床からおよそ九十センチある。壁紙が、濃いベージュのため見逃すところだった。

「若い男は、ソファーに座っていたのか」

壁に近い人型は、若い男、チャン・ミンハンということになっている。チャンは、座った状態で胸を刺され、そのまま前方に倒れたようだ。年配のキムの方が出入口に近かった。状況から考えれば、第一の犠牲者と考えられる。だが、キムの人型は、頭を出入口に向けている。浩志の記憶も同じで、チャンとは、反対だ。

「おかしい。キムが第一の犠牲者なら、出入口から反対側に頭があってもよさそうだ」

「佐竹君たちは、出入口側に立つ犯人に胸を刺された被害者が、回転しながら倒れたと考えているようだ」

新庄は部屋の中央に立ち、刺された振りをして、ゆっくりと体を回転させてみせた。

確かに刺されてから、数歩歩くことも考えられるが、向きが反対になるように回転しながら倒れたのなら、足は乱れた状態になっていてもいいはずだ。キムの体は大木が倒れたようにまっすぐに体が伸びていた。

「そうだ。君に聞かれたキムの刺し傷だが、九センチの深さがあった。今朝一番で解剖をしてもらったのだ」

浩志は、キムが心臓を刺されているのにしばらく生きていたことを疑問に思っていた。

「九センチ？　それじゃ心臓を貫いている。即死でもおかしくない」

「ところがだ。キムは、生まれた時から心臓は位置異常だったようだ。心臓が真ん中より、少し右にあるのだ。だが、わずかに大動脈を傷つけられていた。他の被害者と死亡の時間差が出たのは、そのためだ」

「位置異常か」

浩志は頷いた。疾患ではないが、臓器が生まれつき反対側にある人は稀にいる。健康であれば、特に気にすることはないそうだ。犯人の北村は、まさか被害者の心臓の位置がおかしいとは夢にも思わなかったのだろう。

最後の被害者であるクゥク・ユナの人型は、彼女が壁にもたれかかって座っていたため、店の裏口の近くの壁から床にかけて描かれてあった。

「よろめいて壁にもたれかかったのか」

浩志は女がナイフを突き立てられてからの行動を目で追った。

「〝コンペイ糖〟が、こんなところに」

女の死体の写真では胸部から出血し、床に血だまりが出来ている。しかし、彼女の人型の一メートル前、ショーケースの奥の床にも血が付いていた。大きな〝コンペイ糖〟が数滴あった。

〝コンペイ糖〟とは、落下血痕のことで落ちた瞬間、〝コンペイ糖〟のように周囲に小さな波形になるため、そう呼ばれる。

女の傷口も左胸にあった。とすると、ショーケースの奥に立っていたところを前から刺され、傷口を右手で押さえながら、左手でショーケースに掴まって二、三歩よろめき、壁を背に座り込んでそのまま事切れたということになる。

女の現場写真を見た。女の右手は血で染まっていた。〝コンペイ糖〟は、指の間から漏れた血が、床に落ちたのだろう。

「おそらく、君の推測したように女性はよろめきながら壁にもたれかかり死んでいったに違いない」

新庄は、浩志の目の動きを読んだらしく、大きく頷いてみせた。

「犯人は、逮捕されている。後は売人を見つければ、この捜査は終わる」

新庄の言葉に問題はないのだが、どこかに引っ掛かりを浩志は覚えた。

六

原宿で起きた通り魔殺人事件は、犯人が麻薬中毒だったという点において、これまでの事件とは異質なものとしてマスコミでも扱っている。だが、麻薬が一般市民にまで浸透している現状では、むしろこれまで起きなかった方が不思議といえる。

現場検証を新庄とした浩志は、店の裏にある非常口から外に出た。昨日、美香と店を抜け出したのと同じような時刻になった。照明もない薄暗い通路は、人目を気にせずに出られるだけでなく、たとえ通りから見られたとしても、入り組んだ場所にある非常口が店と通じているとは思われないだろう。

新庄とは現場の店内で別れた。被害者の司法解剖を依頼している都内の大学病院に行くそうだ。浩志を現場に案内するために来ただけで、本当は忙しいらしい。

浩志は、竹下通りから原宿駅前の雑踏（ざっとう）を抜け、代々木（よよぎ）公園の前に出た。おもむろに携帯を取り出した。

「犬飼（いぬかい）か……藤堂だ」

「藤…堂？　……まさか、藤堂さんですか」

「そうだ」

「生きていらっしゃるとは、水臭い。おやじも心配していましたよ。どうされていたんですか」

渋谷を縄張にしている大和組の組長犬飼だ。おやじとは龍道会初代会長宗方誠治のことだ。浩志は、ブラックナイトとの闘争で、宗方の息子である龍道会会長宗方陣内の命を救ったことがある。そのため、組関係者から一目置かれる存在になっていた。

「聞きたいことがある」

挨拶も抜きで浩志は切り出した。これまでのいきさつを話すのが面倒だったからだ。

「昨日の原宿の事件で、偶然事件前に犯人と接触していたヤクの売人らしい男を見かけた。場所は、骨董通りの裏通りだ。心当たりはないか」

「ずいぶんとひどい事件でしたね。最初に断っておきますが、うちはヤクから足を洗っていますよ。なんせ、おやじがうるさいですからね。ヤクを扱っているのは、イラン人か、もぐりのチンピラですよ。青山は、確かにうちの縄張ですが、あそこじゃ商売になりませんからあまり詳しくはありません。それにしても、大通りのすぐ側で商売するやつがいるとは思えません。ひょっとしたら、出前じゃないですか」

「出前？」

「ヤクの売人は、商売のスタイルで、客から、コンビニだとか出前だとか呼ばれます。決まった場所で売らずに、客の指定した場所に現れる売人を出前というのですよ」

「なるほど」

以前、二十四時間営業で麻薬をさばいている売人が、コンビニと呼ばれていた。もっとも、客が昼夜関係なく電話をかけてくるため、忙しくて寝る暇もなく自ら麻薬を服用していたというから馬鹿な話だ。

「それにしても、けしからんですね。うちで捕まえてとっちめてやりますよ。さっそく若いのを何人か出して、探らせましょう」

「何か分かったら、俺がかけた携帯の番号に連絡してくれ」

「分かりました。たまにはおやじを交えて食事でもどうですか。セッティングしますよ」

「俺は今、人と接触しないようにしている。俺が生きていることも、漏らすなよ」

ヤクザと付き合うつもりはないが、宗方誠治の剛胆な性格は気に入っている。浩志も宗方から気に入られているらしい。

「分かりました。おやじにならしゃべってもいいですか」

「ああ、構わない。よろしく言っておいてくれ」

携帯をジャケットのポケットに仕舞い、溜息をついた。犬飼は、裏世界でもとりわけ情報通だ。その犬飼がまったく心当たりがないとすれば、浩志が見た男を捜すのはかなり難しいとみていい。麻薬をさばいているのが、イラン人かもぐりのチンピラだとすればなおさらだ。

「イラン人か」

以前六本木を縄張にしていた麻薬の売人グループのボスであるイラン人のモハエド・ラハマティから情報を得たことがあるが、モハエドは、昨年の暮れに摘発されている。現場検証に来る前に傭兵代理店の社長である池谷悟郎にも聞いてみたが、麻薬の情報は手薄な分野らしく見当もつかないようだった。

仕舞ったばかりの携帯が振動した。

「藤堂さんですか。大変です」

一課の杉野だ。

「どうした」

「犯人の北村健次が、病院内で自殺しました」

「何！」

「ついさきほど、北村は、意識を取り戻したのですが、看護師が目を離した隙に、舌を嚙み切って死にました」

「くそっ！」

浩志は、荒々しく携帯を切った。

麻薬中毒者は、精神的に不安定なため、発作的に自殺する者もいる。麻薬には感情増幅作用がある。そのため極度な高揚感が得られる反面、落ち込んだ時の感情はどん底でとてつもない絶望感に襲われるという。

　犯人が死んだ以上、警察の捜査は、一気に縮小されるだろう。麻薬を売った売人も所詮犯人が事件を起こした一要因に過ぎない。警察も本気で追いつめるようなことをするとは思えない。

　浩志の足は、渋谷区役所前の坂道に向いた。人ごみを避けて、ＮＨＫの脇から東急文化村に抜けるつもりだ。二日続けてミスティックに行くことになる。腹が満たされ、アルコールが入れば、憂さも忘れるだろう。ただし、美香の旅行の計画を聞くことになる。そこは我慢するほかない。

秘湯の殺人

一

東名高速道路を静岡インターチェンジで降りて、静岡市内を素通りし、藁科街道（国道三六二号）に入る。赤いアルファロメオ・スパイダーは、東名では大気を切り裂き、街道では軽やかに風を流している。

美香は、英語の他に韓国語や中国語、片言だがタイ語も話せると本人から聞いたことがある。それに何と言っても、レーサー並みのドライブテクニックを持つ。彼女の美しさももちろんのことだが、数々の才能や知られざる過去が、彼女の魅力を一層引き立てていることは確かだ。

浩志は、よほど腕がいいドライバーでない限り、助手席に甘んじることはないが、美香のスパイダーには衒いもなく助手席に座る。街道に入り、景色はのどかな田舎風景になった。静岡らしく、茶畑が多い。午後の心地よい日差しも手伝って睡魔が襲ってきた。

原宿通り魔殺人事件の犯人である北村健次が自殺し、捜査態勢は予想通り一挙に後退した。浩志は北村に麻薬を売ったと見られる売人らしき男を独自に捜査していたが、手掛かりがないため昨日まで切り上げていた。そのため、美香と約束通り温泉旅行に付き合うことになったのだ。

「空が青くてきれい。トップ、開けていい？」

「構わない」

浩志が答えると、美香はスパイダーの電動トップを開けた。冷えた空気が頬を撫でるように後ろへと飛んで行く。眠気も風と一緒に飛んで行った。

藁科街道から県道に入り大井川を渡ったところで、美香はバックミラーにちらりと目をやった。

「あらっ。後ろの車も寸又峡に行くのかしら。静岡のインターチェンジから一緒よ」

浩志は、サイドミラーで確認した。

紺色のセダンが五十メートル後方にいる。年齢までは分からないが、男女が乗っているようだ。目的地である寸又峡温泉は、南アルプス光岳南麓に位置する秘湯で、ルートは限られている。平日でもそれなりに東名は混雑していたが、藁科街道に入った途端、車の数はぐっと減った。それだけに目立つのだ。尾ける気などなくとも、目的地が同じならば道を変えることはできない。

「前を走るワンボックスも、目的地は同じかしら。山道で混まなければいいけど」

県道に入る直前に掛川方面から来たワンボックスカーが、百メートル先を走っている。

紅葉の季節の行楽地である。多少の混雑は覚悟した方がいいだろう。

東京から静岡まで百六十キロ、静岡インターチェンジから目的地の寸又峡までは北東に五十キロ以上ある。近場の箱根や熱海を美香が選ばなかったのは、混雑を避けたというより、ドライブを楽しみたかったようだ。ヘアピンカーブが続く険しい山道を美香は華麗なテクニックでスピードも落とさずに走る。一車線しかない狭い道のため、すれ違い用の退避エリアを使って数台の車を抜き去り、寸又峡温泉に到着した。

紅葉の山々に囲まれた温泉街にネオンサインや射的場はむろんのことゲームセンターや怪しげなバーもない。そのため、温泉街というより静かな田舎町に来たといった風情がある。清楚な温泉を目指し、ネオンサインや山への立て看板すら設置しないという原則がこの地にはあるそうだ。紅葉の季節の観光客は多いらしいが、箱根や熱海に比べれば落ち着いたものだ。

美香は、スパイダーを温泉街の中程にある古風な民家造りの旅館の前に停めた。築百年という民家を改修して作られたらしく、部屋数が十部屋しかないというこぢんまりとした旅館だ。案内された十畳の部屋には、床の間に桔梗が生けられ、トイレと小さな洗面所はあるが、内風呂はない。部屋のつくりもいたって簡素だ。二人は、窓を開けて眼前に広がる美しい山の紅葉にしばし言葉を失った。

「どう？　気に入った」

「何もないところが気に入った」

「そう言うと思ったわ。私は、町営の露天風呂に行くけど、どうする？」

「景色だけで充分楽しめそうだ。散歩してくる」

時刻は、まだ午後四時を過ぎたところだ。助手席にずっと乗っていたため、運動不足になった。体を動かしたいということもあった。

美香に付き合い温泉街の奥からさらに渓谷を見下ろす道を歩いて行くと、町営の露天風呂があった。石垣の上に簡単な木組みの塀があり、〝美女づくりの湯〟と書かれた看板がある。美肌効果があるらしい。美香の目的の一つはこれかと納得した。

露天風呂の手前で美香と別れ、温泉街に引き返して散策をした。寸又峡温泉街は、山の地形に沿った8の字形の道に旅館やホテルが点在している。どの施設も派手さがなく清潔感がある。浩志は、ぶらぶらと温泉街の入口まで歩き、ハイキングコースの入口を見つけた。整備された山道が、紅葉の山の中へと続いている。

「これはいい」

一人悦に入り、山道に足を踏み入れた途端、背中に視線を感じた。ここ二週間の間にたまに察知する気配だが、特に危険はないと無視をした。

時間的に少々暗くはなったが、美しい枯れ葉が地面を覆い、道の両脇から迫る木々が赤や黄色のパッチワークで埋め尽くされている。鳥たちのさえずりがまるで熱帯のジャングルを彷彿させるほど賑やかだ。

「あのう。すみません」

後ろから近づいて来た足音を聞き流していたが、声をかけられたので仕方なく振り返った。三十代前半の若い女だった。身長は一六〇の半ば、一重で寂しい目をしているが、肩までかかる髪に艶がある色白の美人だ。あまり見かけない紺色の地味な花柄のワンピースを着ていた。十メートルほど後方には、連れと思われる男があたりを窺っている。男は、ネクタイこそしていないが、グレーのビジネススーツを着ていた。男女とも、観光に来ているとは思えない服装だ。

「どこから、尾行して来た。東京か」

「分かっていたのですか」

蓼科街道で気が付いた車に、乗っていた女だろう。都内も東名も混雑していたので、尾行には気が付かなかったが、都心から尾けられていたに違いない。

「私は」

「トラブルはごめんだ」

女に話す暇を与えずに、浩志はハイキングコースを戻り、男の脇を通り過ぎた。男は、身長一七二、三センチ、胸板厚く、かなり鍛え上げた体をしている。浩志と視線を合わせることを嫌い、男は、谷を見下ろす振りをして背中を向けた。何もこんな山奥まで尾けて来なくても、用があるのなら都内で話しかけるタイミングはいくらでもあったはずだ。まったく無粋な連中だ。

宿に戻った浩志は、温泉につかり、見知らぬ男女のことを忘れた。

夕飯は、季節の彩りをそのままお膳に載せたような山菜料理や川魚料理に目を奪われた。それにサイドメニューとして添えられた鹿鍋に舌鼓を打った。しかも、髪をアップにし、浴衣に着替えた美香が熱燗をお酌してくれるのだ。料理の味が、嫌が上でも上がるというものだ。

普段はめったに人に酌をしない浩志も、美香に徳利の熱燗を勧めた。

「幸せ」

美香はおちょこを飲み干し、小さく呟いた。

二

翌日、温泉街はけたたましいパトカーのサイレンで朝を迎えた。街から遠く離れた山奥だけに温泉街は騒然となった。

「旅館のご主人に聞いたら、〝グリーンシャワーロード〟で殺人事件があったらしいわ」

朝風呂に行ったのかと思ったら、美香はわざわざ聞いて来たようだ。

「〝グリーンシャワーロード〟?」

「温泉街の入口に駐車場があるでしょう。そこから渓谷に沿って、三キロほどある散策路のこと。森林浴にはもってこいよ。朝ご飯を食べたら行こうと思っていたけど、現場検証で通行止めになっているらしいの。被害者は、若い女性だったみたいよ」

昨日浩志が見つけたハイキングコースは、〝グリーンシャワーロード〟と呼ばれ、一周約三キロの道のりで一時間もあれば回ることができるため、年配の客にも人気があり、地域の観光スポットになっているらしい。

「若い女? ……服装は?」

浩志は、ふと昨日〝グリーンシャワーロード〟で話しかけてきた女が気になった。

「そこまで知るはずがないでしょう。まったく元一課の刑事さんは困ったものね」

浩志の詰問口調に美香は苦笑を漏らした。

「いや、なんでもない」

昨日のことを旅行気分に浸(ひた)っている美香に言うつもりはない。

「散歩してくる」

「もうすぐ食事よ」

「少し遅らせておいてくれ」

一旦気になると、確かめずにはいられない。時として頭をもたげる刑事根性が腹立たしい。浩志は、旅館に置いてあった観光マップを片手に駐車場に向かった。

温泉街の入口にある駐車場に静岡県警のパトカーが三台、それに救急車が一台停まっていた。地元民らしき野次馬の中に浴衣を着た温泉客も混じっている。パトカーが到着してまだ三十分も経っていない。現場検証ははじまったばかりで死体の搬出も終わっていないはずだ。美香の言っていたように〝グリーンシャワーロード〟の入口は、警官が立って封鎖されていた。

浩志は、目立たないように野次馬の後ろに立った。

しばらくすると、お揃いのウインドブレーカーを着た初老の夫婦が、県警の刑事らしき男に付き添われて〝グリーンシャワーロード〟から出て来た。おそらく彼らが第一発見者なのだろう。

「あの夫婦が発見したんだ、かわいそうに。昨日の夜、朝日岳(あさひだけ)に登ると言ってはりきっていたのに、不運な人たちだね」

斜め前の中年の男が溜息がてら言った。

浩志は手元の観光マップを見た。〝グリーンシャワーロード〟の途中にある吊り橋に朝日岳への登山道が記載されている。

「岩沢(いわさわ)さんところの泊まり客なの？」

前に立っている男が、小声で斜め前の男に聞いた。二人とも地元住民らしい。

「昨日から四日の予定でね。この近くの山を日帰りで登る予定を立てていたよ。かわいそうだから、帰って来たら夕食を特別メニューにしてあげようかな」

「さすが、〝渓流荘(けいりゅうそう)〟は、心遣いが違うね」

二人の男から、発見者の宿泊先は分かった。

しばらくすると担架を担いだ救急隊員や警察官が〝グリーンシャワーロード〟から出て来た。担架は毛布で覆われていた。野次馬から見えないように待機していた数名の警官がブルーシートで、壁を作った。死体の服装の一部でも見られればと思ったが、そのまま救急車に乗せられてしまった。

死体が搬出されたため、野次馬は三々五々散った。

「お帰りなさい」

部屋に戻ると朝ご飯のお膳が並べてあった。すでに午前八時半、朝ご飯は七時半に食べる予定になっていた。

「どう。気がすんだ？」

美香にはお見通しのようだ。茶碗にご飯を盛りながら、尋(たず)ねてきた。

「まあな」

浩志は、大盛りに盛られた茶碗を受け取りながら、頷いた。

食後、美香が朝風呂に出かけた隙に浩志は〝渓流荘〟に電話をかけた。帰る途中で駐車場の近くにある観光案内所で聞いておいたのだ。

「はい。〝渓流荘〟です」

声の主は、おそらく駐車場で見かけた男だろう。

「私、朝読新聞社会部の石田と申しますが、寸又峡で起きた殺人事件の発見者が、そちらにご宿泊とお聞きしましてお電話を差し上げました」

「朝読新聞！　全国紙の朝読新聞ですか。それはまたご苦労様です」

名前を騙るには大手新聞社に限る。男は、疑う様子もない。

「電話で失礼しますが、発見者の方に取材させてもらえませんか」

記者らしく普段使い慣れない丁寧な言葉遣いをした。

「さすが朝読新聞さんですね。よく発見者の方がうちに宿泊していることを調べましたね。山田さんご夫婦は残念なことに、ほんの十分ほど前に帰られました。よほどショックだったようで、本当はあと三日宿泊される予定でしたが、キャンセルされました」

「そうですか。差し支えないようでしたら、ご夫婦のご住所と電話番号をお聞かせくださいませんか？　そちらに直接取材してみます」

「お教えしたいのは、やまやまですが、そんなことしたら、後でうちが訴えられちゃいますから、できないんですよ。これは決まりでして」

予想通りの答えに浩志は溜息をついた。

「せめて、被害者の特徴でも分かればと思ったのですが、残念ですね」

「特徴？　山田さんの旦那さんに聞いた話だったら、お教えしますよ」

「本当ですか。お願いします」

「髪の長い、きれいな顔をした女性で、年齢は、三十前後だそうです。右胸のあたりを刺されていたみたいですよ」

「……そうですか。分かりました」

所詮素人に期待したのが、間違いだった。浩志は諦めて電話を切ろうとした。

「そうそう。若いわりに地味な花柄のワンピースを着ていたそうです。私が思うに、犯人はナイフで心臓を一突き、これは別れ話のもつれですな」

「花柄のワンピース！　色はどんな色ですか」

「色ですか。確か紺色だったような気がしますが」

「そうですか。ありがとうございました」

予感は当たったようだ。浩志に話しかけてきた女が殺されたに違いない。とすると犯人は連れの男か。だが、男は恋人とか夫というよりも相棒といった感じだった。少なくとも色恋沙汰ではないだろう。

「いいお風呂だった」

頬をほんのり赤らめた美香が浴衣姿で帰ってきた。

「浩志も入ってきたら？」

「いや、……俺はいい」

美香の言葉が遠くに聞こえるようだった。あの時、話を聞いてやれば殺人は免（まぬか）れただろうか。女は浩志に謎と苛立（いらだ）ちを残して死んで行った。

三

大井川鉄道井川（いかわ）線は、トロッコ列車として親しまれ、歯形のラックレールと車体の歯車を噛み合わせて急勾配（こうばい）を上るアプト式鉄道としても知られている。そのため愛称も〝南アルプスあぷとライン〟と呼ばれている。

寸又峡で殺人事件があったため、美香の提案で井川線に乗り終点の井川まで行くことになった。浩志にもとより計画などない。二日目は寸又峡のハイキングだったが突然変更になったところで文句はない。

寸又峡の温泉街から美香の運転するスパイダーで山道を下り、井川線の奥泉（おくいずみ）駅の駐車場に車を停めてトロッコ列車に乗車した。思いつきのように宿を出たわりには、乗車前に駅の近くにある民宿で美香は弁当を買っていた。駅弁が販売されていないために、事前に予約がしてあったようだ。旅慣れた彼女の行動にはいつもながら驚かされる。

井川線はトロッコ列車というだけあって、車両がひと回り小さい。狭い通路を通り、昔ながらの背が垂直に立っているベンチシートに向き合って座った。浩志らが座っているのは、二人掛けのシートだが、通路を挟んだ隣は、一人掛けになっている。平日だが、紅葉の季節とあって、座席の大半が埋まっていた。もっとも客車は二両しかない。時刻によって編成が二両から八両まで変わるそうだ。また団体客に応じて編成も変わるらしい。

次のアプトいちしろ駅で、アプト式機関車が最後尾に連結された。この先に日本一の勾配一〇〇〇分の九〇、つまり千メートルの直線距離で九十メートルの高低差がある傾斜を上る。森林のトンネルを抜けると、青く澄んだ秋空をバックに、渓谷の美しい紅葉と眼下に輝くエメラルドグリーンの大井川が見事なコントラストを見せた。トロッコ列車は、乗客の風景を愛でる気持ちを理解しているように、時速十五から二十キロと、まるでサイクリングしているようなスピードで走る。

「お腹空いた?」

「背中にくっつく」

奥泉駅を十一時六分発の列車に乗った。まだ二十分ほどしかたってないが、腹は乗車前から減っていた。

「はい、どうぞ。あなたは二個ね。猪肉弁当」

美香が民宿で買い求めた弁当を渡された。

「猪肉弁当！」

丸い折に入った弁当の蓋を開けると、肉と野菜が白いご飯の上に載っていた。一口頰張り、醬油か味噌味かと思いきやバター風味という意外性に驚かされる。

「うまい！」

黙々と一つ目を完食し、二個目の弁当の蓋を開けた。今度は雄大な景色を楽しもうと窓の外を見ながら、箸を持った。

「よかった。やっと楽しそうな顔をしてくれた」

車窓から視線を移すと、美香が微笑んでいた。

「朝からずっと難しい顔をしていたから、楽しくないのかと思ったわ」

「俺の顔が？」

寸又峡温泉に着いて早々怪しげな男女に声をかけられ、今朝はその女の死体が発見された。女の死が自分にどこまで関係しているのか考えていたので、気難しい顔になっていたようだ。

「何でもない。地顔だから、仕様がない」

適当にごまかすしかない。女の死は、今さら考えても仕方がないことだ。もっとも二個目の弁当を食べ終わる頃には、すっかり忘れていた。

列車に乗った奥泉駅から、終点の井川駅までは約七十分。美しい景色のおかげで所要時間が短く感じられた。到着した井川駅の素朴な駅舎から、乗客は三々五々散らばった。軽装の家族連れや重装備の登山客もいれば、釣り竿を持った中年カップルもいる。

美香の今日のスタイルは、ジーパンに革ジャン、それに革のブーツと歩きやすい格好をしている。浩志も同じく革のジャケットにジーパンというスタイルだが、普段着と変わらない。もっとも、もう少し寒くなれば、防寒用のミリタリージャケットを着るところだ。

美香は、浩志の右腕にさりげなく腕を組み、道を歩き出した。何も見ないで歩くところを見ると、しっかりと計画を立てて来たのだろう。山道を三十分ほど歩き、途中井川湖にかかる吊り橋を渡った。夢の吊り橋と呼ばれ、長さは八十メートル、橋の上から見る井川湖の絶景にしばし足を止める。

さらに四十分ほど歩いて井川の村に着いた。ほとんど会話らしい会話もしていないのだが、美香は鼻歌混じりで楽しそうだ。

二人は村を素通りし、湖のほとりにある桟橋（さんばし）に停泊している船に乗った。船は井川駅と村を行き来する渡し船らしく、料金は無料だ。ただとはいえ、湖上から見る紅葉はすばらしく、湖上遊覧船と言っても過言ではない。

美香は、トロッコ列車に乗るだけが目的ではなかったようだ。ダムの近くの渡し場に到着し、駅の近くにある土産物屋で上り列車の時間待ちをした。なにせ一、二時間に一本しかない。時間は充分あった。美香は店の女の子へのお土産を選んでいる。買い物をしている彼女を漠然と眺めているのだが、不思議とそんな無防備な自分に違和感を覚えなかった。

井川線の上りの最終列車は、十六時ちょうど。それよりも一本早い、十四時二十五分発のトロッコ列車に乗った。席に着くなり、美香から列車の旅の基本アイテムである缶ビールとスルメを渡された。ビールを片手に見る車窓もいいものだ。美香もビールを飲みながら、楽しそうに窓の外を見ている。

十五時三十八分、トロッコ列車は奥泉駅に到着した。二人は、駅の近くにあるバス停の隣にある駐車場に向かった。

駐車場に置かれたアルファロメオ・スパイダーがまるで美術館のモニュメントのように山の紅葉を赤いボディに写し込んでいた。

美香が左のドアを開け、運転席に乗り込み、浩志も右の助手席のドアノブに手をかけた。

「うん？」

ノブの奥に小さな紙切れが挟み込まれていた。

「どうしたの？」

美香が怪訝そうな顔で運転席から見上げてきた。

「なんでもない」

浩志は、紙切れをさりげなくポケットに入れて、助手席に座った。ボールペンで何か書かれてあった。読んではいないが、いたずらではなさそうだ。もしいたずらをするなら、運転席側に入れるだろう。あえて助手席側のノブに挟んだのは、浩志に直接発見されることを期待したのかもしれない。

「楽しかったわね」

「そうだな」

「今度は、ヨーロッパの大陸横断鉄道に乗らない？　楽しいわよ」

美香の笑顔に誘われ、思わず相槌を打ってしまった。

四

寸又峡温泉街の中程にある急な石段を上って行くと、〝落ちない大石〟という一見崩れ落ちそうな大岩が斜面に張り付いている。天狗（てんぐ）の霊力で落ちないと言われており、縁起がいいと祈願に訪れる受験生も多いらしい。この岩の右側の石段をさらに上ると外森（そともり）神社の小さなお堂がある。

午前一時、浩志は長く急な階段を上り、お堂の前に立った。山に埋もれるように建てられた神社は鼻先すら見えない暗闇に包まれている。天を仰いでも木々の隙間から夜空の星がちらちらと見えるに過ぎない。

お堂の裏に微かに人の気配がする。

「出て来い」

「尾けられてないだろうな？」

夜風に紛れそうなほど小さな男の声が返って来た。

「何を怯えている」

「用心深いだけだ。まだ死にたくないからな」

お堂の裏から、男が出て来た。身長一七二、三センチ、暗いので輪郭しか確認できないが、鍛え上げられた体つきをしている。昨日殺された女と一緒にいた男に違いない。浩志と三メートルほど距離を取って立ち止まった。

「俺の名前をどうして知っていた」

美香の車のドアノブに挟み込まれていたメモに〝藤堂へ　〇一〇〇時、外森神社〟とだけ書かれていた。

「俺は元傭兵だった。アフリカであんたとは別の部隊にいたことがある。あんたは傭兵仲間じゃ有名だからな。生きているとは思っていなかったが」

「俺は、ただ旅行を楽しんでいるだけだ。トラブルに巻き込むな」

接触して来た女が殺されたことも、すでに気にしていなかった。メモ書きに従ったのは、美香に危害が及ぶのを防ぎたいからだ。

「トラブルに巻き込むつもりはない。聞きたいことがあるだけだ」

「まず名前を名乗れ。それとも人殺しに名前はいらないのか」

「人殺し？　勘違いするな。仲間を殺したのは俺じゃない。俺の名前は、……前田徹」

男は、逡巡したかのように間を置いて答えた。

「嘘をつけ。おまえの名前は大陸的なはずだ」

「何……！」

「おまえはアフリカの傭兵部隊にいたかもしれない。だが、俺が、おまえを知らないということは、日本人じゃないということだ。日本人なら、他の部隊にいてもすべて俺は把握していた。それにおまえたちの服装だ。特に女の着ていた服は、中国の地方都市で売られているものじゃないのか」

女の地味な服装は、流行遅れというより、どこか作りがちぐはぐな感じがした。それに日本人と言ってもおかしくないが、一重の寂しげな表情はどちらかというと朝鮮から中国北東部にいる朝鮮族の顔立ちだった。

「いいだろう。名を名乗る。私は、パク・ウォンサムだ」

本名かどうかは分からないが、服装からすれば朝鮮人だろう。

「俺があんたのことを知っていると言ったばかりに、イ・エギョンは殺されてしまった。彼女があんたに接触することに反対すればよかったんだ」

パクは、溜息混じりに言った。

「説明しろ」

「あんたは、原宿の通り魔殺人事件の現場にいた。そこで、店の年配の男から、何か聞いたはずだ。男が言った最期の言葉を教えて欲しい。我々が知りたかったのは、それだけだ。接触のチャンスを窺って、あんたを尾行していたが、我々も尾行されていたようだ」

浩志は首を捻った。殺人現場となった〝ジュエリー・ペクトゥ〟は、原宿の狭い裏通りに面しており、事件当時、店の外に誰もいなかった。一緒にいた美香でさえ、十メートルほど離れた場所で倒れている警官の応急処置をしていた。

「確かに俺は、男から最期の言葉を聞いた。その事実をおまえがどうして知っているのか教えろ」

「私は、あの店の従業員だったのだ。頼むから教えてくれ」

ただの宝石店の従業員が人を尾行するはずがない。〝ジュエリー・ペクトゥ〟の従業員は、みな朝鮮人だった。ひょっとすると、この男も含めて北朝鮮の工作員という可能性もある。

「それに、我々の問題だ。首を突っ込まない方が、あんたのためだ。事実を知れば、あんたも殺されるぞ」

黙っていると、パクは脅しともとれる台詞を吐いた。

朝鮮民主主義人民共和国、通称北朝鮮は、一九四八年に建国され、朝鮮戦争をへて最高指導者の金日成は一九九四年に死去、代わって一九九七年に息子の金正日が最高指導者に就任している。だが、金正日の独裁体制のもと経済は低迷を続け、ここ数年国内は混乱を極めている。パクの言う我々の問題というのは、政府内のトラブルという意味なのかもしれない。

店で殺された三人の朝鮮人のうち、年配の男キム・ヒョクは、最期に〝死線の魔物を止めろ〟と言っていた。パクがキムの言葉を知りたいと言うのならば、それが何かの作戦行動を起こすための暗号だった可能性もある。

「殺された三人も含め、おまえたちは北の工作員ということか。おまえに教えた結果、日本に災難が起こるようなら、教えるわけにはいかない」

「考え過ぎだ。私は破壊工作などしない。教えてくれ、頼む。我々は追いつめられているんだ」

「我々？　まだ仲間がいるのか」

「……それは言えない。だが、すでに何人も仲間を失っている。あんたが知っている言葉が、もし、私の想像するような言葉なら、恐ろしいことが起こっている」

「恐ろしいこと？　何のことだ」

「私の想像通りなら、私が話したところで手遅れだ。日本は大混乱のうちに破綻し、アジアで最貧国の仲間入りをすることになるだろう」

「何だと！　日本に攻撃を加えるということか」

「我が国には、日本や韓国、それに中国への攻撃のマニュアルがある。特に日本の場合、現実的な作戦がいくつも整えられている。そのうちのどれをとっても恐ろしい結果になるはずだ。作戦には、すべてコードネームがある」

「東京を火の海にでもするつもりか」

「可能性がないとは言えない」

一九九三年三月、北朝鮮の朴英洙が板門店会談で〝ソウルを火の海にする〟と恫喝した。まるでチンピラの捨て台詞のようだが、当時開発中の中距離弾道ミサイル〝ノドン〟の完成が近いことを裏打ちするもので、韓国民を恐怖のどん底に落とすための計算された言葉だったようだ。

「それなら、俺の聞いた言葉を教えれば、その作戦の内容が分かるのか」

「……分かるはずだ。ある程度作戦の内容を教えてやってもいい」

パクは、腕を組んで何か考えはじめた。しばらくして、大きく頷き口を開いた。

「もし、仲間が殺されたのが作戦上何か不祥事があったからだとしたら、作戦の詳細を日本政府に教えよう。場合によっては亡命を申請する。我が国では、連帯責任で粛清されることもあるのだ」

男は、浩志を見据えて言った。嘘はついてないらしい。

「分かった。話そう。殺されたキム・ヒョクが最期に言った言葉は、〝死線の魔物を止めろ〟だ」

「しっ、〝死線の魔物〟……」

男は、頭を抱え跪いた。予想外の言葉だったらしい。その両手は震えていた。

五

静岡県の北部、南アルプスの裾野に位置する寸又峡に雪はあまり降らないという。北部とはいえ静岡は温暖だということか。だが、暦は十一月初旬の深夜、山から吹き下ろす風は肌を刺すように冷たい。

パク・ウォンサムと名乗った男は、〝死線の魔物〟という言葉を聞いた途端、膝を折り震えていた。

「いつまでも怯えていても仕方がないだろう」

浩志はしびれを切らして言った。

「知らないから、そんなことが言える。〝死線の魔物〟は止められない。死があるだけだ」

「まさか〝ノドン〟のことじゃないだろうな」

最近何かと話題になっている長距離弾道ミサイルの〝テポドン〟は、射程は、四千から一万キロと言われている。グアムやアラスカなどの米国領土を脅かす存在だ。日本を狙うとしたら、準中距離弾道ミサイルの〝ノドン〟だろう。射程は、千から千三百キロといわれ、日本全土をほぼ射程圏内に収めることができる。弾頭には、核や化学兵器を搭載することができる。

「…………」

パクは、この期に及んで、話すのをためらっているようだ。

「言いたくないなら、口を割らせるまでだ」

「分かった。……〝死線の魔物〟とは、コードネームだ。我々の間では至高の秘密兵器と噂されていた。だが武器ではない」

「武器じゃないコードネーム？」

「私も実態はよく知らないんだ。それが、チーム名なのか、工作員の名前なのかも知らない。〝死線の魔物〟の正体を知っているのは、ごく一部の政府高官か軍のトップクラスらしい。将軍様もご存じないと聞いた」

「馬鹿な、独裁国家で国の最高責任者が知らないことはないだろう」

「あんたは、我が国のことを知らなさ過ぎる。確かに将軍様の命令は絶対だ。だが、政府高官や軍部のトップは既得権を守るために、情報を勝手に操作するのだ。自分に不利になるような情報は、外部には漏らさない。将軍様にもお教えしないことになる。〝死線の魔物〟は、テロ活動を専門とする。噂では、テロを行なう国に入国したら、存在を知られないように仲間をも殺すと言われている。〝死線の魔物〟に狙われたら、必ず命を落とすことになる。おそらくあんたもすでにターゲットに入っているはずだ」

男が恐れているのは、仲間に暗殺されることだったようだ。

北朝鮮の朝鮮労働党社会文化部にはテロや暗殺を専門に行なう部署があるそうだ。

金正日の前妻である成恵琳（ソン・ヘリム）の甥、李韓永（イ・ハニョン）は、韓国に亡命し、金正日の暴露本を書いて有名になったが、一九九七年二月、朝鮮労働党社会文化部に所属する工作員の二人組に暗殺された。実行犯は帰国後、〝英雄称号〟を与えられたと言われている。

「テロか。どんな作戦行動をとると言うのだ」

「これまで〝死線の魔物〟が関わったのは、噂されているだけで飛行機やビルの爆発、政府要人の暗殺など様々だ。手段方法もその都度（つど）違う。私が知っている日本攻撃作戦の中では最悪かもしれない」

「具体的に教えろ。対策も立てられない」

「俺を日本の警察に連れて行ってくれ。そこで知っていることは教える。あんたは、政府と繋がっているはずだ。俺を安全に亡命させてくれ」

「工作員として政治亡命するつもりか。俺のことをどうして知っていた。本当のことを言え」

「私はあんたの想像通り、北の工作員だ。ただし、日本に対して非合法な活動をするために派遣されているわけではない。日本は、情報で溢れかえっている。その情報を分析するのが主な任務だ。あんたの情報は、たまたま陸上自衛隊の高官のパソコンから流出したデータで知っていた。二年前に政府の任務を帯びたあんたが特殊部隊を率いてブラックナイトの戦闘部隊を殲滅させたという報告書とあんたの経歴資料だ」

あり得ることだ。自衛隊員でも特に指揮官クラスで情報漏洩するケースは未だに後を絶たない。彼らに国家防衛という意識が薄いということなのだろう。また、諸外国の軍隊のように軍事法廷による厳罰もないというのも罪の意識を軽くする原因になっているに違いない。

「……いいだろう」

気は進まないが、警察に連れて行くより、美香を通じて日本政府に直接庇護を求めた方が、事態は早く進展するだろう。あるいは、傭兵代理店に連れて行き、防衛省主体で対処させるかのどちらかだ。警察に連れて行けば、その後の手続きで時間がかかり、対策に時間がかかるのは目に見えている。

「これは、聞いた話だが、〝死線の魔物〟と呼ばれるのは、殺される瞬間、身動きがとれなくなり、魔物に殺されるからだ」

パクは、膝についた土を払いながら立ち上がった。

「…………」

浩志は、耳を澄ませた。気温が下がったせいか、霧が出て来た。山の木立は微風にかさかさと音を立てている。だが、微かだが葉擦れとは違う異音がした。

「尾けられたか！」

浩志は激しく舌を打った。この二日間、柄にもなく行楽を楽しんだため筋肉だけでなく五感まで弛緩してしまったようだ。

「やっぱりそうか。我々が仲間を暗殺する場合は、死体を発見されないようにする。イ・エギョンの死体を片付けなかったのは、私をいぶり出すためだったのだ」

「ついて来い！」

いくつもの殺気が石段の下の方から迫って来た。浩志は、パクの袖をひっぱり神社の奥に続く山道に入った。武器を持っていないということもあるが、今は騒動を起こしたくなかった。神社の裏手から外森山のハイキングコースに通じている。温泉街の奥にあるバス停の近くに出られるはずだ。とりあえず温泉街に出てホテルにでも駆け込めば追ってはこないだろう。

「しまった！」

殺気がハイキングコースの方からも迫ってくる。下から攻め上がって来たのは、温泉街から引き離すためだったに違いない。どうせ敵に遭遇するなら、来た道を戻って温泉街に早く出た方がいい。

「切り抜けるぞ」

浩志はパクを従え、山道を戻った。

温泉街から迫っていた殺気は、四方に散っていた。浩志らが戻ってくると読んでいたのだろう。かまわず山道を急いだ。

いきなり左の藪から現れた男がナイフを突き出してきた。

浩志は反射的に右足を引いて身を屈め、男の右腕を左肩の上に流し、左腕だけで一本背負いをした。男は勢いよく道の反対側の木に背中からぶつかり気を失った。

前方には、まだ五つの気配がする。

左右の藪から同時にナイフが飛び出して来た。

左の男の腕を摑んで藪から引きずり出し、右から襲って来た男にぶつけた。男たちはもつれながら転んだが、すぐさま起き上がると、ナイフを構え、狭い道の前後に並んだ。

「パク！　後ろに敵はいないのか」

「分からない」

後ろの敵は、なぜかまだ攻めて来ない。挟撃されるかと思ったが、敵はよほど自信があるのか。あるいは、退路を確保し、プレッシャーをかける作戦なのか。いずれにしても、前方の敵を早く始末しなければならない。

前に立っている男が、ボクシングのジャブのようにナイフをすばやく繰り出してくる。躱そうとすると、後ろにいる男が、前の男と交差するように蹴りを入れてきた。

「くっ！」

脇腹に飛んできたミドルキックを左腕でガードした。腕がしびれるほど強烈なキックだ。

男たちは闘い慣れていた。かなり訓練を積んでいる。〝死線の魔物〟とは、特殊部隊のコードネームなのかもしれない。

男たちは攻撃の手を緩めなかった。

浩志は、繰り出されたナイフを躱し、男の右腕を両手で掴み、自ら体を左に入れた。男の体勢が右側に大きく崩れ、体の左側は無防備になった。途端に後方の男が、ミドルキックを放ってきた。

この瞬間を待っていた。両手で押さえていた男の右腕の下に潜り込みながら浩志は体を一回転させた。

「ぎゃー」

摑んでいた男の腕を肩の関節から外し、さらに男のナイフを後方から蹴りを入れて来た男のスネに突き刺した。ナイフは根元まで刺さり男は悲鳴を上げて藪の中に消えた。

前方に残った二つの気配が動きを止めた。

「うっ！」

すぐ後ろで突然うめき声がした。

「パク！」

振り返ると、パクが胸を押さえながらよろめいて来た。

「どうした！」

パクは、腰砕けに仰向けに倒れた。

「魔物だ。……魔物が出た」

パクは、口から血を吐き出してあっという間に事切れた。

殺気どころか人の気配も感じなかった。

闇に何かが動いた。

咄嗟にしゃがんだ。肩口を何かがかすめた。転がりながら、敵が落としたナイフを拾って構え、ゆっくりと山道を後退して行った。前方に残っていた二つの気配が消えた。どうやら、敵はこれ以上の闘いを望まないようだ。だが、激しく動いたせいか動悸がした。日頃の訓練を怠ると命を落としかねない。いい教訓になった。

六

宿に戻って革のジャケットを脱ぐと、ジャケットが左の肩から背中にかけてぱっくりと切り裂かれていた。

人を殺そうとする場合、必ず強い気を人は発する。それは、どんなに鍛錬しても出るものだ。逆にその気迫がなければ人は殺せない。これまで数多くの敵と闘って来たが、例外なく殺気というものを感じた。だが、パクを殺した敵からは何も感じなかった。

浩志は、ジャケットを丸めて部屋に忍び込むように戻った。

「よかった。怪我はしてないのね」

布団は畳まれ、部屋の真ん中に美香が座っていた。近くにバッグが置かれている。荷物も片付けたようだ。

「知っていたのか」

「夜中に散歩しても、この街にはバーやスナックはないわ。ついて行こうかと思ったけど、足手まといになると思って止めたの」

たった二泊の旅行を楽しもうとする美香の気持ちを損ないたくなかったが、彼女が内調の腕利き特別捜査官だということを忘れていた。

「いつから気が付いていたんだ」

「こんな平和な温泉街で、タイミングよく殺人事件が起こる方が不思議でしょう。昨日のうちに本店に連絡をして、殺された女性の身元を調べさせていたの」

浩志は、散歩と称して現場に行っていたが、その隙に美香は内調の本部と連絡を取っていたようだ。彼女の方が役者は上のようだ。

「何か、分かったのか」

「今のところ、静岡県警は身元不明として扱っているわ。身分証明書の類いは一切持っていなかったようね。本店も県警から、情報を取り寄せて調べているけど、まだ分からないらしい」

美香は首を振った。

「本名かどうかは分からないが、女の名前は、イ・エギョン。北の工作員だ」

「北の工作員！　誰と会っていたの？」

さすがの美香も半音高い声を上げた。

「やはり北の工作員でパク・ウォンサムという男だ。亡命を希望していたが、襲撃されて殺された。襲って来たのは北の暗殺部隊だったようだ」

「殺された？　とりあえず県警に連絡をして、死体を調べさせましょう」

美香は携帯を取り出した。

「無駄だ。連中は、仲間どうしの暗殺では死体を残さないらしい。今頃きれいに片付けられているだろう」

美香は首を傾げた後、携帯を仕舞った。

「そのパク・ウォンサムから、何か情報は得られたの」

「原宿の通り魔殺人事件で殺された三人の朝鮮人は、パクの仲間で北の工作員だったようだ。おそらく年長のキム・ヒョクが、グループのリーダーだったのだろう。パクは、キムが最期に遺した言葉を聞きたがっていた」

「浩志は、それを聞いていたの?」

聞いていないとばかりに、美香は睨(にら)みつけてきた。

「通り魔に殺された朝鮮人がまさか北の工作員だとは思わなかった。それに、俺は死に際のうわごとだと思って聞き流していた」

「それで、キムはいったいなんて言っていたの?」

「〝死線の魔物を止めろ〟と言っていた。破壊工作に関係があるらしい。壊滅的な破壊を意味するらしい」

「壊滅的な破壊? まさか〝ノドン〟のことじゃないでしょうね」

「俺もそれを考えたが、〝死線の魔物〟は、武器じゃなく特殊部隊か、作戦グループのコードネームらしい。特殊な攻撃を遂行する際に派遣され、一度作戦をはじめたら、その国は、大きな損害を被るらしい」

「でも、おかしいわね。キムは工作員なのに、〝死線の魔物を止めろ〟と言ったんでしょう。〝死線の魔物〟が、北の破壊工作なら、キムはどうしてそれを止めろと言っていたのかしら、矛盾しているわ」

「確かに、言われてみれば変だ。パクは、我々の問題だと言っていた。ひょっとすると軍や政府内部で、破壊工作をするグループと、それを阻止しようとするグループがあるのかもしれないな」

パクの言葉を鵜呑みにしていたわけではないが、後で証言させればいいと思っていたので、聞き流していた。

「証人が殺された以上、東京に帰って、原宿で殺された工作員も含めて足取りを洗う必要がある。俺は、もう一度、警視庁に協力をして洗い出してみるつもりだ」

浩志は、被害が無関係な一般人に及ぶのを恐れていた。トラブルは避けたかったが、当事者となった以上、自分も動かなければ解決できないことは分かっていた。

「本店には、北の対策チームがあるから、相談してみるわ」

浩志は、左手首のミリタリーウォッチを見た。

「この時間、山道を慌てて下りても仕方がないな」

午前二時、山を降りたところで、動きはとれない。夜明けと共に行動しても充分だろう。

「それじゃ、旅の最後の思い出を作る？」

美香は立ち上がり、浩志の首に腕を絡ませて顔を近づけて来た。彼女の芳香に潔く無防備になり、その熱い唇を吸った。自分のTシャツを脱ぎながら、美香の服を引き裂くように脱がせた。彼女の豊満な乳房は、解放された喜びに震えた。浩志はたまらず乳房を鷲摑みにした。美香は嗚咽を嚙み殺した。

再捜査

一

竹下通り、明治通り、表参道に囲まれた原宿の一角を抜ける幾筋もの裏通りには、ブティック、美容室、カフェなど、落ち着いたおしゃれな店が点在する。多くはティーンエージャー中心の竹下通りと違い大人の感覚を売りにしている。

原宿通り魔殺人事件の現場となった宝石店ジュエリー・ペクトゥも〝ラフォーレ原宿〟の脇を通る裏通りに面した店だった。

寸又峡から帰ったその足で、浩志は、美香の運転するアルファロメオを表参道で降りた。小雨降る中、原宿のジュエリー・ペクトゥから、一本竹下通り寄りの裏通りに面するマンション〝サンノゼ〟の五階、五〇八号室を訪ねた。

部屋の住人は、青戸雅彦（あおとまさひこ）、銃の修理、改造を生業とするガンスミスだ。米国のガンスミスは、免許制になっており、試射をする関係上郊外に工房がある所が多いが、日本ではもちろん違法な存在のため、敢えて都心の原宿に工房を構えることで警察の目を欺いているようだ。

昨年、青戸から米陸軍特殊部隊の脱走兵の情報を友人の大佐ことマジェール・佐藤は得ている。浩志は、面識がなかったので秋葉原の武器商人木村勇三に紹介してもらった。木村も元々大佐に紹介されている。犯罪現場となった店を調べる前に、偶然近所に住む青戸から何か情報を得られればと思ったのだ。

「よくいらっしゃいました。まさか藤堂さんが、ご存命とは、知りませんでした。あなたの死亡記事は、裏社会では衝撃的でしたから。お会いできて光栄です」

青戸は、会うなり握手を求めてきた。今年三十六歳とまだ若いが、シカゴ郊外にある有名なガンスミスで修行してきただけあって腕利きと評判だ。あごひげを蓄え、ジーパンにデニムのシャツを着ているところがいかにも職人らしい。

「本日は、どのようなご用件でいらっしゃいましたか」

浩志が修理をする武器も持たずに現れたため、青戸は首を傾げているようだ。

「俺の欲しいのは、情報だ。通り魔殺人事件があった店のことで知っていることはないか。事件当日たまたま関わったばかりに命を狙われている。知っていることがあったら教えてくれ」

浩志は、事件当日の出来事をかいつまんで説明した。

「それは、災難でしたね。それにしてもあの事件には驚かされました。通りでは一本離れていますが、ジュエリー・ペクトゥとの直線距離は、二十メートルほどしか離れていませんから」

青戸は浩志にリビングのソファーを勧め、すぐ近くにあるカウンターでコーヒー豆を挽きはじめた。日本にガンスミスはほとんどいないために繁盛しているらしく、自宅兼工房にしている部屋の調度品は贅を凝らしている。

「ジュエリー・ペクトゥで殺された三人は、北朝鮮の工作員だったらしい。知っていたか」

青戸は、コーヒーサイホンに挽いた豆を入れる手を一瞬止めた。

「被害者は、北の工作員だったのですか、初耳です。裏通りの店が、朝鮮人が経営しているというのは、不動産屋から聞いたことがあります」

「不動産屋から？」

「数年前、この辺に住みたくて、仕事場兼自宅ということで物件を探していました。それで、この界隈のことは不動産屋からいろいろと聞いていたんです。あの宝石商が入っているビルの二階から上は、賃貸マンションになっていまして、候補に挙げていました」

「宝石商に変わった様子はなかったか」

「あの店は、一見高価な宝石を扱っているようですが、扱う宝石は、すべてジルコニアで作ったフェイクです。中には、ブランドものにそっくりなデザインもあり、総じて値段が安いので結構人気があったようです。不動産屋は、北朝鮮に送金する会社の一つだろうと言っていましたよ」

日本各地に朝鮮人が経営する企業があり、今なお北朝鮮に送金されている。北朝鮮にいる家族や親戚などの困窮を思えば当然ともとれるが、その一部が様々な形で北朝鮮政府の財源になっていると問題視されている。

長距離弾道ミサイルの発射などで日本政府は北朝鮮に対して独自に制裁をしている。その一つが、北朝鮮への送金報告義務の上限を三千万円超から一千万円超に下げ、資金の流れを鈍くする措置だ。だが、現実的には、ロシアの銀行を迂回して送金されている。また、北朝鮮籍の船舶の寄港と北への輸出を禁止しているが、実際は、中国船籍の貨物船を借り上げて今なお貿易は続いている。いくらでも逃げ道がある経済制裁では、制裁そのものの空洞化は否めない。

「なるほど。北の資金源の一つか。それに裏通りで店自体は目立たない。だが、人気があり、客は多い。人の出入りが多くても怪しまれないということになる。工作員の隠れ家としてはもってこいだな」

「北朝鮮は、困窮しています。国を挙げて金になれば、麻薬だろうが偽札だろうがなんでもやります。その一つが宝石商だったとしてもおかしくありません。むしろ、商売がまとも過ぎて驚きますが」

「確かにな」

麻薬、偽札、武器の密輸、これだけ聞けば、マフィアを連想するが、北朝鮮ではすべて政府が絡んでいる。

「本当は、あのマンションを狙っていたんですよ。地下室がありましたからね。試射に使うには最適ですから。でも、すでに借りられていたので、諦めました」

「地下室？　宝石商が借りていたのか」

「使用中と聞いた時点で、不動産屋に詳しく聞きませんでした。地下室はマンションの玄関から、通路の左に階段があります。エレベーターホールの奥にあり、人目を気にせずに行けるという利点がありましたので、本当に残念でした」

青戸は、試射をするのにマンションを改修し、防音室を作ったらしい。距離がとれなかったので、壁を壊して、二部屋を繋げて使っているということだ。

〝ジュエリー・ペクトゥ〟は、マンションの玄関の左側にある。とすれば、非常口に通じる店の奥にあった通路のすぐ近くにあるということになる。基本的に店の奥や非常口は、犯行に関係していないので、よく調べなかった。警察でも犯人が逃走していないためにそこまで調べたかどうかは疑問だ。

腕時計を見ると、午後四時を過ぎていた。警視庁の新庄らと午後四時に現場で待ち合わせをしている。

「助かった」

「申しわけございません、お役に立ちませんで。もしよろしかったら、お手持ちの銃のメンテナンスをいたしますので、いつでもいらっしゃってください」

浩志は苦笑を浮かべ、部屋を出た。

二

銀の雨が原宿の裏通りに降り注いでいる。

浩志は、革のジャケットを切り裂かれてしまったために、コンビニで買ったウィンドブレーカーにTシャツという格好だ。もちろん傘も持っていない。フードを立てて、通り魔殺人事件の現場となった原宿の裏通りに面した宝石店〝ジュエリー・ペクトゥ〟に向かった。鑑識課の新庄と午後四時に待ち合わせている。すでに十分過ぎていた。

店の軒下(のきした)で警視庁捜査一課の杉野刑事が携帯灰皿を片手に煙草を吸っている。以前浩志に叱られて量は減らしたものの、禁煙するには至っていないらしい。

「藤堂さん。お待ちしていました」

浩志を見つけた杉野は、慌てて煙草を携帯灰皿にねじ込んだ。

「待たせたな」

立ち入り禁止の黄色いテープを潜り、店内に入った。二十四平米の狭い店内に、新庄と一課の佐竹が立っていた。

「藤堂、改めて呼び出すからには何か情報を摑んだのだろうな」

佐竹が挨拶代わりに質問をしてきた。

「これから俺がいうことは腹に収めておいて欲しい。上層部にも絶対報告はするな」

三人は浩志の顔を見据えて頷いた。

「昨日、パク・ウォンサムという北の工作員が亡命を希望し、俺に接触してきた」

「北の？」

佐竹は、頰をぴくりと動かしたがそれ以上質問をして来なかった。警視庁の中でもこの場にいる三人は、浩志が時に政府から特殊な任務を引き受けることを知っているからだ。

「彼の話によれば、ここで殺された三人の被害者も工作員だったそうだ。その中で、キム・ヒョクという年配の男がリーダー的存在だったらしい。俺は、その男から死に際に〝死線の魔物を止めろ〟と言われた」

「〝死線の魔物を止めろ〟……。まるで暗号だな。だが、初耳だぞ、そんなことは」

佐竹が、不服そうに眉を寄せた。

「俺も、死に際のうわごとと、聞き流していたんだ。工作員によれば、〝死線の魔物〟とは、北朝鮮でも知る者はほとんどなく秘密兵器のように扱われているらしい。パクもその実態をよく知らなかった。信じるかどうかは別として、〝死線の魔物〟が日本に派遣された場合、経済が破綻する以上の被害を出すとも言っていた」

パクの話は、論理的な矛盾もありすべて信じられるものではなかったが、気配もなく彼を殺した敵に対して浩志は危機感を持っていた。

「すると、君は、通り魔殺人事件にたまたま遭遇したために、北の工作員から重要情報を聞き出すことが出来たというわけだ。しかも殺された三人の工作員も通り魔の被害に遭わなければ、情報は漏れなかった。偶然が重なったということか」

新庄は大きく首を振ってみせた。

「確かに俺が殺人事件に遭遇したのは、偶然だったかもしれないが、三人が殺されたのが偶然かどうかは、これから調べてみないと分からない」

「馬鹿な。警官を含めて五人の被害者は、麻薬中毒の北村に殺されたんだぞ。あれが仕組まれた暗殺だったというのか」

佐竹は、鼻で笑った。

「それを今から調べるんだ。〝死線の魔物〟は派遣された国で秘密を守るために仲間すら殺すと工作員は言っていた。だからこそ、彼は亡命を希望して来たんだ」

ほとんど実態を知らない仲間すら殺すという凶行が本当なのかは疑問だが、パクが殺された以上、頭から否定はできなかった。

「工作員は、そう言ったのかもしれないが、考え過ぎなんじゃないのか。北村は、返り血を浴び、携帯音楽プレーヤーで音楽を聞きながら、人を殺したんだ。暗殺をするようなプロじゃない。それは、おまえ自身が言ったことだぞ」

北村は、ヘッドホンを付けてはいたが、今から思えばリズムに乗っているような感じではなかった。

「北村が、店内の三人を殺害した犯人なのか、目撃者がいない。まずそこから疑って調べるべきじゃないのか」

「馬鹿馬鹿しい。そもそも北村を取り押さえたのはおまえだぞ」

「待ってくれ、佐竹君。藤堂君の言っていることも一理ある。私自身疑問に思っていることがある。被害者の傷口は、確かに酷似(こくじ)しており、同じ凶器で殺害されたと監察医は断定している。凶器が先細りで反りが強いエマーソンのタクティカル・ペルシアだったために、傷口に特徴があったのだ。私が疑問に思うのは、先に殺された二人の警官は、犯人がナイフを振り回したために、首や肩など数カ所を刺されて死んでいる。言ってみれば偶然致命傷を負った感じだが、店で殺された三人はいずれも心臓を一突きされている」

佐竹の言葉を封じるように新庄が口を挟んだ。

「新さんは、店内の被害者に致命傷を与えた新たな犯人がいるとでも言うのですか」

佐竹は、新庄を見て首を振った。

「いや、はっきりとはしないが、手口はプロとアマの差ほどある。職務質問されてパニック状態になった人間が、店に飛び込んでから急に冷静になったというのもおかしい。殺しのテクニックが違い過ぎるのだ」

「だが、犯人はもういない。目撃者もいなかったんだから、調べようがないでしょう」

新庄の言葉に佐竹は諦めきったような口調で答えた。

「俺は、いると思っている。だから、もう一度この店を調べるのだ」

浩志は、キム・ヒョクが最期の言葉を浩志に遺したことを工作員のパクがまるでその場に居合わせたように知っていたことを三人に話した。

「なるほど。とすれば、この店のどこかに覗き穴や監視カメラの類いがあるのかもしれないな」

佐竹も渋い表情で頷いてみせた。

「キムは、頭を店の出入口に向けて倒れていた。俺は、出入口に背を向け、キムの右側の頭の近くでしゃがんで彼の言葉を聞いた」

浩志は実際に店のほぼ中央にしゃがんでみせた。

「店の入口からは、キムの口元は見えない。また、この場所に俺がしゃがむと、店の右側は死角になる。もし、カメラがあるとしたら、店の左側と奥、それに天井だ」

「よし、手分けして調べるぞ。俺は店の左側、杉野は奥、藤堂は天井を調べてくれ」

佐竹は、すぐさま全員に指示を出した。さすがに叩き上げの刑事だけに一旦理解すれば動きは速い。

一般に監視カメラといえば、小型のビデオカメラに赤いランプが点灯するタイプと思われがちだが、最近ではドーム型のものから、カード型のものまで形状は豊富にある。監視カメラは、その形状が侵入者に認識されることにより、カメラ自体が防犯の役割をするため、カメラの形をしたハリボテの防犯グッズも販売されているほどだ。だが、存在を知られなくていいのなら、カメラ自体は小型化できるため、発見するのは容易ではない。

浩志ら四人は、天井についている火災報知器や壁にかけてある時計などを分解して探したが、何も見つからなかった。

天井を調べ尽くした浩志は、自分の推測に自信があっただけに徒労感を募らせた。

三

犯行現場で、犯人の兇行を北朝鮮の工作員であるパクが目撃していたという浩志の推測の下で、手分けをして一時間近く調べたが、ビデオカメラや盗聴器の類いは出て来なかっじめた。

た。浩志は、それでも諦めきれずに店の奥に置いてあるショーケースの後ろの壁を調べは
「このスイッチは?」

ショーケースの後ろの壁にランプの形をした照明があり、スイッチは、照明の直ぐ下の壁にあった。試しにスイッチを入れてみたが、点灯しなかった。

「スイッチが壊れているみたいですよ。念のために照明は分解しましたが、何も出て来ませんでした」

ここを調べた杉野が答えた。

「うん? ちょっと待て」

照明本体の下に、スイッチがある。スイッチを入れるとランプは点灯した。

「杉野、ドライバーを貸せ」

杉野からドライバーを受け取り、浩志は壁のスイッチの上下に付いているねじ穴に差し込もうとした。

「これは……」

二つあるねじ穴のうち上の穴にはねじでなく、ガラス状のものが埋め込まれていた。浩志は、下のネジを取り、ドライバーをスイッチのカバーの隙間に差し込んでこじ開け、カバーごとスイッチを外した。

「見ろ。小型のビデオカメラがネジ穴に仕込んであった。これは、映像を電波で飛ばすタイプじゃない。配線をたどれば、監視していた場所が突き止められるかもしれない」

浩志は、小型のビデオカメラの配線を引っ張り杉野に渡した。

「藤堂さん、配線は、しっかりと壁の中に潜り込んでいるので、壁を壊さないとだめですね」

杉野にビデオカメラを持たせたまま、スイッチを取り外した壁の穴にハンドライトを照らして覗いてみた。配線は床下まで続いており、その先は見えない。

「下に続いているのか？」

浩志は、体に電気が走ったようにガンスミスの青戸が言っていた地下室という言葉を思い出した。

「どこに行くんだ」

佐竹の声を無視し、店の奥のドアから飛び出した。そして、非常口の反対側のドアからマンションのエントランスに通じる廊下に出た。薄暗い廊下の手前に地下へと続く階段がある。迷わず浩志は階段を降りて、地下室のドアの前に立った。位置的には、一階の宝石店の真下になる。ドアには何の表示もなく、シリンダー錠のドアノブには鍵がかけられていた。

浩志は、財布にいつも入れてある先がくの字に曲がったステンレス製の小さな道具を取り出した。

「藤堂止めろ！　違法捜査になるぞ」

針金のように細い道具を鍵孔に差し込むと、追いかけて来た佐竹が喚いた。

「うるさい。見たくないのなら、後ろを向いていろ」

浩志は構わず鍵孔を探り、ロックを解除した。

室内は照明が点いていた。十六畳ほどのスペースがあり、スチール棚がところ狭しと並んでいる。棚には段ボールが隙間なく詰められ、品番の下に手書きの宝石の絵が描かれたシールが貼られていた。予想通り、地下室は宝石店〝ジュエリー・ペクトゥ〟が倉庫として使っていたようだ。

浩志は倉庫の奥へと進んだ。棚で囲まれた一角にスチール机があり、その上に一台のモニターがあった。カメラを壁から外してしまったために、モニターには宝石店の床が映っている。机の隣の棚にハードディスクレコーダーが置いてあった。

「藤堂、これ以上何も触るな！」

「倉庫のドアは何者かがすでに開けていた。侵入者の形跡がありとみて緊急捜査をした。違うか？　きれいごとじゃ、今度の事件は解決できないぞ！」

浩志の言葉に佐竹は憮然とした表情で黙った。

「杉野、犯行時の映像を出してくれ」

「ちょっと待ってくださいね。メーカーにより仕様が違いますから」

杉野は、白い手袋をしてレコーダーの近くに置いてあったマニュアルを開いて扱い方を確認した。

「現在、このレコーダーは、五百ギガタイプのもので十五フレームにセットしてありますので、……およそ五百二十八時間分の映像が」

「講釈はいい。さっさと映像を出せ！」

浩志が切れる前に、佐竹が先に怒鳴り声を上げた。

杉野はレコーダーのコントローラーでモニターを録画映像に切り替え、画面の左下に表示されるタイムレコーダーを見ながら巻き戻した。

「現在犯行当日の十七時二十分の映像です。藤堂さんの証言では犯行時刻は、およそ十七時四十分前後ということですので、ここから二倍速で映像を流します」

モニターには、殺されたキム・ヒョクが店の中央に立ち、チャン・ミンハンはソファーに座り、クゥク・ユナの後ろ姿も映っていた。三人は、話をしているようだが映像のみで音声までは記録されていない。二倍速にしても、三人の動きに大して変化はない。打合わせでもしているようだ。

「等倍にします」

杉野は、タイムコードが十七時三十五分になったところで、再生スピードを標準に戻した。なぜか二人の男の口元は閉じられたまま、まるで蠟人形のように動かなくなった。

「あっ！」

タイムコードが十七時三十六分二十四秒を示した途端、モニターは真っ黒になった。

「どうした、杉野！」

佐竹が杉野を怒鳴りつけた。

「分かりません。映像が消去されたんでしょうか」

杉野は、慌てて再生を止めた。

「いや、店の電気が落ちたんだ。タイムコードは正常に作動していた。再生を続けろ」

浩志は、モニターの右下のタイムコードを指で示した。

「どうなっているんだ！」

数秒後にモニターが明るくなったと思ったら、床にキム・ヒョク、チャン・ミンハンが倒れていた。クゥク・ユナは、事件当時店の奥で発見された位置にいるのだろう、カメラの死角にいるため映っていない。杉野が再生を止めた。タイムコードは十七時三十六分二十九秒、わずか五秒の出来事だった。

「巻き戻せ！　杉野」

「いや、このまま再生しろ」

佐竹の指示を浩志は遮った。杉野は佐竹の顔色を窺いながら、再生ボタンを押した。

「見ろ！」

十七時三十七分四十八秒、自殺した犯人北村健次が、凄まじい形相で店に飛び込んで来た。叫び声を上げているのだろう、北村は何度も口を大きく開け、壁際に倒れているチャン・ミンハンに馬乗りになり、両手でナイフを持ってチャンの背中を刺した。

十七時三十七分五十五秒、七秒遅れて浩志が店に現れた。

「すげえ」

浩志が瞬く間に北村を取り押さえたのを見て、杉野は感嘆の声を上げた。

「止めろ！　もういい」

浩志は天井を仰いだ。店内の三人は、北村が乱入する前にすでに致命傷を負っていた。真犯人は、浩志が北村を取り押さえている間に悠々と裏口から逃走したのだろう。

「くそっ！」

側にあるスチール棚を浩志は、拳で激しく叩いた。

四

ミスティックにスタンダードジャズのＢＧＭが流れている。

ジャズを聴くと無性にバーボンが飲みたくなる。その逆もありで、バーボンを飲んでいるとジャズが聴きたくなる。人により飲む酒は違うのだろうが、いずれにせよバーやスナックでジャズを流すのは、販売促進に繋がるというわけだ。

「藤堂君、この店、私は気に入ったよ」

新庄が二杯目のウイスキーの水割りを頼んだ。そう言えば、新庄をミスティックに連れて来るのははじめてだった。もとより、この店に人を誘って来ることはめったにない。

原宿の通り魔殺人事件の現場である〝ジュエリー・ペクトゥ〟で真犯人がいることが分かったため、現場では再度鑑識を投入することになった。一旦縮小された捜査体制は、元に戻されるだろう。新庄は、鑑識課でも検死官なので浩志とともに現場を早々に退散した。時間も早かったが、浩志は美香と連絡を取り、開店前のミスティックに来たのだ。

通常、ミスティックは、午後六時に開店する。日によって違うが、美香は三十分前に店に入って準備をはじめるらしい。浩志たちが店に着いたのは六時十分前、看板娘の沙也加(さやか)が店の前の掃除をしていた。

厨房から、空きっ腹に堪(こた)えるいい匂いがしてきた。

「お待たせしました」

厨房から現れた美香は、浩志と新庄の前に底の深い皿とフォークを出した。皿の中身は、烏賊(いか)の炒め物で、ニンニクの香ばしい香りが鼻腔を突き抜け、胃袋を直接締め付けるように刺激する。

「ちょっと待ってね」

美香が、炒め物の横にスライスしたフランスパンを山盛りに入れたバスケットを置いた。

「ニンニクバーターで烏賊を軽く炒めて、それに烏賊のワタとお味噌とお酒を混ぜ合わせたソースを絡ませて、さらに炒めるの。フランスパンをソースに漬けて食べてください」

浩志と新庄は、美香の講釈が待ちきれず、すでに一口目を口に入れていた。

「うまい！」

「これは、どうしたことか、濃厚な烏賊のミソの味がなんとも言えない。すみませんが、赤ワインを頂けますか」

新庄は、余程気に入ったらしくワインをボトルで注文した。

「藤堂君、たまにはワインもいいだろう」

新庄に勧められて、ワインを飲んだ。確かに今日の料理には抜群の相性だ。

ワインは、料理とともにあっという間になくなってしまった。

しばらく水割りのグラスを重ねた新庄がぼそりと言った。

「悔しいな」

「どうしたんですか」

「君ほどのすばらしい刑事はいなかった。それをみすみす退職させてしまったんだ。本当に悔しいよ」

「ずいぶん昔の話ですよ」

警視庁を辞めたのはもう十八年近く前の話だ、苦笑する他ない。

「分かっている。だが、今日のようなことがあると今さらながら言いたくもなる。君がいなかったら、真犯人がいることも知らずに捜査は終了していた。改めて我々の仕事の甘さを感じさせられたよ。まったく情けない」

だいぶ酔いが回って来たようだ、呂律が時々回らなくなっている。

美香が気を利かせて、チェイサーを出した。

「別に刑事が嫌だというのじゃないが、俺は辞めてよかったと思っている。傭兵になって世界中の戦場を渡り歩き、修羅場を潜ってきた。だから、刑事とは違う目で見られることもある」

「……なるほど。そうかもしれんな。それに君は器の大きな男だ。本店じゃ、飼いきれなかったということだな」

「それは、どうだか」

「謙遜するなよ。ママ、ほっといていいの。こんないい男」

新庄は矛先を美香に向けた。

「どうでしょうか」

美香は、口元を押さえて笑った。

「その様子じゃ、まんざらでもなさそうだな。早く結婚しちゃいな。お似合いだ」

そう言うと、新庄はびっくりするほど大きな声で笑った。もはやただの酔っぱらいだ。

幸い時間が早いため他の客がいない。沙也加が驚いてコップを落としただけですんだ。

「こりゃいかん。酔っぱらったぞ。藤堂君、私は帰る」

浩志は店の外まで新庄に肩を貸し、タクシーに乗せて送り出した。

店に戻った浩志を美香がはじけるような笑顔で迎えてくれた。

「お帰りなさい。新庄さんって、とってもいい方ね」

新庄が酔っぱらって言った言葉に気をよくしているようだ。

浩志の空いたショットグラスになみなみとターキーを注ぐと、美香は、別のショットグラスを浩志の前に置いた。

「私にもちょうだい」

「珍しいな」

「たまには、いいでしょう」

美香がえくぼを見せて笑った。

浩志は苦笑を漏らし、彼女のグラスにターキーを注いだ。

五

井の頭線の最終にはまだ一時間ほど余裕がある。時刻は、午前零時十分前。ミスティックの看板娘である沙也加が明るい笑顔を残して帰って行った。彼女は相変わらず明大前に住んでいるらしい。

今年に入ってから、店を午前零時に閉めるようになったという。この店は美香にとって副業に過ぎないのだが、どこからも資金を借りることなく営業しているのだから、彼女の経営センスは大したものだ。だが、世の中の不景気を反映して、営業時間を短縮したらしい。また、沙也加をなるべく早く帰宅させる目的もあるようだ。それだけ、世の中物騒になってきたということだ。

週末ということもあるのだろう、美香に店が終わったら、彼女のマンションで飲み直そうと誘われている。美香は早々と店の看板の明かりを落とし、店内のあと片付けも終わらせたようだ。先ほどまで賑わっていたが、いつの間にか客は引け、酒を飲んでいるのは浩志だけになってしまった。早い時間からいただけに、新しく開けたターキーのボトルも半分以上空いてしまった。ショットグラスに残っている酒を口に投げ込むように飲み干し、店を出た。雨は止んでいた。

美香が出入口の鍵を閉めようとすると、彼女の携帯が鳴った。

浩志は店の前の階段を上がっていたため、会話は聞こえないが、美香の表情が厳しくなったのは分かった。

「浩志。ちょっといい？」

携帯を切った美香は、両手で拝むポーズをして店に入って行った。

別に急ぐ訳でもない。浩志は店に戻り、カウンターの椅子に座った。

「今、本店からの電話だったの。浩志と会って話がしたいって言うんだけど、どうかしら、断ってももちろん大丈夫だけど」

本店とは、内調（内閣情報調査室）のことだ。

「用件は？」

相手は政府に一番近い情報機関だ、好んで会おうとは思わない。

「実は、本店の北朝鮮対策課という部署に〝死線の魔物〟について調べてもらっていたんだけど。彼らには情報がなくて、韓国の情報部に問い合わせたら、向こうの情報員が急遽来日して、浩志に接触したいと言ってきたらしいの」

「所属をばらしてもいいのか」

これまで自分の身分すら明かさない美香が、同僚の身分を隠そうともしないことにいささか驚きを覚えた。

「私も驚いたけど、浩志に正直に話すように言われたの。嘘をついてもあなたには通じないと思ったのかしら」

敬意を払っているのかもしれないが、韓国の情報部のただならぬ動きが気になる。

「あの事件に絡んでいるのか。それなら、イエスという他ないだろう。場所と時間を聞いてくれ」

警視庁は再捜査をしているが、現場に手掛かりは何も残されていないだろう。捜査の切口を変えなければいけないと浩志も思っていたところだ。

「よかった。すぐに聞いてみるわ」

美香は店の奥で連絡を取った。携帯を切った美香が大きな溜息と共に浩志の隣に座った。

「ここで、打合わせをしたいらしいわ。それも、今からすぐだって言うの。嫌になっちゃう」

「それだけ、切羽詰まっているということか」

「そうかもしれない。何でも韓国の情報員が、明日まで待てないと言っているらしいの」

「分かった」

韓国は、北朝鮮の脅威に絶えず晒されている。韓国の情報機関なら、北の工作員について詳しいはずだ。

さすがに酒を飲んで待つというわけにはいかず、美香の淹れてくれたコーヒーを飲みながら、時間をつぶした。だが、さほど長くは待たされなかった。週末の深夜の東京で渋滞というのは、昔の話になったようだ。三十分とかからず、店のドアを開けて入って来たのは、三人の男だった。

美香は、顔見知りらしい男に店の奥の席に行くように言った。

「あなたが藤堂さんですか。お噂はかねがね聞いております。というか資料で拝見しました。お会いできて光栄です。私は、内調の国際部、北朝鮮対策課の石井透と申します」

身長は、一七〇センチほどで銀縁の眼鏡をかけた五十前後の男だ。内調の人間が自己紹介したために、浩志はいささか当惑した。彼らは通常所属を名乗ることはありえないからだ。浩志の存在は、国のトップシークレットとして扱われている。そのために、浩志自身のセキュリティレベルが高いということなのだろう。

石井は、連れて来た二人の男を順に紹介した。

「こちらは、国家情報院情報事務官をされているリュ・ソンミンさん」

リュは、身長一七二、三センチ、体重は七〇キロほど、年齢は四十前半、浩志と大して変わらないだろう。

「こちらは、情報書記のチェ・ソンフンさん」

チェは、にこりともしないで握手を求めてきた。年齢は三十前半、身長は一八六、七センチ、体重は一〇〇キロ近くありそうだ。首の太さからもそうとう鍛え上げた体をしており、韓国の有名なプロレスラーに似ている。

情報事務官とは、軍隊でいえば大尉、情報書記は、軍曹クラスらしく、チェは、おそらくリュのボディーガードに違いない。

「私は、日本語が話せます。無理なお願いを受けていただき、ありがとうございます」

リュは、流暢(りゅうちょう)な日本語でそつのない挨拶をしてきた。

美香は、カウンターで飲み物を用意している。紹介されないということは、この場では、スナックのママに徹するのだろう。内調としても、渋谷の繁華街に特別捜査官が経営する店があるとは、外部に漏らしたくないに違いない。

リュは、テーブルに五枚の写真を並べた。どれも隠し撮りされたものだが、見覚えのある顔ばかりだ。

「もうお分かりだと思いますが、このうち三人が原宿の通り魔に殺されたキム・ヒョク、チャン・ミンハン、それに女は、クゥク・ユナです。それから、こちらの男女が、パク・ウォンサムとイ・エギョン。全員、北朝鮮の対外情報調査部の工作員です」

「今日分かったことだが、最初の三人は、通り魔に殺される前に死んでいた」

浩志は、隠しカメラの映像のことを話した。

「やはりそうでしたか。我々は、通り魔がひょっとしたら暗殺者かとも思っていましたが、違っていたようですね。藤堂さんは、このうちの誰と接触されたのですか」

「パク・ウォンサムとイ・エギョンだ。イは、話しかけられただけだが、パクとは話をした。彼から、〝死線の魔物〟について詳しく聞くはずだったが、その前に襲撃された」

浩志が寸又峡温泉で襲撃された状況を話すと、石井とリュは感嘆の声を上げ、対照的にチェはむっとした表情になった。口を利かないが彼も日本語が分かるようだ。

「国家情報院でも、北の〝死線の魔物〟というコードネームを知ったのは、ごく最近の話です。複数の脱北した元工作員からの情報ですが、彼らは名前を知っているというだけというのがほとんどでした。ただ、これまで〝死線の魔物〟が関わったとされるテロ事件は、いくつか報告されていますので、我々は、〝死線の魔物〟とは少なくとも、二十人以上の特殊部隊隊員で構成された破壊工作部隊だと認識しています」

殺されたパクも同じようなことを言っていた。

「ただ、隊員の中に特殊な能力の持ち主がいると、我々は見ております」

「特殊な能力？」

「藤堂さんが、寸又峡で襲撃された時に遭遇した敵に違いありません。脱北した元工作員の話では、気配もなく人を殺すため〝魔物〟と呼ばれ、〝魔物〟を見たものは必ず死ぬという噂があります」

確かに殺気はおろか人の気配すら感じなかった。ただ、攻撃に対して反射的に防御したに過ぎない。あのまま闘い続ければ殺されていた。

「あなたは、〝死線の魔物〟と闘った唯一の生還者なのです」

「運が良かっただけだ。そんなことを言うためにわざわざ日本に来たわけじゃないだろう」

「その通りです。十日後に我が国の大統領が訪日します。〝死線の魔物〟が日本に派遣されたタイミングを考えれば、彼らの目的は、大統領暗殺だと思われます。一刻も早く〝死線の魔物〟を排除する必要があります」

浩志は首を傾げた。パクは〝死線の魔物〟は日本を破壊するために派遣されたと言っていた。韓国の大統領が来日するというのは、一ヶ月ほど前に発表されている。パクが知らないはずがない。にもかかわらず、浩志には一言もそのことに触れなかった。

「お飲物をお出しして、よろしいかしら？」

美香が、カウンターの向こうから声をかけてきた。

「ありがたい。喉が渇いていたところです。石井さん、お店の方にお願いしてください」

リュが笑顔で答えた。

背の高いグラスが、テーブルに置かれた。中身はグレープフルーツを絞ったジュースだった。酔ってはいないが、酒で渇いた喉にちょうどよかった。

美香の心遣いで緊張した空気が和んだ。

六

韓国の国家情報院は、政府転覆（てんぷく）やテロ活動など国の脅威となるあらゆる犯罪や諜報活動に対処する、大統領直属の情報機関で、その前身は、韓国中央情報部（ＫＣＩＡ）である。ＫＣＩＡと言えば、一九七三年に起きた金大中（キムデジュン）氏の拉致（らち）事件、一九七九年に朴正熙（パクチョンヒ）大統領の暗殺事件などの謀略活動ばかりか、一般市民への行き過ぎた取締と暴力で恐れられていた。まるで戦時中の秘密警察であるゲシュタポのような組織を現在の体制に改変させたのは、被害者の一人である金大中氏で、彼が一九九八年に大統領に就任してからの話である。

空になったジュースのグラスを片付け、代わりにコーヒーを入れたマグカップをテーブルに載せ、美香は再びカウンターの奥に戻った。

「〝死線の魔物〟を十日以内に殲滅あるいは、最低でも日本から排除するための手掛かりはあるのか」

浩志は、情報事務官のリュ・ソンミンに尋ねた。

「一つだけあります。〝人民軍六九五軍部隊〟で教官を務めていたハン・ヨンミンという男から情報を引き出すことです。〝死線の魔物〟が知られるようになったのは、この数年の話です。ハンは四年前まで部隊で諜報活動の教官をしていました。諜報は工作員が必ず受講する項目ですので、〝死線の魔物〟を構成する工作員も受講していたと思われます」

〝人民軍六九五軍部隊〟とは、北朝鮮の平壌にある〝金正日政治軍事大学〟の別名である。大学は、労働党や人民軍などのエリート幹部を養成する国家最高の機関であると同時に、工作員を養成する機関として知られている。

「〝人民軍六九五軍部隊〟といえば、金正日の肝煎りの大学だ。そこの教官なら国家への忠誠心が強い。情報を引き出すことは不可能だろう」

「現役の教官なら難しいでしょう。しかし、ハン・ヨンミンは、現在マレーシアの刑務所にいます。なんらかの交換条件を提示すれば、情報を引き出すことは可能だと思います」

ハン・ヨンミンは、二ヶ月前にマレーシアのジョホール・バルで韓国人の旅行者として麻薬取引の現行犯で逮捕され、死刑の執行を待つ身だという。マレーシアの麻薬課の巧妙な囮捜査でハンと地元の麻薬シンジケートが同時に逮捕された。

北朝鮮は、経済制裁で海外との貿易をほとんど閉ざされ、極端な外貨不足に苦しんでいる。そのため、外貨獲得の手段を問わず、麻薬や偽札造り、武器の密輸に政府が積極的に関与し、海外での取引きには工作員が深く関わっているといわれている。

「これまでハンと交渉しなかったのか」

「実は、すでに何度か接触しているのですが、韓国人とは一切面会しないとハンから拒絶されました。それに度重なる刑務所訪問に、マレーシア政府が目を光らせ、面会の許可を得られない状況になってしまいました。マレーシア側では、ハンを北の工作員と認識していないこともありますが、あの国に限らず刑務所は敏感な場所でもありますから、なおさらでしょう」

マレーシアの受刑者は全国に四万八千人ほどおり、刑務所の収容能力が不足しているという問題をかかえている。それだけに、刑務所内の環境悪化は内外から問題視されている。特に不足が著しい地域では、民間のビルを買い取って刑務所に改修するという方法をとり、軽犯罪者に対しては、刑罰をむち打ちの刑に変更し、刑の執行を早めるという変則手段も講じられているようだ。

「まさか、俺に行けというのじゃないだろうな」

「そのまさかです。というか、藤堂さんのご友人のマジェール・佐藤さんに交渉していただきたいのです」

「マジェールに？」

「我々は、マジェール・佐藤さんが、マレーシア産業振興財団の影の会長ということを知っています。彼なら、マレーシア政府に裏から働きかけられるはずです。彼の一番の親友は、藤堂さんですよね。我々は、彼にコネクションがなくて困っていましたが、偶然、〝死線の魔物〟と接触されたのが、藤堂さんとお聞きし、藁にもすがる思いで訪口したのです」

マレーシア産業振興財団は、巨額な資産を背景にマレーシアの産業を育成する私的団体で、同国の政治経済に多大な影響力を持つ。また、会員には、政財界の大物がいる。昨年まで会長を務めていたリムアナの専横で財団は危機的状況に陥ったが、浩志の力を借りた大佐ことマジェール・佐藤が、リムアナを追放し、財団を立て直した。財団は、その後、合議制になったものの、功労者として大佐は、影の会長のような存在になっていた。

「よくそんなことまで知っているな」

「一応、我々は韓国で最高の情報機関ですから」

リュは、悪びれることなくにこりと笑って見せた。もっとも、自衛隊から流出したデータで北朝鮮の工作員にまで浩志の情報が漏れるような世の中だ。驚くべきことではないかもしれない。

「殺人鬼を野放しにはできない。引き受けよう」

政府関係者からの依頼を嫌う浩志も今回は素直に首を縦に振った。

「ありがたい。正直言って、あなたに断られたら、我々はお手上げでした」

リュは、屈託なく笑った。職業柄、腹に一物を持つ者が多いはずだが、リュにはそうした陰を感じさせない。見ていても気持ちがいい男だ。

美香と残るというのもおかしいので、店を閉じて全員外に出た。リュとチェは、内調の石井透がホテルまで送って行くらしい。道玄坂でタクシーを拾うというので、浩志と美香もその跡をついて行く形になった。

午前一時二十四分、人気のない歩道をぞろぞろと歩いた。

浩志は、雨が上がったのに、車道に薄い霧のようなものが立ちこめているのを不思議に思った。夜空には星すらきらめいている。霧であるはずがない。突然頭の中で警報ベルが鳴り響いた。咄嗟に隣を歩いていた美香を引き寄せた。前を歩く三人は、まだ談笑しながら歩いている。

「どうしたの？」

浩志の様子に驚いた美香が、ささやくように尋ねてきた。

「俺の側を離れるな」

全神経を集中させた。怪しい気配は何も感じられない。だが、浩志の本能は、身に迫る危険を察知していた。しかもなぜか動悸がする。自分でもいつもより心拍数が高いことが分かった。

「気を付けろ！　リュ、チェに前を歩かせろ！」

三人は、浩志の声に驚いて振り向いた。

「どうしたんです！」

リュが驚いて尋ねてきた。

「危険を感じる。言われた通りにするんだ」

チェを先頭に石井とリュが横に並び、美香を真ん中にして、浩志が一番後ろに回った。

「このまま道玄坂の方に出るんだ」

浩志は、しんがりとなり、後方を警戒した。

赤い光と耳をつんざくようなクラクションが鳴り響いた。

「何！」

浩志らの横を数台のバイクが蛇行運転しながら通り過ぎて行った。格好からして、暴走族だろう。途端に肩から力が抜けたように、頭の中の危険信号も消えた。

「どうやら、藤堂さんの取り越し苦労だったようですね」

石井が振り返って、大きな息を吐いた。

「チェ！　どうした」

前を歩いていたチェが、突然、リュに支えられながら、後ろに倒れてきた。慌てて、石井もチェを支えて歩道に寝かした。

「これは！」

リュが、叫び声を上げた。信じられないことにチェの胸から血が噴き出していた。

「救急車を呼ぶんだ」

石井が美香に向かって叫んだ。

「無駄だ」

浩志は、首を横に振った。心臓を一突きされ、傷口から血が溢れ出ている。チェはすでに断末魔の痙攣(けいれん)をしていた。あと数秒で死ぬ。助けることはできない。

「くそっ！　〝死線の魔物〟の仕業(しわざ)か。しっかりしろ、チェ！」

リュは声を上げて悔しがった。

チェは、海老(えび)のように大きく体を曲げて痙攣し、首を垂れて死んだ。

またしても何の気配も感じることなく、襲撃された。もし、暴走族が偶然通りかからなかったら、全員殺されていただろう。恐ろしい敵だ。

浩志は、拳を握り、唇を噛んだ。

北の工作員

一

マレーシアのジョホール州は、一年を通じて高温多湿の熱帯性モンスーン気候で、マレー半島の最南部に位置する。州都のジョホール・バルは、マレーシア第二の都市であり、ジョホール水道を挟んで対岸にシンガポールと隣接する国境の街でもある。

浩志と内調の北朝鮮対策課の石井透、それに韓国の国家情報院、情報事務官であるリュ・ソンミンは、彼の部下だったチェ・ソンフンが渋谷で殺害された翌朝に、日本政府がチャーターした便でマレーシアに向けて出発していた。特別便が郊外のセナイ国際空港に着陸し、一行がジョホール・バル市内のクリスタル・クラウンホテルに着いた頃には、午後四時を回っていた。

浩志はチェックイン後、自分の部屋に荷物を置き、石井とリュの二人と待ち合わせている一階のラウンジの前にやってきた。すると、サングラスをかけた初老の男がラウンジ前のロビーで浩志に手を振ってみせた。

「今着いたのか、浩志」

男はサングラスを外して右手を差し出した。

「大佐、もう来ていたのか」

浩志は、大佐と固い握手をした。

今日は、移動だけで何もできないので、大佐とは、明日の午前中にこのホテルで待ち合わせをしていた。大佐も、ランカウイからジョホール・バルに来るには、四時間近くかかってしまう。朝一で移動する手段がなかったのかもしれない。

「明日動き出したら、実際に動けるのは、明日の夜になってしまうからな。それに日本人の観光客もこの季節は一段落しているから、仕事は社員にまかせてきた」

大佐には、真夜中に電話で詳細を話してあった。彼にとって日本は、亡くなった父親の国ということもあり、急な申し入れにもかかわらず快く引き受けてくれた。彼は、ランカウイ島で主に日本人の観光客向けにナチュラルツアーという自然を案内する会社を経営している。トップシーズンは終わったが、忙しいはずだ。

「すまん。世話をかけるな」

「それにしても、北の工作員が韓国の大統領の暗殺を計画するとは、穏やかでないな」

「暗殺と決まったわけじゃない。〝死線の魔物〟の正体と、彼らの本当の目的を暴くことが我々の仕事だ」

韓国と日本の情報機関は、すでに大統領の暗殺というラインで動いている。だが、浩志は、今も納得していなかった。

「わかった。とりあえず、日本と韓国の情報員を紹介してもらおうか」

「それを二人の前で言うなよ。あくまでも二人は日本と韓国の警察関係者ということになっているからな」

彼らからは口止めされているが、浩志は、紹介する二人が情報員であることを大佐に正直に教えてある。

大佐をともないラウンジに入った。ラウンジの一番奥の席に、石井とリュは座っていたが、浩志と大佐の姿を認めると、同時に立ち上がり、深々と頭を下げてきた。彼らがいかに大佐に期待しているのかがよく分かる。

リュは、ボディーガード役の部下チェを殺害された後は、一人で行動をしている。国家情報院からは、新たな部下をつけるように言われたそうだが、これ以上犠牲は出したくないと、断ったそうだ。

「ずいぶんと丁寧に挨拶するもんだ。後が怖い」

大佐は苦笑を漏らした。

浩志は、二人に大佐を紹介し、席に着いた。

「佐藤さん、恐れ入りますが、ハン・ヨンミンの件で」

「話は、すでに聞いた。今朝一番に関係者に連絡を入れておいた」

大佐は、石井の話を遮った。数年前に傭兵を引退したとはいえ、長年、トップクラスの軍人として働いて来た大佐にはずばぬけた行動力がある。馬鹿丁寧な話は彼のもっとも嫌うところだ。政財界に影響力があるマレーシア産業振興財団の影の会長といわれるだけあって、早々に政府の高官に話を通したのだろう。

「面会できるのは、一人。それも日本人の民間人だけだ」

「民間人？　ハン・ヨンミンがそう言ってきたのか」

思わず浩志は、大佐に聞き返した。

「彼は、韓国人とは会わないと言ってきただけだ。民間人と指定したのは、刑務所の所長だ。余計な刺激を与えないようにマレーシアの関係者には、ハン・ヨンミンが北の工作員だとは教えていない。彼らも政治的な問題を持ち込まれるのを嫌っている。ハン・ヨンミンをただの韓国人の死刑囚として扱いたいのだ。下手に身元がばれれば、国際問題になりかねないからな」

「一人ですか、佐藤さんに面会していただくことになるのですか」

石井が首を傾げながら尋ねた。自分も行くつもりだったに違いない。

「私は、お膳立てするだけだ。面会は、浩志が行ってくれ。その方が話は早い」

「俺が行かなくても、二人のうちどちらかが身分をごまかして行けば済むことだろう」

マレーシア側の警告に馬鹿正直に従う必要などない。リュにしても、日本語は話せる。しかも、北の工作員については一番よく知っている。パスポートさえ偽造すれば、一番の適任のはずだ。

「後で二人の身分がばれた場合、紹介した私は信用を失うことになる。それは避けたい」

大佐は、首を横に振った。

「待ってくれ、行くのは構わんが、ハンは英語か日本語は話せるのか」

浩志は慌てて聞き返した。自分が行くとは思っていなかったからだ。

「大丈夫です。ハン・ヨンミンは、人民軍六九五軍部隊の教官である前に、優秀な工作員でした。ハングル語以外に、日本語、英語、ロシア語が話せるはずです」

リュは、まるで他人ごとのように相槌を打ってきた。もともと韓国人とは面会しないとハンに言われているため、面会さえできれば、誰でもいいと思っているのだろう。

「分かった。なるべく早い方がいいが、明日の朝でも大丈夫か」

「私が、そんな悠長なことを言うものか。今夜、面会できるように手はずは整えた」

「今夜！」

石井とリュが同時に声を上げた。

「実は、刑務所サイドの問題なのだ。いかんせん、相手は死刑囚だ。正規の時間に面会させることは避けたいらしい。夜、こっそりと会うのなら、いいと言われてしまったよ」

大佐は、関係者に連絡をとっただけでなく、面会のスケジュールも組んでいた。現役時代、どこの軍隊でも指揮官として迎えられた。あだ名は伊達ではない。

二

マレー半島の南部、シンガポールに隣接するジョホールは、十一月から一月にかけて雨期に入る。そのためスコールが降った朝晩は、気温が下がることが多い。

午後十時。夕方に降ったスコールの影響で、気温は二十二度まで下がった。昼間の気温が三十五度まで上がったため、いくぶん肌寒く感じられる。

ジョホール・バルの刑務所は、街の南部にあるエイアー・モレック通りを挟んでジョホール動物園に隣接するマレーシアで最も古い刑務所である。クアラルンプールに比べ観光スポットに乏しいせいか、この刑務所では、体験ツアーを催している。体験というだけあって、所内の見学だけでなく、囚人と同じ待遇で、食事ができて宿泊もできるそうだが、これまで宿泊した観光客はなく、ツアーは不人気らしい。

面会室には窓もエアコンもなく、外気と縁のない淀んだ空気が溜まっていた。天井にシーリングファンがあるが、生温(なまぬる)い空気をかき回しているだけだ。部屋は、十五、六畳の広さがあり、中央に板と強化アクリルで仕切られたボックスが五つあった。ボックスには、肘をのせる程度のカウンターテーブルと、アクリル板には、声が聞こえるように穴が無数に開けられている。

浩志は、Tシャツにオフホワイトの麻のジャケットを着ていた。汗が頬を伝い、シャツとジャケットに染み込む。真ん中のボックス席に座ってかれこれ二十分近く経つが、ハン・ヨンミンが連れて来られる様子はない。浩志を引率してきた職員は、迷惑そうな顔をして、部屋の片隅に置かれた椅子に座り、新聞を読んでいる。もっとも日曜日の夜中、たとえ宿直だったとしても機嫌が悪くなるのも頷ける。

さらに五分ほど待つと、ボックスの反対側のエリアのドアが開き、オレンジ色の囚人服を着た男が、二人の看守に付き添われて部屋に入ってきた。男の身長は、一七〇センチほどで、髪は乱れ、無精髭を伸ばした顔は精彩を欠く。だが、ボックス席に座る浩志に鋭い視線を送ってきた。

「あんたか。死刑囚に会いに来たという物好きな日本人は」

ハン・ヨンミンは、大儀そうに椅子に腰を降ろし、流暢(りゅうちょう)な日本語を使った。死刑を宣告されているにもかかわらず、落ち着いた口調はこの男がこれまで修羅場を何度となく経験したということなのだろう。年齢は、五十三歳と聞いているが、囚人服の上からでも引き締まった体をしていることが分かる。気怠い雰囲気は、おそらく看守を油断させるための演技なのだろう。隙をみせれば脱走しかねない。

「俺の名は、桐生浩志だ。俺たちの会話は、モニターされているのか」

浩志は、桐生浩志の名のパスポートでマレーシアに入国している。偽造ではなく、内調に用意してもらった正式のパスポートだ。

「麻薬で捕まった男の会話をモニターするほど、ここの連中は仕事熱心じゃない。あんたは民間人だと聞いたが、どうせ日本のヤクザなんだろう。麻薬のルートはいくら聞かれても話すつもりはないぞ」

ハンは、暴力団が看守を買収して面会しに来たと思っているらしい。

「俺は、ヤクザでも警察でもない。麻薬にも興味はない」

「麻薬に興味はない？　見た目は、どうみてもヤクザにしか見えないがな。何が聞きたいんだ」

よく言われることだが、浩志は苦笑を漏らした。

「〝死線の魔物〟について知りたい」

浩志は単刀直入に聞いた。

「何！」

ハンの表情が一変し、後ろを振り返って二人の看守の様子を窺った。

「おまえは、私の正体を知っているのか」

「北の工作員で、人民軍六九五軍部隊の元教官だということは知っている」

浩志は、淡々と答えた。

「おまえは何者だ。韓国のスパイか」

「俺は、日本人でしかも民間人だ。嘘は言わない」

「ふざけたことを言うな。〝死線の魔物〟は、トップシークレットだ。日本の民間人が知るはずがないだろう」

小声だが、ハンは激しい口調で言った。

「〝死線の魔物〟は、俺に接触してきたパク・ウォンサムという工作員から聞いたのだ」

「パク・ウォンサム……。ますます怪しい。優秀な工作員がべらべらと敵国の民間人に機密を話すはずがない」

ハンは、殺されたパク・ウォンサムを知っているようだ。

「パクは、俺のことを知っていて、日本への亡命をアシストするように言って来たのだ。だが、その直後に〝死線の魔物〟に殺されてしまった。パクばかりではない。彼の同僚だった、イ・エギョン、原宿の宝石店、ジュエリー・ペクトゥでは、キム・ヒョクとチャン・ミンハン、それにクゥク・ユナも殺された」

「キム・ヒョクが……」

ハンの顔色が青くなった。

「おまえは、教官だったんだ。みんな知っているんだろ」

浩志は、ジャケットから数枚の写真を取り出し、接見するカウンターの上に並べた。

「……キム・ヒョクは、私の先輩だった」

溜息を漏らしながら、ハンは答えた。

「それにしても、パクは、どうしてあんたに亡命を求めたのだ。何者なんだ、あんたは」

ハンは、訝しげな日つきで浩志を見た。

「俺の本名は、藤堂浩志だ。職業は傭兵だ。パクは、自衛隊から流出したデータで俺のことを知っていたようだ」

「藤堂……浩志？　……思い出したぞ。日本政府が密かに任務を与えるといわれている傭兵チームのリーダーか。ミャンマーで死んだと聞いていたが、生きていたのか」

納得したのか、ハンは大きく頷いた。

「ことのはじまりは、ジュエリー・ペクトゥが襲撃された現場に、偶然俺が居合わせたことだ。そのためにあるクライアントから、〝死線の魔物〟を阻止するように依頼された」

浩志は、事件の概要を話した。

「キムは本当に〝死線の魔物〟を止めろと言ったのか。〝死線の魔物〟を彼は見て、なおかつしばらくは生きていたのか」

ハンは、自問するように尋ねてきた。

浩志は、キムが先天的な心臓の位置異常だったために即死を免れたことを説明した。

「なるほど、〝死線の魔物〟は、左胸を貫いたためにキムが死んだと思ったのか」

「〝死線の魔物〟について知っていることがあれば、教えて欲しい。情報と引き換えにできる限りのことをするつもりだ」

「私の希望は、ただ一つ、自由だ。刑が軽くなったところで意味はない。それ以外の条件を出すつもりもない」

あらかじめ予想はしていたが、マレーシアで麻薬に対する刑罰は厳しい。死刑囚の刑を軽くすることはできても、自由にすることは、大佐のコネクションを使っても難しいかもしれない。

「それなら、このまま死を選ぶことだな。俺を拒否するなら、刑の執行を早めるように関係者に働きかけるまでだ」

「どうせ、かごの中にいるのなら、早く殺してもらいたいものだ」

ハンは、浩志を睨みつけながら言った。

「自殺志願なら、逆に死刑の執行を遅らせ、男好きと触れ込んでもっと劣悪な刑務所に送るまでだ。毎晩、男色の囚人にかわいがってもらうことだな」

「くそっ！　貴様は鬼か」

ハンは、黄ばんだ歯をむき出して、わめいた。

「なんとでも言うがいい。話す気になったか」

浩志を睨みつけていたハンは、しばらくすると観念したのか大きな溜息をついて首を横にふった。

「私の知っている限り、〝死線の魔物〟に属するものは、何人もいる。しかも、全員変装の名人だ。私が直接この目で確かめなければ分からないぞ」

「詳しく話せ」

「〝死線の魔物〟は軍のある幹部の肝煎りで作られた秘密特殊部隊だ。人民軍六九五軍部隊で優秀な成績を収めた者だけで構成され、二つの支援部隊と、一つの戦闘部隊で構成されていると聞いている」

「三つのチームで構成されているのか」

「支援部隊は、一チーム数名で構成され、情報収集や、戦闘部隊のアシストをする。戦闘部隊は、特に優秀な者がいると聞くが、人数も構成員もまったく知らない。ただ、〝死線の魔物〟が五年前に作られていることから、私が教育した者が何人もいるはずだ。私を日本に連れて行けば、必ず彼らを見つけだす自信はある」

「その手には乗らない。おまえが教育した工作員の中で特に優秀な者の名前を書き出せば、それで済む」

「嫌なことだ。私は劣悪な刑務所で毎晩狙われようと、自由が得られなければ、これ以上何も話すつもりはない。帰ってくれ」

ハンは席を立ち上がった。

「〝死線の魔物〟を甘く見ないことだ。日本の未来はとてつもなく暗くなるだろう」

看守を促(うなが)したハンは、笑いながら部屋から出て行った。

「ハンは出て行った。予想通りだったな」

ジャケットの襟に口を寄せ、浩志は小声で言った。麻のジャケットには、小型の無線マイクが仕込まれており、刑務所のすぐ側に停めてある白いバンで、大佐と石井とリュがモニターしていたのだ。想定内の結果とはいえ、彼らの溜息が聞こえるようだ。

浩志は、看守に付き添われ刑務所の出口へと向かった。

三

午後十時四十五分、ジョホール刑務所は、ハン・ヨンミンとの面会を終えた浩志を吐き出すように門を閉じた。

浩志は、エイアー・モレック通りを横切りジョホール動物園の脇に停めてある白いバンの後部ドアを開けて乗り込んだ。車内の右側に無線機とパソコンが設置してある細長いテーブルが固定され、その前に四つの折りたたみ椅子がある。

「お疲れさまです。初回の面会で〝死線の魔物〟の概要を知ることができました。上出来といえるでしょう」

一番奥に座っている内調の石井透が労った。

「私も、同感です。ストレートに〝死線の魔物〟を出されて、ハン・ヨンミンも度肝を抜かれたのでしょう」

石井の隣に座る韓国国家情報院のリュ・ソンミンは相槌を打った。

無線機の前の椅子に座っている大佐は、何も言わずに浩志にボルヴィックの五百ミリリットルのボトルを渡した。

浩志は、大佐の隣に座り、うまそうにボトルの半分ほどを飲み干した。

「それにしても、夜中にしか面会できないとなると、明日の夜にどれだけ情報が得られるかが鍵になりますね」

石井が渋い表情を見せた。

「やつが情報を漏らしたのは、こちらの危機感を煽るためだ。これ以上何も出ないだろう。自分の命がかかっているからな。明日中に我々が、政府レベルで話をつけて夜には解放を条件に話してくるだろうとハンは読んでいるはずだ」

「釈放を条件にするとなると、よほどマレーシア政府に強く働きかけないといけません。

明日中に高官レベルで話を進めるのは不可能です。とはいえ、今日得た情報だけでは、動きようがありませんが」

　石井は、浩志の言葉に困惑の表情を見せた。

「手は打ってある」

　浩志はにやりと笑い、大佐を見た。夕方、四人で顔合わせをした後、大佐が考え出した作戦を二人でさらに練り上げていた。

「最初から、ハン・ヨンミンが素直に吐くとは思っていない。たとえ、釈放という条件を出してもでたらめを教えられるのが関の山だ。知っている振りをしているだけかもしれないからな」

　大佐は、鼻で笑った。

「面会する以外に何か方法はあるのですか。彼を自由の身にして自白させるのなら分かりますが」

　リュは肩をすくめてみせた。

「浩志を通じて、私を指名したのは、単にマレーシアの高官に話が通じるというだけではないだろう」

「もちろんそうです。数年前まで、現役の傭兵をされていて、どこの国の軍隊でも大佐クラスの待遇で迎えられるために、あだ名も〝大佐〟と呼ばれていたと聞いています。また、アジア各国の特殊部隊に対テロの戦略的な指導もなさっていたと聞いています。我々は、その経験を交渉に役立ててもらおうと思っていたのです」

石井が、大佐の顔色を窺うように言った。

「そこまで知っているのなら、私が単に面会をお膳立てして終わるわけがないだろう」

「何か、別の作戦でも立てられているのですか」

大佐の意味深な言葉に石井が聞き返して来たが、大佐は笑って答えなかった。

浩志の左手首のミリタリーウォッチは、午後十一時を指していた。

——こちら、トレーサーマン。作戦を開始します。

追跡と潜入のスペシャリストである加藤豪二の声が無線機から流れてきた。

「リベンジャー、了解」

浩志は、無線機のマイクを持って答えた。

「藤堂さん、どういうことか、教えていただけますか」

石井が奥の席から身を乗り出してきた。

「俺のチームをジョホール・バルに呼んでいた。連絡してきた男は、潜入のプロだ。どんな困難な場所でも潜入するだけの技術を持っている」

浩志は、もしもに備えて、仲間を民間機で先発させていた。もっとも乗り継ぎで時間がかかり、彼らが到着したのは、午後六時過ぎだった。もちろん仲間とは、浩志が率いる傭兵小隊〝リベンジャーズ〟のメンバーである。

小隊は二つにチーム分けがなされ、浩志がリーダーとなるイーグルチームは、どんな乗り物も運転、操縦できるというオペレーションのスペシャリスト〝ヘリボーイ〟こと田中俊信と、追跡と潜入のプロ〝トレーサーマン〟こと加藤、それに傭兵代理店のコマンドスタッフである瀬川里見を加えた四名だ。

もう一つのパンサーチームは、爆弾のプロ〝爆弾グマ〟こと浅岡辰也と、スナイパーの名手〝針の穴〟と呼ばれる宮坂大伍、スナイパーカバーとして〝クレイジーモンキー〟こと寺脇京介、それに代理店のコマンドスタッフである黒川章を加えている。今回、新メンバーである特殊部隊デルタフォースの指揮官だった〝ピッカリ〟ことヘンリー・ワットは、米国に帰っているため、参加していない。

ジョホール・バルに到着したのは、イーグルチームの三名で、パンサーチームの四名は急遽別行動をとらせている。

「潜入って、まさか刑務所に潜入させたのですか」

「刑務所ツアーでな。本当の意味での潜入はこれからだ」

ジョホール刑務所は、一泊五十リンギット（約千三百円）で所内の見学と食事と宿泊ができるツアーを催している。もっとも不人気ツアーとして地元でも有名らしい。

浩志は、加藤に無線機を持たせ、バックパッカーとしてツアーに参加させていた。不人気の上に宿泊まで希望する観光客がいままでなかったために、ツアーの募集時間を過ぎていたにもかかわらず、加藤は刑務所の副所長から直接感謝されたそうだ。

加藤は、観光客用の独房を抜け出し、刑務所職員のロッカールームに潜入していた。そして、職員の制服に着替え、ハン・ヨンミンが監禁されている死刑囚の独房に向かった。約一万八千平方メートルの敷地がある刑務所は、エイアー・モレック通りに正門があり、官舎、食堂、雑居房、独房などの建物がいくつも並び、中央の渡り廊下で繋がっている。

死刑囚の独居房がある建物は、加藤がいた建物から三つ奥にあり、途中二十四時間監視されているゲートを二つ通過しなければならない。加藤は、どちらのゲートにも音もなく近づき、看守に麻酔薬を嗅がせて眠らせた。警戒厳重なセキュリティシステムがある軍事基地ですら潜入できる男にとって、アナログな刑務所を自由に行き来することなど容易いことだった。加藤は、観光客用の独房から、ものの五分とかからず、ハンの独房に到達した。

「ハン・ヨンミン、起きろ」

加藤は、鉄格子の向こうで眠るハンを英語で呼んだ。

「何の用だ今頃。まさか、また面会なんて言うなよ」

ハンは、寝ぼけ眼を擦りながらベッドの上にあぐらをかいた。

「これを受け取れ」

加藤は、超小型の無線機をハンに投げ渡した。

「看守、何の真似だ」

「いいから、スイッチを入れろ」

加藤は、ハンがレシーバーを耳に当てるのを確認すると浩志に連絡を取り、その場を去った。

「ハン・ヨンミン、聞こえるか。藤堂だ」

浩志は、加藤からの連絡を受け、マイクを取った。

「何のつもりだ、藤堂。看守を早々に買収したのか」

ハンの声はクリアに聞こえた。

「工作員の教官まで務めた男が、落ちぶれたものだ。さっきの看守は、俺の仲間だ。買収しないで、仲間を使ったのは、おまえの命をいつでも狙えることを教えたかったからだ」

「なっ、何を偉そうに」

「おまえと交渉するのにわざわざ出向くのは馬鹿馬鹿しい。これからは無線ですることにした」

「私も、わざわざ独房から出る必要がないから、助かるというものだ」

「俺が言ったことを忘れたのか。おまえは、明日の朝受刑者で溢れかえるクルアンの刑務所に移されることになった」

クルアンは、ジョホール・バルから北西に七十五キロの地点にある小都市で、刑務所が慢性的に受刑者で満杯の状態にある。現在、民間のビルを購入し、刑務所に改修する計画があるがなかなか進んでいない。そのため、所内の環境は悪化していた。

大佐は、政府高官にハンが北の工作員であることを伝え、処分を一任するように許可を得ていた。

「それが、どうした」

ハンは、冷静な声で返事をしてきた。

「それだけじゃない。メディアに政府の指示で麻薬の売買をした北の工作員の情報を流すつもりだ。昼のニュースに自白した工作員として、顔写真が流される。どこかの将軍様もさぞかしお怒りになるだろうなあ」

「何を馬鹿な！　そんなことをしたら、一族郎党すべて粛清されるか、財産を没収されて強制労働を科せられるかのどちらかだ。頼む！　それだけは止めてくれ！」

ハンは絶叫した。

「おまえ次第だ。明日の朝、また連絡をする。一晩、よく考えることだ。苦し紛れに嘘を教えられても困るからな」

「頼む、藤堂！」

ハンは悲痛な声を上げたが、浩志は、容赦なく無線のスイッチを切った。

「なかなかの名演技だったな」

大佐が、隣で手を叩いて喜んだ。

「あんなところだろ。帰るぞ」

浩志は、運転席に移動し、大佐も助手席に移動した。石井とリュはまだあっけにとられて、席を立とうとしなかった。

「藤堂さん、ハンはもう一歩で自白しそうでしたが」

車が動き出すと、石井が慌てて運転席のすぐ後ろまでやって来た。

「あいつは確認不可能な情報を出して時間稼ぎをするに決まっている」

「それじゃ、どうするつもりですか」

「夜が明ければ分かる」

浩志は、アクセルを踏み込んで答えた。

四

午前七時十分、ジョホール刑務所の正門が開き、ハン・ヨンミンを一人だけ乗せた護送車が白いセダンに先導されてエイアー・モレック通りに入った。その跡を刑務所の向かいに停められていた二台の白とグレーのバンが続いた。護送車は、通りを北西に進みスグダイ大通りに出た。目的地は、ジョホール・バルから北西に七十五キロ離れたクルアン刑務所だ。マレー半島を縦断する南北高速道路に乗れば、一時間半ほどで着ける。

護送車のすぐ後ろを走る白いバンは、浩志が運転し、大佐と内調の石井、それに韓国情報院のリュが乗っていた。また、後続のグレーのバンには、イーグルチームの田中俊信、加藤豪二、瀬川里見の三人が乗っている。

「マジェールさん、質問してもいいですか」

後部座席に座る石井が助手席に座る大佐に尋ねて来た。

「さきほど、刑務所の前でお仲間から武器を受け取られていたようですが、まさか護送車を襲撃するつもりじゃないでしょうね」

「ハンは、大物工作員なんだろう。彼の持つ国家機密の漏洩(ろうえい)を北は恐れているはずだ。死刑囚としてあのままジョホール・バルの刑務所で処刑されれば問題なかったが、わざわざ刑務所を変えられるということにマレーシアに潜伏する北の工作員が過剰に反応する可能性も考えられる。護送の途中で、襲撃される危険がないともいえない。だから、銃を持っている」

宿泊しているホテルが違う田中らとは、刑務所前で落ち合った。その際浩志と大佐は、ベレッタM九二FSを受け取っていた。

武器は、別行動をとっていたパンサーチームの浅岡辰也らが、大佐の家に行って調達してきたものだ。大佐自慢の水上ハウスには武器庫があり、今回の作戦に必要な武器を辰也らが揃え、ランカウイ島からヘリコプターをチャーターして夜中のうちにジョホールに到着していた。グレーのバンに乗る三人も全員ベレッタを携帯し、瀬川はさらにロシア製のアサルトライフルＡＫ一〇一で武装している。ＡＫ一〇一は、ＡＫ七四Ｍをベースとして西側の五・五六ミリＮＡＴＯ弾を使用できるようにした輸出モデルである。

「ハン・ヨンミンは、刑務所の関係者と国の高官に賄賂（わいろ）を贈って、譲り受けることになった。手に入れた後はあんたたちに渡す。今回の作戦には色々と金を使った。請求書で目を回さないようにしてくれ」

大佐は、助手席の窓から吹き込む風を気持ちよさそうに受けて機嫌がいい。

「金額は、気にしていませんが、我々は、作戦の内容を聞かされていません。どこでハンの受け渡しがされるかだけでも教えてください」

石井は不満げな声を上げた。昨夜の加藤を潜入させたことも、事前に石井やリュには教えていなかった。文句を言うのも当然だろう。

「今回の仕事は、時間との勝負だ。非合法な手段をとらねばならない。だからこそ教えないようにしているのだ。もし、事前に作戦の内容を知っていてトラブルが生じた場合、私に仕事を依頼したあんたたちにとばっちりが行く。それでもいいのか」

「逆に事前に知っていないと、対処ができない場合があります」

「あんたたちは警察関係者なんだろう。無許可の銃を持つことを事前に許すのか」

「いや、それは……」

大佐に諭すように言われ、石井は口を閉ざした。

「確かにおっしゃる通りです。北の情報部は、ハンの動きに敏感になっているはずです。襲撃までするかと言われると疑問ですが、ひょっとすると移送先の刑務所にヒットマンを送り込む可能性は考えられますね」

リュは、納得したのか大きく頷いた。

「それより、ＫＬＩＡに特別便を本当にチャーターしてくれたのか」

大佐は、後ろを振り返って石井に尋ねた。ハンの身柄を確保したら、ＫＬＩＡ（クアラルンプール国際空港）に向かうことになっていた。

「すでに頼んであります。間違いなく午後の二時には、ＫＬＩＡから飛び立つことができます。しかし、クルアン刑務所に収容されるハンの身柄をそれまでに確保できるのですか」

「それは、ハン次第だな。浩志、そろそろ交渉してみたらどうだ。やつも本当に刑務所を移されるとは思っていなかっただろう」

それまで、ハンの乗せられた護送車の後を黙って運転していた浩志は、レシーバーと小型のマイクが付いているヘッドセットを頭にかけ、無線機のスイッチを入れた。

「ハン、聞こえるか」

「遅いぞ、藤堂。今まで何をしていた」

ハンは相当苛立っているようだ。あえて護送車に乗せられる前に連絡をしなかったのは、正解だったようだ。

「何を苛立っているんだ」

「刑務所を変えられるのは問題ないと言っていたはずだが」

浩志は、わざとのんびりとした口調で言った。

「そんなことはどうでもいい。私のことをメディアにリークすると言っていただろう」

「その件か。おまえのことを詳細に書いたレポートは、すでに作成してある。現地のニュースキャスターに今日の午後会う約束をしている。その時、渡すつもりだ」

「汚いぞ！　藤堂」

「真実を公表することに何か問題があるのか」

「くそっ！」

「協力するのなら、公表するのを止めたうえでおまえを自由にしてやる」

「…………」

ハンは答えず、長い沈黙が訪れた。

「ハン、よく聞け。おまえの先輩だったというキム・ヒョクは、〝死線の魔物を止めろ〟と言い残して、死んで行った。単に自分や仲間が殺されることへの恐怖心から言ったわけじゃないだろう。北の政権は今混乱していると聞く。軍や政府の中で何が起こっているのだ」

浩志は、呼びかけるように話しかけた。

「……あんたの言う通りだ。我が国は、将軍様と新しいお世継ぎの問題で、政権は大混乱をしている。カリスマ性のある将軍様が代わられることで、さらなる国の弱体化は免れない。それを必死で、立て直そうとありとあらゆる手段がとられている」

ハンの声は暗く沈んでいた。

北朝鮮は、一九九〇年代から疲弊（ひへい）した国家の立て直しに〝先軍政治〟と命名し、軍事を優先する政治を行なっている。周辺国や米国からの攻撃に備え、軍事行動を優先した上で経済まで立て直すという、いわゆる〝強盛大国〟政策だ。だが、食料の代わりに核兵器をはじめとした軍備の充実を図るという偏重した政策は、国民の生活を一層圧迫する結果に陥っている。

「あらゆる手段だと。どうせ軍事政策なんだろう」

浩志は鼻で笑った。

「そう皮肉るな。経済政策、外交政策など多角的に進められている。だが、その中で、国の弱体化が免れないのなら、周辺国を弱体化するべきだと考えている急進的な政治家や軍人が中にはいる。〝死線の魔物〟はそんな思想を持つ高級軍人に命令を受けた可能性も否定出来ない」

「周辺国の弱体化というのなら、来日する韓国の大統領の暗殺が目的なのか。それとも日本に直接打撃を加えるのが目的なのか。どっちなんだ」

「おっと、これ以上は、口が裂けても言えない。無線ですべてを話して、そのままむさ苦しい刑務所に送られるのはごめんだ」

ハンの声は、落ち着きを取り戻していた。工作員の教官をしてきただけにしたたかだ。

「分かった。すぐに手配する」

「口だけじゃだめだぞ、藤堂」

「分かっている」

浩志が、返事をすると同時に、大佐は携帯で誰かに連絡を取った。

「問題ない」

大佐の言葉に浩志は、軽く頷いた。

五

マレー半島の西海岸側を縦断する南北高速道路は、南は、シンガポールと隣接するジョホール州から、北は、タイと隣接するクダ州を繋いでいる。この高速道路が、マレーシアの目覚ましい産業の発展の一翼を担っているといっても過言でない。そのため、高速道路沿いの西海岸側での開発は目を見張るものがある。

ハン・ヨンミンを乗せた護送車と先導する白いセダンは、高速道路のインターチェンジを目の前にして左折し、大規模な工場の建設現場に入った。近辺に住宅もなく、ジャングルを切り開いた広大な敷地にいくつもプレハブの建物が建っている。ステンレスの金属工場建設現場と書かれた看板が、入口に貼られてあったが、入口は開放されていた。しかも、早朝のため、現場に人影はない。

二台の車は工事現場の重機の間を通り抜け、鋼材が置かれた広いスペースに停車した。すると、護送車から運転手と助手席に座っていた刑務所の職員と思われる男が降りて、先導していた白いセダンに乗って、工事現場から立ち去った。浩志らのバンは、セダンと入れ違いに敷地内に入り、護送車のすぐ後ろに停車した。

「ハン、自由は目の前だ。本当に協力する気はあるのか」

浩志は、ヘッドセットのスイッチを入れて話した。そして、バンの運転席に座ったまま、ボルヴィックのボトルから水を飲んだ。この国は、地域により気候が違うが、概して高温多湿でじっとしているだけで汗をかくことになる。意識して水の補給をしないと炎天下でなくても脱水症になりかねない。

「自由にしてくれるのか？」

ハンは、すぐに応答してきた。

「護送車の運転手も、護衛の警備員も帰った。おまえさえ素直に応じれば、俺が後部ドアを開けてやる」

「誓う。あんたと日本に行って、捜査に協力しよう」

「分かった」

浩志は、車から降りて後ろに停められたグレーのバンにハンドシグナルで合図を送った。すると、田中と加藤と瀬川が銃を構えながら、護送車の後方に立った。大佐も車から降りると銃を抜いた。遅れて石井とリュも降りて、大佐の後ろに従った。

午前七時半、すでに早朝の清々しい空気は太陽に焼かれはじめ、乾いた土に陽炎(かげろう)が揺らいでいる。

浩志は、新しいボルヴィックの五百ミリリットルのペットボトルを左手に持ち、右手で腰からベレッタを抜いて、護送車の後部ドアの前に立った。

「ハン。くだらないことを考えるなよ。俺も含めて、五人が銃を構えている。両手を上げて出て来い」

浩志は、加藤に護送車の後部ドアを開けさせた。

「分かった。ゆっくり降りるから撃つなよ」

熱気とともにハンが、全身にびっしょりと汗をかいて出てきた。エアコンも窓もついていない護送車は、蒸し風呂同然だったのだろう。

ハンは、護送車にもたれかかり、浩志が持っているペットボトルを虚ろな目で見て、生唾を飲み込んだ。

「素直に従う。その前に水を飲ませてくれ」

「いいだろう」

浩志は、ペットボトルを持った左腕をまっすぐ伸ばした。ハンは、手錠で繋がれた両手を前に出し、まるで砂漠でオアシスを見つけた旅人のようにふらふらとした足取りで近づいて来た。そして、ハンの右手の指がペットボトルに触れようとした瞬間、

——バッ！

突然、ボトルは音を立てて破裂した。

「なっ！」

振り返ると鋼材の陰からＡＫＭを持った数名の男たちが見え隠れしながら、銃撃してきた。

「敵襲！」

浩志は、ハンをタックルするように押し倒して、護送車の陰に隠れた。

近場の鋼材の陰に飛び込んだ田中と加藤は、すばやく応戦した。だが、敵の武器はアサルトライフル、銃弾の数、威力ともに圧倒的に上だ。だが、浩志らもハンドガンとはいえ、負けてはいない。両者の銃撃音は凄まじく、工事現場でなければ、たちまちパトカー

が駆けつけて来るだろう。

突然の銃撃戦に石井とリュは悲鳴を上げて、近くに積み上げてある鋼材の陰に隠れた。

大佐は、二人を守るために銃弾をかいくぐって彼らの側に行った。

「俺が、マスコミにリークしなくても、おまえは狙われていたようだな」

「ふん、そうかな」

浩志の言葉をハンは、鼻で笑った。

「私は、ここだ！」

ハンは、朝鮮語で叫び、身を乗り出した。途端に、ハンの近くに銃弾が飛び跳ね、護送車の前輪がパンクした。

「馬鹿野郎！　おまえが狙われているんだぞ」

浩志は、呆然としているハンの頭を押さえつけて反撃し、敵の一人に銃弾を当てた。肩口に当たったらしく、男は肩を押さえて後方に走り去った。

「瀬川、迂回して、二時方向の敵を始末しろ」

「了解！」

瀬川は、後方に一旦しりぞき、重機の陰になりながら、大きく右に迂回をはじめた。

「田中、加藤、十時方向の敵に集中しろ」

二人は頷き、四十メートル左前方の鋼材の陰にいる敵に銃弾を集中させた。左側の敵は、押されるように徐々に右側の鋼材の陰に後退して行った。

右前方の敵に激しい銃撃が加えられた。迂回した瀬川の攻撃がはじまったのだ。敵の銃撃が鳴りを潜めた。

「前進！」

浩志が叫び、田中らは、鋼材の陰から飛び出し、銃撃を開始した。瀬川の銃撃が敵に当たり、敵は後退しはじめたのだ。機を逃さず、田中と加藤が銃を撃ちながら左に回り込んだ。敵の銃撃は味方の攻勢にフェイドアウトした。

「深追いするな！」

車がタイヤを軋(きし)ませながら急発進する音が聞こえた。

「撃ち方止め！」

浩志の声が響いた。

六

予期せぬ襲撃にもかかわらず、味方に死傷者は出なかった。

浩志は、ハン・ヨンミンを守っていたために護送車の陰から動くことができなかったが、仲間三人は、機敏に敵を撃退した。

「大佐、ハンを頼む」

大佐は石井とリュの側を離れてハンに近寄り、油断なく銃をハンに向けた。

「田中、瀬川と一緒に周辺を調べてくれ。加藤、俺と一緒に、敵の死体がないか調べるんだ。それから、血の痕があったら、土を被せて消すんだ」

浩志らは、手分けして工事現場周辺を調べ、五分後に護送車が停めてある場所まで戻って来た。

「お疲れさまです。命拾いしました。ありがとうございました」

石井は深々と頭を下げてきた。

「大したことじゃない。襲って来た連中よりこっちの火力が足りなかったが、襲撃の可能性はあらかじめ考慮していた」

浩志は涼しい顔で答えた。

「田中、ハンをおまえの車に乗せてくれ。加藤と瀬川は、監視を頼んだぞ」

ハンは田中が前に立っても、大佐に銃を突きつけられたまま呆然と立ち尽くしていた。仲間が助けてくれるだろうと淡い期待を抱いていたのだろう。

「ハン、後ろの車に乗れ」

浩志に改めて声をかけられ、ハンは顔を上げたが、目はどんよりと沈んでいた。自分に向けて銃弾を浴びせられたのが、よほどショックだったに違いない。

「ＫＬＩＡに向かうぞ。田中、先に進んでくれ、俺はしんがりだ」

午後の二時には、クアラルンプール国際空港から、日本政府がチャーターした特別便が出る。ハンは、内調の石井が用意したパスポートで出国することになっていた。

田中の運転するグレーのバンが発進すると、浩志は、白いバンをその後ろにぴたりと付けた。

「それにしても、本当に驚きました。私は、兵役も経験していますが、本当の銃撃戦に遭ったのははじめてですよ」

朝から言葉少なめだったリュが口を開いた。

「私も、あんな演習のような銃撃戦ははじめてだ」

大佐がにやにやと笑いながら相槌を打った。

「まさか。傭兵を三十年以上経験されていても、そうなんですか」

リュが驚きの声を上げた。

「浩志の率いるリベンジャーズはすごいと改めて、感心させられたよ。あれほど迫力がある戦闘シーンはなかなか見ものだった」

大佐の言葉に浩志は思わず吹き出した。

「戦闘シーンって、どういうことですか？」

石井が首を傾げた。

「あれだけの戦闘で、敵味方に死人が出なかったのは、全員空砲を使っていたからだ」

大佐は、後ろを振り返り、後部座席に座る二人に笑いながら言った。

「空砲！　冗談でしょう。実際に銃弾は足下に跳ねて来ましたし、第一、ハンが隠れていた護送車の前輪は銃撃でパンクしたんですよ。藤堂さんだって、危うく撃たれるところだったじゃないですか。私でもあれは実弾だったことぐらい分かりますよ」

リュが反論した。

「確かにあれは実弾だった。仲間のスナイパーに狙わせたんだ。俺が持っていたペットボトルを狙い撃ちするのが、戦闘開始の合図だった」

浩志は、狙い易いようにボルヴィックのペットボトルを左手に持ってまっすぐ前に伸ばした。ハンがまさにペットボトルに触れた瞬間、銃撃させた。至近距離を狙撃され、ハンほどの工作員もパニック状態になったようだ。撃ち込まれた実弾はすべて〝針の穴〟ことスナイパーの名手、宮坂大伍が狙い撃ちしたものだ。

「馬鹿な。一歩間違えれば、死んでいました。最初に撃ち込まれた銃弾は、藤堂さんやハンと五センチと離れていなかったはずです。狂っている」

リュは韓国人らしく、激しく腕を振って呆れ返っているようだ。

「我々は、周到にブリーフィングをした。浩志のチームは、リハーサルもなしにそれを完璧にこなしたということだ。もっとも、長年傭兵をしていた私も、これほど優秀なチームは他に見たことがないがね」

大佐は自慢げに話した。

「それじゃ、襲撃して来たのは北の工作員じゃなくて、藤堂さんの率いる別のチームだったのですか」

「今頃、護送車のパンクを直しているはずだ。後で、刑務所の警護官が車を引き取りにくることになっている」

襲撃犯は、辰也をはじめとしたパンサーチームのメンバーだった。

「まったく、こういうのを日本語で水臭いと言うのじゃないのですか」

「二人に教えなかったのは、迫真の演技をしてもらうためだ。悪く思うな」

大佐は、後部座席の二人をたしなめた。

「リュさんの言う通りですよ。事前に教えていただければ、我々は醜態をさらさずに済んだはずです」

石井も苦笑いをしながらリュに同意した。

「銃も持たずに、銃撃戦に巻き込まれたら、誰でもああなる。あんたたちのおかげで、ハンは、パニック状態になったようなものだ。浩志のチームが迫真の演技をするよりも効果的だった」

「確かにおっしゃる通りですね」

石井とリュは渋々頷いた。

「だが、日本にハンを連れて行ったら、さっきのようなことは現実に起きると思っていたほうがいいだろう。日本に北の工作員は腐るほどいるだろうからな」

「マジェールさんの言う通りです。日本は、北朝鮮と断交しているように見えますが、実際は、北の工作員は、韓国や中国ルートで自由に入出国しているのが、現状です。また駐在している工作員は、千人以上いると考えています。武器の調達は、トカレフやマカロフなどのハンドガンなら、彼らはすぐに調達できるはずです」

リュは、眉を寄せて頷いた。

「それにハンを手に入れたからといって、〝死線の魔物〟を阻止できる保証はない」

大佐の言葉に、後部座席の二人は押し黙ってしまった。

「いや、ハンは切り札だ」

浩志は、ぼそりと言い切った。

「その口ぶりは自信があるようだな」

大佐は感心したように浩志を見た。

「ネガティブな思考では、闘う前に負けると言いたいだけだ」

これまで幾多の紛争地で闘ってきたが、ネガティブな思考を持つ指揮官のせいで惨めな退却を余儀なくされた部隊を幾度も見てきた。

「確かに浩志の言う通りだ。我々は〝死線の魔物〟というおどろおどろしい名前に萎縮していているのかもしれない。これでは、負け戦は目に見えている。浩志、よかったら、このまま私も日本に連れて行ってくれ。久しぶりに働きたくなった」

「いいのか、仕事をほっといて」

「構わん。現役の傭兵とまではいかないが、策士としてなら、充分働ける自信はある」

大佐が珍しく闘志を燃やしている。

「待ってください」

リュが身を乗り出してきた。

「こういう時、確か、日本語では、願ったり、語ったりといいますよね。石井さん、私からもお願いします。ミスターマジェールをアドバイザーに加えてください」

「リュさん、それを言うなら、願ったり、叶ったりですよ。念を押さなくても私は大賛成です」

石井とリュの掛け合いに場が和んだ。

どうやら、闘いの準備はできたようだ。

怪事件

一

日本政府が用意した特別便は、予定通り現地時間の午後二時にＫＬＩＡ（クアラルンプール国際空港）を飛び立った。

浩志とイーグルチームである田中俊信と加藤豪二、それに瀬川里見は、身柄を拘束した北朝鮮の工作員であるハン・ヨンミンを監視するという名目で同乗した。浅岡辰也らパンサーチームのメンバーは、大佐から借りた武器をランカウイ島にある大佐の自宅の武器庫に返却するため、現地に残った。大佐も一緒に来ると言っていたが、辰也らと一旦自宅に戻り、荷物を整えて夜間にＫＬＩＡを離陸する民間機で辰也らと来ることになった。

フライトは、七時間二十分。日本時間の午後十時二十分に羽田空港に着陸した。

ハンは、政府の用意した護送車に、内調（内閣情報調査室）の石井透と韓国国家情報院のリュ・ソンミンに付き添われて空港からいずこかに消えた。明日いっぱい内調で取り調べを受けるということだ。浩志らは空港で解散した。

浩志はタクシーを飛ばし、芝浦埠頭で降りた。午後十一時、人気のない埠頭の道路を歩き、大手運送会社の倉庫のすぐ隣にある倉庫に入った。八十坪ほどの敷地の倉庫は、この界隈ではかわいらしいものだ。内部はがらんとしており、奥の方に倉庫らしく見せるためか工事現場でよく見かける三畳ほどの大きさのプレハブ式ボックスの中に机と椅子が置いてある。ドアには事務室とプレートが貼られ、机の上には一応ファックス電話とデスクライトが備えられている。また、段ボールの空箱がそれらしくいくつか積み上げられ小さな運送会社の倉庫に見えなくもない。

浩志は、倉庫の一番奥の柱に備え付けられているヒューズボックスを開け、五つのブレーカーを上げ下げした。すると、ヒューズボックスの中にグリーンの小さなライトが点灯した。ライトの下にあるスリットにICカードキーを差し込むと、ヒューズボックスの左側にあるコンクリート製の壁が開いた。

壁の後ろに現れた地下に通じる長い階段を降りて、突き当たりにある鉄の扉のロックを二枚目のカードキーで開けた。浩志は分厚い扉を開け、入り口近くにある電気のスイッチを入れた。天井の照明が点き、武器が梱包された大小の木箱やケースが照らし出された。ここは傭兵代理店の武器倉庫なのだ。

浩志は、木箱の脇を抜け、倉庫の左奥にある金属製のベッドの上に自分の荷物を置いた。この倉庫は元々代理店から管理を任されていたが、ソマリアから帰国してから、ベッドを入れ、簡単なキッチンやシャワーも設置した。トイレはもとからあるのでなんとか住めるようになった。

ソマリアに行く前は、ミャンマーから極秘で帰国していたために、ホテルや旅館を転々としていた。気の置けないアパートかマンションを借りたいところだが、ブラックナイトに付け狙われる身としては、贅沢は言えない。もっともジャングルで野宿することを思えば、快適といえたし、何と言ってもこの倉庫には、武器が豊富にあり、射撃場もある。ベッドが置かれている反対側に防音壁で囲まれた幅三メートル、奥行き十三・八メートルの射撃スペースがあり、二つの自動標的が設置されているため、ハンドガンの練習なら充分できる。傭兵の住処としては、最高の条件と言えた。

まずは、マレーシアから運んで来た汗と埃(ほこり)を流すためにベッドのすぐ手前にあるユニットのシャワールームに入り、コックを捻った。しばらく頭から熱いお湯を浴び続け、全身の筋肉を弛緩(しかん)させた。

「ん……?」

シャワールームのライトが赤く点滅した。地上の倉庫のインターフォンが押されたのだ。

浩志はタオルで体を拭きながら、出入口に向かった。扉の近くの壁に十インチのモニターが八台並んだパネルがあり、地上の倉庫や周囲の様子を映し出している。これで、訪問者の確認だけでなく、尾行されていないかもチェックできる。これは、地下倉庫に射撃場が作られた時に新たに設置されたものだ。

浩志は、訪問者が美香であると確認し、一階のシャッターを開閉するボタンを押した。モニターにアルファロメオ・スパイダーが倉庫に滑り込んでくるのが映った。ここに引っ越して二ヶ月も経っていない。美香もまだ一度しか来ていない。地下の倉庫に入るためには、三つの鍵が必要となる。特にＩＣカードキーは、複製ができないので美香に合鍵は渡していない。

モニターを見ながら、地上と地下の扉のロックを順に解除して行く。目の前の重い扉を開けてやると、美香が買い物袋を抱えて溜息混じりに入ってきた。

「安全かもしれないけど、不便ね。薄暗くて侘しいし。私のマンションに来ない？」

美香は半年前に以前住んでいた豪徳寺のマンションのすぐ近くに引っ越したそうだが、まだ行ったことはない。前のマンションよりも広く、二人で十分暮らせると言っている。

「シャワー借りるわね」

美香がシャワールームに消えたので、浩志は、ベッドに横になった。

「お疲れね」

いつの間にかバスローブをまとった美香の腕が首に絡まっていた。ベッドに横になった途端にうたた寝をしていたようだ。

「疲れた」

マレーシアには、二日間で往復している。しかも、ジョホール・バルでは、二時間ほどホテルで睡眠をとっただけだった。帰りの特別便では、ハンを交代で監視したり、日本に帰ってからの打合わせをしたりと、結局一時間ほどの仮眠しかとれなかった。その代わり、羽田からのタクシーの中では眠りこけてしまった。こんな時、もう若くはないのだと、思い知らされる。

「お酒、飲む？」

「そうだな」

「お酒を飲む前に少しだけお話ししていい？」

「いや、飲みながら聞こう」

美香は頷き、キッチンからグラスとターキーのボトルを持ってきた。食べ物は何もないが、ターキーだけは置いてある。

「あなたが、マレーシアに行っている間、〝死線の魔物〟の捜査は、何の進展もなかったわ。今のところ、北の工作員も鳴りを潜めているみたい。内調からの指示で、公安も大規模な捜査をしているし、韓国は大統領の訪日が近いこともあって、国家情報院が特別チームを派遣して独自の捜査をしているから、都内では動きがとれないのかもしれない」

「それぐらいで、引っ込んでくれる敵なら助かるがな」

上体を起こしてベッドに座り、美香からターキーが満たされたグラスを受け取った。

「ただ、気になるのは、この何日かで、妙な事件が都内で続発しているの」

「妙な事件？」

「商店街で通り魔殺人事件が二件、起きているの」

「最近起きた谷中（やなか）のよみせ通りの事件のことか？」

六日前に谷中のよみせ通り商店街で、二件の連続した通り魔事件があったが、いずれも大した事件ではないのであまり気にしていなかった。

「別よ。巣鴨（すがも）の地蔵（じぞう）通り商店街で昨日は未遂で終わったけど、今日の事件では、五人の死傷者を出している」

警視庁の捜査一課がパニック状態に陥っているのが、目に見えるようだ。

「一応、詳細を教えてくれ」

浩志は、美香に一連の事件のあらましを聞いた。

「いずれの事件も関連性はないので、〝死線の魔物〟とも関係ないと見られているけど、原宿の事件のすぐ後だから、なんか不気味よね」

浩志は眉間に皺を寄せてグラスに口をつけた。何かひっかかりを覚えるのだ。

「お話はこれでお仕舞い。難しい顔も禁止」

美香がグラスを取り上げようとするので、一気にバーボンを飲み干した。

「お代わり」

グラスをさし出すと取り上げられ、美香が覆いかぶさるように抱きついて来た。

「お代わりは私よ」

美香はバスローブを脱ぎ捨てた。確かにお代わりはこの方がいい。

浩志は、豊満な女体を抱きしめた。

二

翌日浩志は、携帯の音で目覚めた。

ベーコンを焼いているいい匂いがする。起き上がると、キッチンで朝ご飯を作っている美香の後ろ姿が見えた。

腕時計は、午前八時を過ぎていた。毎日六時に起きてロードワークをしているが、さすがに今日は体内時計も働かなかったようだ。浩志は鳴り止まない携帯を取った。

「藤堂さんですか。杉野です。一昨日から、藤堂さんと連絡が取れなくなっていたもんで心配していました」

警視庁捜査一課の杉野刑事だ。

「何か用か」

「ご存知とは思いますが、この二日間で、凶悪な事件が相次いで発生し、警視庁や所轄はパニック状態です。そこで、仕方なく例の原宿の通り魔事件は、規模を縮小しました」

「手短にな」

この男の説明はいつも回りくどい。

「実は、さきほど、また殺人事件がありました。もし、よろしかったら、一緒に現場に行きませんか」

「それは〝死線の魔物〟に関係する事件か」

「違います。犯人は、七十三歳の男で、被害者は、六十九歳の女性で、犯人の妻です」

「夫婦の痴話げんかの殺しか？　俺が行かなくてもいいだろう」

「それが、なぜか新庄警視から是非とも藤堂さんに来てもらうように伝えて欲しいと言われまして」

鑑識課の新庄秀雄の頼みとあらば、断るわけにはいかない。幸い、マレーシアで拘束したハン・ヨンミンは、今日一日内調の取り調べで、動きはない。

「分かった」

「場所は、巣鴨の地蔵通り商店街です」

「地蔵通り？　とげぬき地蔵か」

「そうです。お待ちしています」

浩志の返事も待たずに杉野に携帯を切られてしまった。ベッドから足を下ろして背伸びをすると、溜息と同時にあくびが出た。疲れがまだ残っているようだ。

「ひょっとして、すぐ出かける？」

ベッドから四メートルほどしか離れていないキッチンから美香が大げさに手を振っている。朝ご飯の用意ができたようだ。

「いや、朝飯を食ってからだ」

ジーパンだけ穿いて、キッチンの前に置かれた折りたたみのテーブル席に座った。

「これで、エスプレッソも飲めれば言うことないんだけど」

美香は最後にインスタントのコーヒーをマグカップに入れて、席に着いた。

「エスプレッソ？　これで充分だ」

「私が飲みたいの」

美香は笑って見せた。

ベーコンエッグ、イングリッシュマフィン、コーンスープ、フレッシュサラダ、野菜ジュース、コーヒーにミルク。彩り鮮やかにテーブルは飾られている。食べずに出かけられるわけがない。

きつね色に焼かれたイングリッシュマフィンにバターを塗って、一口頬張った。外はかりかり、中はもっちりとして、まるで焼きたてを石釜から取り出したかのように芳醇な香りがする。一枚目は、そのまま食べて、今度は、ベーコンエッグとサラダ菜にマヨネーズをかけて挟んだ。想像通り、これはいける。だが、挟むより、オープンサンドにするべきだった。

「あなたって、食べているときは、腕利きの傭兵にはとても見えないわね」

「そうか」

「そんなに幸せそうな顔をして食べる人は、滅多にお目にかかれないわ」

「食べることに生き甲斐を見いだせない奴は戦場じゃ、生き残れないからな」

理屈をこねてみたが、どうでもよかった。だが、戦場では生きて帰れたら、豚カツが食いたいだとか、分厚いステーキを食いたいとか、単純な欲望が最後の一踏ん張りになることがあるものだ。

「さっき、とげぬき地蔵って聞こえたけど、また殺人事件でもあったの？」

四枚目のマフィンを食べはじめたところ、美香が尋ねてきた。

「また？　……そうか」

昨日の夜、美香から聞いた事件のことを思い出した。

「一昨日と昨日、二日続けて、通り魔事件があったでしょう。一昨日は未遂で終わったけど、昨日の事件では、五人の死傷者を出しているわ。それぞれの事件に関連性はないけど、狭い範囲で連続して起きているから、不気味ね。何か人を殺人に追い込むような特別なものでもあるのかしら」

「特別なもの?」

「幻覚作用の強い麻薬を常習していたとか、インフルエンザみたいなウイルスとか、とにかく人を殺したくなっちゃうようなもの。というのも犯人の中に、人を殺すように命令されたなんて言う人もいるらしいから」

「確かに麻薬中毒患者は被害妄想に陥り易い。だが、犯人に中毒患者がいたとは聞いていない。それにホラー映画じゃあるまいし、ウイルスはありえないだろう」

美香の言葉に浩志は笑って答えた。

「そうよね。私もずいぶん前に行ったことがあるけど地蔵通り商店街は下町のおばちゃんとかおじちゃんが経営しているお店ばかりで、のんびりとしていたけど、今は変わっちゃったのかしら」

浩志も美香の言葉に頷いた。現役の刑事をしていたころ、何度か行ったことがある。あの街には暖かい昔ながらの情緒が残っていた。

各地の商店街が、シャッター通りと呼ばれて衰退しているのに対し、地蔵通り商店街といえば、今でも高齢者の原宿と言われ、年配の買い物客で賑わっている。おおよそ犯罪とは無縁な街だ。だが、新庄が声をかけてくるのは、単に人手不足のための応援を頼んだわけではないはずだ。

浩志は、マフィンをコーヒーで流し込み席を立った。

三

山手線巣鴨駅から白山通りを北に二百メートルほど進み、とげぬき地蔵入口交差点から、斜めに交差する通りに地蔵通り商店街はある。

商店街の入口近くにある萬頂山高岩寺の本尊が延命地蔵尊であり、通称とげぬき地蔵と呼ばれる。江戸時代、毛利家の女中が誤って針を飲み込んだのを地蔵尊の御影を飲み込むことにより吐き出したという逸話に由来する。高岩寺が高齢者に人気があるのは、地蔵が病気の治療にご利益があるとされているためで、商店街の客層の平均年齢が必然的に上がったということだろう。

浩志は、商店街入口でタクシーを降りた。寸又峡で北の工作員と見られる一団に襲われ、革のジャケットをだめにしてしまったため、米軍放出品であるグレーのブルゾンにTシャツ、それにジーパンという格好だ。

商店街は古い建物が多いと思っていたが、意外に新しいビルやマンションが要所に建っていた。それでも道の両脇の外灯に旗が飾られ、外灯に繋がれたロープに提灯や飾り物がぶら下げてある。昔と変わらない下町の商店街のスタイルだ。商店街の飾りを見ていると所々、外灯の上に携帯のアンテナらしき、十五センチ四方の機器が設置してあることに気が付いた。日本は、狭い国土に何社も携帯の通信会社があるため、アンテナもいたる所にあるのだろう。

何気なく外灯のアンテナを見ながら歩いていると、警察車両が停められた一角が目に入った。野次馬を縫って前に出ると、シャッターが半開きになっている店に立ち入り禁止のテープが張り巡らされていた。店の前に立っている警官に、一課の杉野を呼び出してもらった。

待つこともなく店のシャッターを開けて杉野が、頭をかきながら出てきた。

「藤堂さん、ご足労願って、すみません。正直言って、無駄足になるかもしれませんよ」

杉野は耳元でささやくように言った。呼び出した新庄の手前、大きな声では言えないのだろう。

「案内してくれ」

「こちらです」

シャッターを潜る杉野に続き、浩志は店の中に入った。店内は商売物の洋服が散乱し、そこら中に血が飛び散っていた。鑑識の警官から渡された足に被せるビニール袋を靴の上から履いて奥に進んだ。

「被害者は、松本菅子、六十九歳、加害者は夫の松本三郎、七十三歳。午前七時半頃、開店するために準備をしていた菅子さんと加害者の三郎はささいなことで口論となり、三郎は、台所から包丁を持ち出して、菅子さんを殺害したようです。両隣の住人が大声で喧嘩する声に驚いて外に出たところ、包丁を持って菅子さんを追いかけ回す三郎を発見し、止めるのも聞かずに三郎は奥さんを殺害したそうです」

杉野は歩きながら説明をした。

「犯人は？」

「奥さんを刺し殺した後、放心状態になっているところを駆けつけた警官に逮捕されています」

事件が起きてまだ一時間も経っていない。犯人も逮捕され、殺害の目撃者までいる。おそらく大方の聞き込みも終わっているのだろう。後は、犯人である夫の三郎の動機を解明すれば、捜査は終了する。

店の奥の一段高くなった居間のような六畳の部屋に菅子の死体はうつ伏せの状態であった。上がりかまちから五十センチほど離れたところに足のつま先がある。部屋の真ん中にちゃぶ台が一つあり、特に荒らされていない。背中は、何度も刺されたらしく、衣服はぼろぼろになって血だらけの肌が露出していた。年老いた夫の犯行とすれば、日頃から鬱積した憎しみがあったに違いない。

死体の側にしかめっ面の鑑識課の新庄秀雄が立っていた。

「藤堂君、遅いぞ。待ちかねて、死体を運び出すところだった」

浩志の顔を見た途端、新庄は明るい顔になったが、まるで現役の刑事のような扱いには苦笑する他ない。

「さっそくだが、死体を見てくれ。ちなみに凶器はこれだ」

新庄は、ビニール袋に入った血だらけの包丁を見せてくれた。刃渡り二十センチで、先細りのいわゆる文化包丁と呼ばれるもので、身幅は一番太いところでも五センチほどだ。

新庄から薄手のゴム手袋を渡され、浩志は、手袋をはめながら背中の傷から調べた。背中の上部に八カ所、刃の角度は背骨に対して、ほぼ水平、ほとんどの傷口は五センチ近くある。傷口から見て、包丁を力一杯刺したということだろう。

「おそらく犯人は、被害者が上がりかまちでつまずいて、うつぶせに倒れたところを馬乗りになり、両手で包丁を持って被害者を刺し殺した。どの傷も深いが、左の傷、これは位置からして心臓を貫いている。間違いなくこれが、致命傷だったのだろう」

浩志は、死体の両手を調べた。案の定、両腕に数カ所のかばい傷があった。店内で逃げ回っていた時に、最初につけた傷だろう。できれば死体を持ち上げて胸に傷があるか見てみたいが、血の海に沈み込んでいる死体はこれ以上調べようがない。後は、検死解剖で死体を洗ってからのことだ。

「死体の状況からして、夫である犯人は、長年、妻に対して鬱積したものを持ち、ささいなことがきっかけで衝動的な犯行に及んだというところか」

浩志は、ゴム手袋を外しながら、立ち上がった。

「現場を見る限り、答えは君が言った通り、死体の傷痕には極度の憎しみが感じられる。だが、近所の住人の話では、夫婦は長年仲のいいおしどり夫婦として知られていたようだ」

「おしどり夫婦？」

浩志は、新庄の言葉に思わず聞き返してしまった。状況から判断して、普段から、なんらかのトラブルやいさかいがあったと思われるからだ。

「私もそれを聞いて驚いた。ただ、この二、三日前から、夫婦の様子が急におかしくなったようだ。絶えず、夫婦は喧嘩腰で口を利いていたそうだ。また近隣の住民に対しても挨拶をしなくなり、まるで人が変わったようだと噂されていたようだ」

新庄の言うことが本当なら、夫婦は長年仮面を被っていたのか、あるいは二人とも精神的におかしくなったのかということになる。

「新さん、俺を呼んだわけを聞きましょうか」

新庄は、浩志の言葉に大きく頷いてみせた。

「この事件が起きる前に二日続けて、巣鴨で通り魔事件が起きている。一昨日は、商店街の入口近くで、昨日はこの店から数メートル先で起きている。犯人は、一昨日が、荒川区から来た七十四歳の年寄りで、持っていた杖でいきなり買い物客を襲いはじめた。幸い、被害者の傷も大したことはなかった。だが、昨日の事件は、付近の住民が犯人で、自宅から持ち出した包丁で、買い物客と住人を次々と襲って、一人死亡、四名が重軽傷を負わされた。犯人からは、今のところ薬物反応はない」

「共通点は何もないのですか」

「今までは何もないと思われていた。だが、私は今日、これを見つけてね」

ビニール袋に入れられたプラスチック製の万年筆のようなカプセルを新庄から渡された。キャップがついた反対側の頭には、回転式の目盛りが刻まれていた。以前、病院で別の形をしたものを見たことがある。

「これは、インスリンのカートリッジが組み込まれた使い捨て型の注入器じゃないですか。とすると加害者は糖尿病患者。まさかそれが共通点なのですか」

「全員ではないが、一昨日の加害者も糖尿病患者で、昨日の加害者は鬱病患者だったらしい」

「共通点は、病状が悪化した際、情緒不安定になるということですか」

「その通りだ。まるで藁にもすがるようなものだが、唯一の共通点ということだ」

新庄の見つけ出した犯人の共通点は、確かに常人よりは精神的な問題があるかもしれないが、それはどの殺人事件でも同じだ。

「一週間前に同じようなケースがあったはずですが、それは調べましたか」

谷中のよみせ通りの商店街でも、二件の連続した通り魔事件があったが、いずれも殺人未遂に終わっている。

「犯人の二人の病歴は、一人が心臓病、もう一人が唯一の女性で、病歴はないが更年期障害だったらしい。こじつけのようだが、すべての犯人に共通することは、イライラし易いということかもしれない」

「だが、それが殺人の遠因だったとしても動機にはならない」

浩志は、新庄の言葉を継いだ。どんな犯人も殺人にいたるまでの精神状態や取り巻く環境は複雑なものだ。イライラというのは単なる一要素に過ぎない。

「そうなんだ。私のような検死官は、死者から事件のあらましを探り出す。だが一連の事件はどれも、被害者と加害者が事件に対して不合理というか、一致しない。それに二つの商店街は、どちらも殺人事件とは縁遠い地域だけにそれがかえって共通点ではないかとも思える。藤堂君、無駄骨かもしれないが、協力してくれないか。連続する事件が偶発的に重なったとはどうしても思えない。一課の佐竹君も密かに期待している」

一課の係長である佐竹学はともかくとして、新庄に頼まれれば首を横に振れないのだが、今回ばかりは〝死線の魔物〟の捜査が明日から控えている。しかも、韓国大統領の来日を控え、時間は待ったなしだ。

「すぐには取りかかれませんが、動いてみましょう」

苦しい答えだが、新庄は嬉しそうな顔をして頷いてみせた。

四

巣鴨の地蔵通り商店街を後にして、浩志は山手線の駅に向かった。

今回のように頻繁に都内を移動するようになると足となる車が欲しくなる。これまで海外での生活が長く、冬場は古傷が痛まないようにランカウイで過ごしていた。そのため、生活の拠点であるランカウイには自家用車を置いている。だが、一年半前に快整堂という治療院で治療を受けた後、明石妙仁から古武道を習って体質改善をしたために冬でも古傷が疼くことはなくなった。古武道研究家の妙仁とのつきあいも一年半になる。目黒にある明石の道場に頻繁に通うことはできないが、オフの時は、必ず顔を出すように心がけている。滞在期間が長くなったこともあり、日本に軸足を置いた生活を考えてもいいのかもしれない。

ジーパンのポケットに入れた携帯が振動した。

「浩志か、今どこにいる？」

聞き慣れた大佐の声だ。

時計を見ると、まもなく正午になる。大佐と浅岡辰也ら後発のメンバーは、ＫＬＩＡ（クアラルンプール国際空港）を昨日の現地時間午後十一時三十分に出発し、羽田に午前七時四十分に到着している。大佐は、その足で、新宿のホテルに仮のチェックインを済ませたはずだ。部屋には、まだ入れないので、暇を持て余しているのだろう。

「巣鴨だ。山手線で行くから時間はかからない」

正午にホテルで会う約束をしていた。

「私は、今秋葉原の木村商会にいる。こっちまで来られるか」

木村商会とは、大佐の知り合いである木村勇三が経営している武器商だ。もちろん日本では非合法な会社だが、販売した武器が犯罪に使われた場合、警察のあるルートを通じて客の情報を密かに流すという闇の世界では掟破りの商売をしている。以前大佐と一度だけ行ったことがある。

「分かった」

浩志は駅の近くでタクシーを拾った。白山通りから道なりに本郷通りを行けば秋葉原まではは五キロほどの距離しかない。

お茶の水を過ぎ、神田明神下手前の交差点を左に曲がり、タクシーを降りた。白いタイル張りの雑居ビルのエレベーターに乗り、監視カメラに向かって緊急ボタンを押した。

「藤堂様、お待ちしておりました」

スピーカーから男の声が響き、エレベーターは動き始めた。

木村商会は、外部からは六階建てに見えるこのビルの七階にある。武器商だけあって、セキュリティは厳しい。エレベーターを降りて金属探知機が設置されている通路でチェックされ、金庫のような鉄のドアの前に立った。電磁ロックの解除される音が響き、厚さ十センチはありそうなドアが内側に開いた。

「ご無沙汰しております。どうぞ、お入りください」

グレーのスーツを着た三十代前半の男が、丁寧に頭を下げた。勇三の息子で木村商会の社長、木村祐一(ゆういち)である。前回会った時は、青臭さが鼻につく優男だったが、落ち着いた様子で貫禄(かんろく)も出て来たようだ。客は、ヤクザの幹部から政治家まで一癖(くせ)も二癖もあるような人間ばかりだ。それなりに苦労したのだろう。

祐一は浩志と入口近くの応接室の客に頭を下げ、別室に消えた。ホストが父親の勇三のため、気を使っているようだ。
十五、六畳ほどの応接室の中央にある革張りのソファーに大佐とその隣に勇三、それに男が一人背を向けて座っていた。
「浩志、紹介したい人物がいる」

大佐は、まるで主人のように手招きをした。大佐の対面に座っていた男が立ち上がって、浩志に軽く頭を下げた。紺色のスーツを着ているが、サラリーマンには見えない、五十絡みの男で、硬い表情をしている。

「重澤教授、大丈夫ですよ。彼は、私の友人で口は堅い。藤堂浩志というぴか一の傭兵です。彼と会ったことは、絶対口外してはだめですよ。世間では死んだことになっていますから」

大佐の紹介で男の正体が分かった。T大学の教授の重澤和芳、五十六歳。北朝鮮の政治経済を専門に研究している学者でメディアにも登場する有名人だ。大学教授という表の人間と、武器商人という裏社会の人間との組み合わせに浩志は、いささか戸惑いを覚えた。

浩志は、軽く頭を下げて重澤の隣に座った。

「実は、マレーシアを発つ前に木村君に北朝鮮の工作員について調べさせていたんだ。すると偶然にも北朝鮮問題のエキスパートである重澤教授と知り合いと聞いて、さっそくセッティングしてもらったのだ」

「私は、日本人の拉致や脱北者など個人的に北朝鮮に対して問題意識を持っていたので、よく北朝鮮に旅行に行きます。それで教授とは平壌で知り合いました」

大佐の言葉を受けて勇三が説明した。

勇三は、若い頃、第三世界から戦争をなくそうと意気込んで傭兵となったという変わり者だ。強権政治の下、貧困に喘ぐ北朝鮮人民の生活を直に見たいと単身旅行をしていたと聞かされても驚かない。旅先で出会った重澤に感銘を受け、彼の研究に資金援助をしているという。

「顔ぶれも揃ったことだし、重澤教授、北朝鮮の現状からレクチャーしてもらえますか」

大佐は、司会役を務めた。

「あの国に行って政府の監視下に置かれた観光地を見るだけでは何も見えては来ません。北朝鮮の北部と接する中国吉林省などで生活する脱北者や中国側の国境警備隊員、北朝鮮の国内なら上級の役人などから、情報を得てはじめて真実が見えて来ます。その際、一番役に立つのが金ですので、木村さんの資金援助がものを言うわけです」

学者といえども、きれいごとばかり言ってはいられないということらしい。

重澤は、北朝鮮の内情を様々な側面から、話しはじめた。マスコミでよく知っているつもりでも、現地を生で見聞きして来た重澤の話に幾多の戦場を経験した浩志も眉をひそめた。特に国境で見つかった脱北者の両掌に穴を開けて針金で縛って連行するということを聞き、傭兵として浩志以上に戦争の経験を積んでいる大佐さえも怒りの声を上げた。

「まだましです。数年前までは、鎖骨の下に穴を開けて、脱北者を鉄棒で繋いで連行して行ったのですよ。これは目撃した中国の国境警備隊からの抗議でなくなりましたが、国内の強制労働所で人民がどんなひどい扱いを受けているのか想像を絶します」

重澤の言葉に、大佐は苦々しい顔つきをした。

「北朝鮮は、六カ国協議でいずれは核兵器の開発を形式上断念するものと思われます」

一通り北朝鮮の状況を説明した重澤は、意外なことを言った。

「それは、核を放棄することにより、海外からの援助を得るためですよね」

勇三が、ホストらしく質問をした。

「もちろんそうです。ただ、飽くまでも開発を断念するということで、すでに保有している核は破棄するつもりはないということです。それに、これは飽くまでも噂に過ぎませんが、核よりも安価で敵にダメージを与えることができる兵器を開発したという情報が、高官や軍部から漏れて来ています。つまり核は放棄しても防衛上問題ないというわけです」

「その話は私もずいぶん前に聞いたことがあります。サリンだとか炭疽菌とかの化学兵器や生物兵器のことですよね」

勇三が相槌を打った。

化学兵器は、中国との国境に近い新義州にある工場で製造されていると言われている。二〇〇八年十一月と二〇〇九年二月に遼寧省丹東周辺の北朝鮮国境付近で、中国軍が空気中からサリンを検出していたそうだ。風向きから考えて、新義州辺りから漏れたのか、散布されたものと考えられている。

「違います。彼らは、製造しても使用はしないでしょう。化学兵器は証拠が残ります。使えば、逆に攻撃される口実を作ることになります。核と同じですよ。使った段階で国は滅びます」

　勇三の言葉を重澤は否定した。

「それなら、どんな兵器を開発したというのですか」

「すみません。さすがにそこまではまだ分かっていません」

　重澤は、唇を噛んで首を振った。

　浩志はひとり頷き口を開いた。

「重澤さん。〝死線の魔物〟という言葉を聞いたことがありますか」

　差し支えのない範囲で、浩志はこれまであった出来事を話した。

「脱北した工作員には、何度か会って話を聞いています。軍部が養成した特殊な工作グループがあると聞いたことがありますが、おそらくそれのことでしょう。ただ私の聞いた最新兵器とその〝死線の魔物〟が関係しているという情報は、今のところ聞いたことがありません。さっそく韓国にいる元工作員だった脱北者に連絡を取って確かめてみましょう」

　重澤は、浩志の話に興味を持ったらしく何度も頷いてみせた。

「それでは、別室で昼飯にしませんか」

　話が一段落したところで、勇三は、腰を上げげた。

「浩志、一緒に飯を食って行こう」

　大佐も立ち上がり誘ってきた。腹は、ここに来る前から減っている。断る理由もない。

「そうだな」

別室に移動しようとすると、ジーパンの携帯が振動した。

「藤堂君か。新庄だ」

携帯を耳に当てるなり、警視庁鑑識課の新庄の声が聞こえてきた。

どうやら、昼飯を食べ損ねることになりそうだ。

五

浩志は、原宿に向けてタクシーで移動していた。時刻は、午後二時を過ぎているが、昼飯は食べてはいない。

原宿の通り魔殺人事件の現場である宝石店、ジュエリー・ペクトゥから血痕が付着した新たな指紋を発見したと新庄から連絡を受けた。捜査体制が一度縮小された場合、新たに証拠を見つけることは難しい。担当の鑑識ががんばっているのだろう。

明治通りでタクシーを降りて、ラフォーレ原宿の横を通り、ジュエリー・ペクトゥの前に出た。店のシャッターは下ろされている。通りを進み、交差する裏道を曲がって店の非常口があるビルの隙間を覗いてみた。背中に警視庁と書かれた鑑識課のブルーの制服を着て、ツバの付いた帽子を目深に被った小柄な男が、ビルの壁を毛の長い刷毛でブラッシングしている。指紋検出をしているのだ。作業に夢中になっているのか、浩志が背後に近づいてもいっこうに気が付かない。

「おい。新さんはいないのか」

浩志は、作業に没頭する男の隙だらけの背中に声をかけた。

「きゃー」

脅かすつもりはなかったが、男は、黄色い悲鳴を上げて尻餅をついた。

「うん?」

尻餅をついた拍子に帽子が落ちて、長い髪が現れた。男だとばかり思っていたが、若い女だった。

女は浩志を見て慌てて直立不動の姿勢になり、敬礼してみせた。

「失礼しました。ひょっとして、藤堂さんですか」

「そうだが、おまえは鑑識課の新人か?」

「はい。今年、鑑識課に配属されました、上原涼子(うえはらりようこ)といいます。新庄警視から、藤堂さんに事情を説明するように命じられました」

「俺のことを新さんから何て聞いている?」

「はい。犯罪防止支援室の犯罪情報分析官とお伺いしています」

一課の課長である佐竹の陰謀のようなものだが、浩志は未だに警視庁犯罪防止支援室の犯罪情報分析官として登録されているらしい。この肩書きで事件現場にも入ることはできるが、ありがた迷惑な話だ。無償で協力させようというのが、老獪な刑事の魂胆なのだ。

「それで、新さんはどうした」

やっと振り出しに戻った。

「新庄警視は、今朝、都内で起きたひき逃げ事件の被害者の解剖に立ち会うために、ここにはいません。この現場は、上司から、一から調べるつもりでやってみろと言われて、今朝から作業をしていたんです」

敬語がちゃんと使えないところが、いかにも新人らしい。捜査が縮小したためにせめて新人でもいいからと現場に出して、なんとか体面を保っているのだろう。だが、結果的に新しい証拠が発見できたのなら、幸運というより他ない。

「わかった。説明してくれ」

「通り魔である北村健次とは別の犯人がいるという可能性があるにもかかわらず、これまで新たな指紋や物証も出ていませんでした。そこで私は、ジュエリー・ペクトゥの店は調べ尽くされているので、ビルの非常口から、外のビルの壁を中心に調べました」

「ジュエリー・ペクトゥの裏口は、ビルの玄関にも通じている。どうして、玄関を調べないのだ」

「店内で殺害された三人は、いずれも心臓を一突きされています。その際、犯人はかなりの返り血を浴びているはずです。どこかで拭くか、洗い流す必要があります。しかし、ビル内では、そうした痕跡は認められませんでした」

浩志も一番気になっていたところだ。犯人は、上半身に返り血を浴びて、着替えるか拭き取るかしなければ、とてもこの近辺の人ごみに紛れて脱出することは不可能だったはずだ。にもかかわらず、これまで有力な目撃情報はない。

「なるほど。しかし、タオルとかで体を拭いて、持っていたバッグに入れてしまうこともありうるのじゃないのか」

あえて意地悪な質問をしてみた。

「そうかもしれませんが、ただ拭（ぬぐ）ったとしても、玄関ではなく人目につかない裏口から逃げたと思い、このビルの隙間の通路を調べていたら、血痕がついた指紋を発見しました」

「それにしても、再捜査された際に、鑑識は通路を調べなかったのか」

「調べたはずですが、おそらく出口付近に留まったのではないかと思います」

浩志は頷いた。この女は、新人といえども洞察力がある。

「すでに検出してあります。こちらです」

上原は、非常口から四メートルほど離れた壁をライトで照らし出した。すると単なるコンクリートの壁の染みは指の形になった。高さは地面から一六〇センチほどのところだ。

「反対側にもあります」

上原は、反対側の壁も照らし出した。この場所は、日中でも日当たりが悪いため、ライトを当てないとよく見えない。右は親指と人指し指だけだが、左は五本の指紋が残っている。はっきりと見えるが、検出のための微細粉が塗布されたために見えるに過ぎない。

肉眼で見える指紋を〝顕在指紋〟と呼ぶが、この指紋はどちらかというと肉眼では確認できない〝潜在指紋〟に近い。見つけ出すにはひたすら、微細粉末を付けたブラシで、壁をブラッシングしたり、試薬を付着させて検出するなど方法は様々あるが、いずれにしても骨の要る作業だ。

「確かに両側にあるな」

ビルの隙間は一メートル足らず。犯人は逃走する際に、通路があまりにも暗いために思わず両手で探るように壁に手を当てたのだろうか。それにしては、指紋が検出された場所が出口から離れ過ぎている。それに指紋は左右の壁の対照的な位置にある。探るように手を置いたのなら、前後に位置はずれるはずだ。

「担当の刑事には報告したのか」

「はい、もちろんです。ただ、お忙しいようで、エイフィスの結果を教えてくれと言われただけです」

おそらく他の現場と掛け持ちなのだろう。指紋から犯罪者が割り出せれば、それから動いても遅くはない。逆に登録されていない指紋だった場合、手の打ちようがないというわけだ。ちなみにエイフィス（ＡＦＩＳ）は、指紋自動識別システムのことで警視庁指紋センターにあり、登録された指紋はデータベース化されている。

「指紋は、今のところ、他の場所からは見つからないのです」

上原は、出口に近いところから、裏通りに至る壁の手前まで調べたが、指紋は、通路の中程のものだけだったようだ。もし、手探りで壁を触ったのなら、もう少し、前後にあってもよさそうだ。

「ライトを貸してくれ」

上原から、ライトを借りて指紋を照らしてみた。指紋は、わずかに下にずれていた。浩志は、少し離れた場所で、指紋の位置と同じ高さに両手を上げて、左右の壁に当ててしばらく考えた。

「まさか……」

浩志は、指紋がある位置の下を照らした。左右の壁に擦ったような痕がある。次いで上の壁をライトで照らした。入口から四メートルほどのところまでは、壁の途中に配管が突き出ているが、指紋が検出された場所から裏通りまでは左右のどちらのビルも屋上まで壁に障害物はない。

「脚立を持って来てくれ」

上原は敬礼をしてビルの非常口から中に消え、待つこともなく脚立を抱えて現れた。

浩志は、脚立を指紋のあった場所に立て、その六十センチほど上をライトで照らした。わずかに赤い染みが見えるが、指紋かどうかは肉眼では判別できない。

「藤堂さん、これをお使いください」

上原は、道具箱から別のライトを取り出し、オレンジ色の板をライトの横に装着して渡してきた。

「いいものを持っているじゃないか」

浩志は苦笑した。渡されたライトは、最新の痕跡探査用のレーザー光ペンライトで、オレンジ色の板はレーザー光で反応したタンパク質を見るためのフィルターなのだ。これなら、経験の浅い新人でも肉眼で見えないような指紋や体液や血液などを発見することができる。

レーザー光を壁に当てると指先の指紋だけでなくうっすらと掌(てのひら)の痕も浮かび上がった。

「新しい指紋を見つけた。すぐ採取してくれ」

「うそ！」

上原は、奇声を上げた。

浩志は一旦脚立から降りて、谷間のようなビルの壁を見上げた。そして、左右の壁に踏ん張る形で両手両足を伸ばし、まるでスパイダーマンのごとくビルを上に登りはじめた。

「藤堂さん、何をされているんですか！」

上原の声を無視して、ビルの壁を登り続けた。左右のビルは高さこそ違うが、どちらも五階建ての雑居ビルだ。

残り二メートルのところで、両腕の筋肉がぱんぱんに張って震えてきた。今さら下りるわけにもいかない。だが、落ちれば間違いなく大怪我をする。

「くそっ！」

なんとか歯を食いしばって登りきった。浩志はあえて、竹下通りに通じる裏通りに面した右側のビルの屋上に登った。さすがに屋上に着いて息があがった。

犯人は、浩志と同じように壁をよじ登ったに違いない。一刻も早く現場を離れたかったのと、体力に相当自信があったのだろう。でなければこんな奇想天外な脱出をするはずがない。

ビルの上は、埃（ほこり）だらけの空調システムの室外機が数台並んでいた。

「やはり、そうか」

室外機の隙間に赤黒い染みの付いた布が丸めて押し込んであった。これから先の作業は、鑑識の仕事だ。

「上原、道具を一式持って、このビルの屋上まで上がって来い」

浩志は、ビルの下に向かって叫んだ。

公安捜査

一

原宿通り魔殺人事件は、麻薬中毒の北村健次が起こした警官殺害と別の犯人が起こした宝石店、ジュエリー・ペクトゥの関係者殺害とが絡み合った複雑な事件となった。

昨日、新人の鑑識が店外で見つけた新たな指紋をヒントに、浩志は逃亡中の犯人の痕跡を宝石店が入っていたビルの裏側に位置する〝サカタビル〟で発見した。犯人は驚いたことに超人的な身体能力の持ち主で、ビルの壁をよじ登り、人目を気にせずに屋上で返り血を拭ったことも分かった。

浩志が発見した屋上の室外機に丸めて挟み込まれていたのは、血を拭ったタオルだった。分析の結果、付着していた血痕は、店で殺された三人の被害者のＤＮＡと一致した。タオルは、ジュエリー・ペクトゥのトイレから盗まれたもので、犯行後犯人は予期せぬ事態に、タオルで取りあえず掌だけ血を拭った後、誰もいない屋上で体に付いた血を拭ったと思われる。おそらく店内で浩志が北村を取り押さえる物音を聞いて、犯人は慌てたに違いない。

〝サカタビル〟の防犯カメラは、出入口の一台しかないため、特定するまでには至らなかったが、玄関から堂々と出て行く犯人と思われる男の横顔だけ映っていた。犯人は、ウィンドブレーカーを着て白いマスクをしていた。浩志は、防犯カメラから得られた映像の写真をその日の遅くに一課の杉野から見せられてあっと声を上げた。事件当日、美香と待ち合わせていた青山のカフェで見かけたヤクの売人風の男と風体が酷似していたからだ。

だが、新たに犯人と結びつく遺留物が見つかっても、捜査が進展することはないだろう。なぜなら犯人は、何の変哲もないパーカーを着てマスクで顔を覆っていた。マスク姿は、インフルエンザの流行で日常的になっていたからだ。

浩志は、午後から内調の捜査に加わることになる。その前に警視庁に協力している捜査の進展を図るべく仲間を丸池屋に招集していた。

丸池屋の応接室にある古風な振り子時計が午前十時を告げた。十六畳ほどのスペースに、米国に帰国しているワットと寺脇京介以外のメンバーはすべて揃った。

大佐と北朝鮮問題のスペシャリストである重澤和芳教授の二人が元工作員の脱北者に会うために、韓国に出かけている。京介は、二人のボディーガードとして随行させた。

浩志を入れて、傭兵は五名、傭兵代理店の社長池谷にコマンドスタッフである瀬川らが三名、それに丸池屋の事務員であり、代理店の情報担当を務める天才的ハッカー土屋友恵と、総勢十名がソファーや折りたたみ椅子に座っているのだ。息苦しいことこの上ない。

浩志は警察の捜査会議の要領で事件のあらましや、これまで見つかった証拠などの写真を見せて、説明をした。特に仲間が興味を示したのは、ジュエリー・ペクトゥと〝サカタビル〟の防犯カメラの映像だった。映像は、どちらもデジタルだったために劣化させることなく警視庁の鑑識からコピーを手に入れていた。

「原宿の事件で警察は、国防に関わることだと教えられていないために、捜査体制は結局縮小されている」

通常、工作員の捜査は公安警察が行なう。たとえ警察の捜査対象が同じであっても、両者で情報交換はしない。そのため、今回の捜査では警察がつまはじきになった形になっている。情報の流出により、一般市民がパニックに陥るのを政府は警戒しているのだろう。

「もっとも、この一、二週間に起きた商店街の連続殺人、および殺人未遂事件で、警察は手一杯というのが現状だ」

「我々は、それで何をすればいいのですか」

浅岡辰也は、不満げな声を上げた。浩志が、事件と証拠の説明をはじめて十分はどしか経っていないが、じっと聞いているのに我慢できなくなったようだ。ボディーガードとはいえ、京介がすでに働いているのもおもしろくないのだろう。

「辰也、加藤、瀬川、三名は原宿の殺人事件を検証してほしい」

犯人は、ジュエリー・ペクトゥで北の工作員である三人を十七時三十六分二十四秒から十七時三十六分二十九秒のたったの五秒で殺し、その二分後の十七時三十八分二十八秒に〝サカタビル〟から出て行くところを防犯カメラの映像に収められている。

「現場を押さえている警察に許可を得ている。数秒で、殺人を行ない、非常口から裏のビルをよじ登り、屋上の鍵をこじ開けて、二分で脱出することが本当にできるのか、実際に時間を計って検証してくれ」

辰也と瀬川は一八〇センチを越す鍛えた体をしている。また加藤は追跡と潜入のプロだ。加藤ならひょっとすると犯人と比べても遜色のないタイムで脱出できるかもしれない。ちなみに浩志はビルの壁をよじ登るだけで一分近くかかっている。

「田中と宮坂と黒川は、巣鴨の地蔵通りとよみせ通りの商店街の事件を洗って欲しい」

「待っていました」

田中が、順番が回って来たとばかりに声を上げた。

「中條と友恵は、監視カメラの映像に問題がないか、調べてくれ」

浩志は、監視カメラの映像を収めたＤＶＤメディアをコマンドスタッフである中條修に渡した。

それぞれの役割を説明すると、全員真剣な眼差しで頷いてみせた。

「藤堂さんは、政府から直接お仕事を受けていらっしゃいますが、みなさんは当社との契約になります」

池谷は、簡単に契約内容を説明した。

浩志から仲間を使いたいという要請を池谷は受け、上部組織である防衛省情報本部を通じて政府に打診して、了承を得ていた。

身柄を確保してある北の工作員であるハン・ヨンミンの証言を元にした捜査に加わらねばならない。とはいえ、原宿の事件や商店街の殺人事件の捜査も少しでも進めたい。続発する殺人事件を放っておけば、美香の言う通りウイルスのように蔓延する。そんな気がしてならないのだ。

二

東京の湾岸は、隅田川を中心に大小の運河が網の目のように繋がっている。江戸時代、大都市の交通は運河が大きな役割をし、その名残が今に残っているのである。

江東区塩浜は四方を運河で囲まれた地域で、集合住宅、データセンター、運輸倉庫など、この地域の見慣れた風景があるところだ。

浩志と内調の石井透、国家情報院のリュ・ソンミン、それに北の工作員ハン・ヨンミンを乗せたバンは、塩浜の南に位置する汐見運河沿いの道路に停められていた。浩志は、石井に指定された京橋でピックアップされ、そのままこの場所までやってきた。

驚くべきことに昨日のうちにハンは、都内二箇所の工作員のアジトを自白したというのだ。バンの百メートル先にある倉庫が第一の目標のようだ。浩志は、助手席に乗り、ハンは、石井とリュに挟まれて後部座席に座っている。彼が同乗しているのは、捜査現場に同行するという条件で自白したためらしい。逮捕された人間が工作員かどうか見極めると言っているそうだが、ひょっとすると隙を見て逃げるつもりなのかもしれない。

「標的の倉庫は、北朝鮮が関係する貿易会社〝明光伸〟が所有するものです。ハンによれば、この会社は北朝鮮のミサイル製造に必要な溶接機や電子天秤などを輸出しており、その一方で、倉庫の一部を改装し、工作員を宿泊させているようです」

石井の説明に、倉庫を改造した自分のねぐらと同じだと浩志は密かに苦笑した。

「〝明光伸〟は、公調でも内偵を進めていたようで、北朝鮮のチャングァン信用銀行が、主に発注を出しているようです」

公調は、法務省の外局である公安調査庁のことで、内閣情報調査室、警察庁の警備局、外務省の国際情報統括官組織、防衛省の情報本部とならぶ日本における情報機関だ。ちなみに他の情報機関と同じように警察権は持たない。

「残りの施設は、荒川区の貸し倉庫に作られているそうで、やはり〃明光伸〃の関連施設のようです。十四時ちょうどに二箇所同時に踏み込むことになっています」

実働部隊は、警察権を持つ公安警察が行なうことになっているようだ。すでに倉庫の周辺には、大勢の私服の公安警察の捜査員が物陰に隠れている。

八分後の午後二時ちょうどに捜査員たちは、倉庫に雪崩れ込むように踏み込んで行った。

「さて、これで、私の役目は終わったな。自由の身にしてもらおうか」

「甘いぞ、ハン。大統領が来日して、無事に韓国に帰国されるまで、おまえは自由にはなれない」

ハンの左隣りに座るリュは、強い口調で言った。リュも石井も赤い目をしている。かなり遅くまで、ハンの自白に付き合ったに違いない。それに比べ、ハンはさっぱりとした顔をしている。工作員は、精神肉体ともに鍛え抜かれるというが、もともと人間がしたたかに出来ているのだろう。

「馬鹿馬鹿しい。確かに軍部には、急進的な考えを持つ者もいる。だが、韓国の大統領の命を狙ったところで、何になる。そもそも今の大統領は、命を狙われるほど重要な人物か。今度の来日も、支持率低下の点数稼ぎに過ぎないだろう」

「…………」

ハンの言っていることは、当たっている。大統領の主たる目的は、日本との貿易不均衡の解消と言われている。リュは、不機嫌そうな顔をして黙ってしまった。

「〝死線の魔物〟が日本に派遣されたのは、飽くまでも北の政権内部での問題で、大統領の来日とは関係ないはずだ。よく考えてみろ、北の工作員が、大統領を暗殺すれば、韓国と米国に攻撃の口実を与えるだけだ。我々には、メリットはない。〝死線の魔物〟は、密かに日本の経済に大打撃を与えることをするはずだ。そして、同じ手法で、韓国も攻撃されるだろう。今回の捜査で、それを未然に防げるはずだ」

寸又峡で殺された工作員パク・ウォンサムも、同じようなことを言っていた。ハンの言葉に矛盾はない。だが、浩志は、自由と引き換えにではあるが、たった一日で素直に自白したハンに対して疑問を抱いていた。

「連絡が、入りました」

無線のイヤホンを付けたバンの運転をしている男が、後部座席に座る石井を振り返った。

「倉庫に人は、いなかったようです」

「何！　ガセだったのか」

「ただし、倉庫に三塩化リンと見られるコンテナが発見されました。公安庁の報告と合致しますね」

「三塩化リンだけか」

石井は、運転手からの報告に気のない返事をした。

「三塩化リンは、リンの塩化物で強い毒性と腐食性があります。工業用に使われますが、ＶＸガスの材料にもなります」

リュは、厳しい表情で説明をした。

「ＶＸガス！　あの猛毒サリンと同じ毒ガスか」

石井は、驚きの声を上げた。事前に報告を受けていたらしいが、石井は三塩化リンの危険性を知らなかったようだ。

「どうだ、石井さん。ガセじゃなかっただろう。ＶＸガスは、サリンよりも安定している。水で洗浄しても簡単に落とすことはできない。それに空気中に放出されたガスもすぐには拡散しない。もし、ＶＸガスが東京やソウルに散布されたら、いったいどういうことになったのか。小学生でも想像できるというものだ」

ハンは自慢げに補足した。

ＶＸガスは、呼吸器だけでなく皮膚からも吸収されるため、ガスマスクだけでは防ぎきれない。また揮発性が低いため残留性が高く、一度散布されるとその場に長く留まるため、サリンよりも恐ろしい毒ガスといえる。ちなみに、カルト教団であるオウム真理教は、ＶＸガスを作製し、一九九四年に実際に使用している。

「助かった。もし、ソウルに散布されていたら、何万人も被害に遭っていたでしょう。それにしばらく首都としての機能は失われる。韓国経済は大打撃を受けていたでしょう」

「東京も同じですよ」

石井はリュに相槌を打ち、二人は揃って安堵の溜息を漏らした。

確かに、もしVXガスが製造されて使用されるようなことが起きたら、大惨事になっていた。だが、三人のやりとりを聞いてもなぜか釈然としないものを浩志は感じた。

三

公安警察が江東区塩浜の北朝鮮関連と見られる貿易会社〝明光伸〟の倉庫に踏み込んで十分ほど経過したが、特に動きはない。押収物が三塩化リンという毒ガスの材料になるということで、マスコミに流れた場合の影響を考えて極秘裏に処理するようだ。三塩化リンのコンテナは厳重に梱包されているために、自衛隊の化学処理班を呼ばずに処理するらしい。

「石井さん、俺にも現場を見せてくれないか」

それまで、じっと成り行きを見守っていた浩志は口を開いた。

「もちろん、構いません。高橋(たかはし)君、藤堂さんをご案内してくれ」

石井は、バンの運転をしている男に付き添うように命令をした。

高橋は、無線で現場に連絡をし、車を降りて浩志を倉庫まで案内した。現場で指揮を執っているらしい公安の中年の男が高橋に敬礼をしてみせた。高橋は、三十代後半、特徴のない平凡な顔をしている。それでも石井ほどではないが、階級が高いようだ。

内調の正式名称は、内閣官房内閣情報調査室で、政府にもっとも近い情報機関である。しかし、叩き上げの内調の職員というのは意外と少なく、警察庁、公安調査庁、防衛庁、外務省などの各省庁から優秀な人材を転任あるいは併任させているようだ。高橋は歳若くても前の職場で優秀だったに違いない。

「藤堂さん。申し遅れました。私は、高橋洋司と申します」

高橋は、倉庫のシャッターから内部に入った途端、振り返って挨拶をしてきた。上司の石井の目を気にしていたのだろう。本来、彼らは外部の人間に自己紹介することを固く禁じられているからだ。

「高橋洋司？」

聞き覚えのある名前に浩志は首を捻った。

「昨年、クアラルンプールで森さんに藤堂さんをご紹介していただける予定でしたが、あいにく私は、何者かに襲撃されてお会いできませんでした」

「……確か、元警視庁公安部外事課とかいっていたな」

昨年、大佐がマレーシア産業振興財団の件で揉めていたとき、元帝国陸軍の情報員だった彼の父親が残した暗号機が発見された。戦時中の大切な資料ということで、政府が買い取ることになり、回収に美香とともにやって来た内調の特別捜査官が、高橋だった。

同僚だと美香は言っていたが、高橋をまるで新人呼ばわりしてこき使っていた彼女の内調での存在を推して知るべしだ。彼女が、渋谷でスナックのママとして、二足のワラジを履くのも特別捜査官としての地位が高いからなのかもしれない。とすれば、二年前に出会った時、二十八と言っていたのも、怪しい話だ。もっとも、今さら三十半ばといわれても別に驚かないが。

「お会いできて、光栄です」

「よろしくな」

肩を軽く叩いてやると、高橋は嬉しそうに頷いてみせた。

浩志は日本の秘密兵器のように内調では扱われていると美香に言われたことがある。この一、二年政府絡みの仕事を数多くこなしている。自ずと政府系の情報機関に名前が売れているようだ。

浩志と高橋は、現場の公安の捜査員に付き添われ、倉庫内部を案内された。

倉庫は、九十坪ほどの敷地に建つ小さなもので、外に駐車場があるため、建坪は六十坪もないだろう。内部は二つに仕切られていて、シャッターがある右側が元からの倉庫の役割を持ち、シャッターの左にある出入口が、住居スペースの入口になっているようだ。

倉庫スペースは、五十坪近くあり、奥に大きな金属製のコンテナが置かれていた。コンテナは、なぜか手前と奥に開閉式の扉があり、手前の扉の鍵が壊されて開けられている。捜査員の話では、奥にある扉は、鍵が二重に掛かっていたようだ。

浩志は裏側の扉の鍵を見て舌打ちをした。

「爆発しなくてよかったな」

思わず皮肉を言った。もし、戦場でコンテナの扉が二つあり、どちらかの鍵が壊し易い構造だったのなら、手を触れないようにする。ブービートラップが仕掛けてある可能性があるからだ。捜査員らは、少なくともコンテナに小さな穴を開けて、ファイバースコープで中の様子を確認してから扉を開けるべきだった。ここが戦場でなくてよかったと言う他ない。

中を覗くと、特殊なタンクがコンテナに固定されており、タンクの表面には危険を知らせるマークが付けられていた。また、バルブのようなタンクのキャップは、留め金のようなもので封印されている。厳重に保管がなされているようだ。

「三塩化リンの運搬用のタンクです。三塩化リンは、常温、常圧では液体だそうです」

案内役の捜査員が説明をしてくれた。

三塩化リンからは、確かにＶＸガスは合成できるが、現段階で決めつけられないはずだ。工業用原料として、除草剤、殺虫剤、可塑剤に使われる可能性は充分考えられる。

「三塩化リンの違法性は？」

「違法性ですか？」

「違法性が確立された上での捜査かと聞いているのだ」

浩志の質問に捜査員は戸惑いの表情をみせた。どうやら情報源が、内調と公安庁ということで公安では、捜査の法的問題に何の疑いも抱いていないようだ。少なくとも無許可で手に入れたとか、輸出先の違法性だとかの証拠が最低限なければならない。

倉庫の押収物は、三塩化リンのコンテナしかなかった。捜査官から答えを聞き出せずに、住居スペースに移動した。倉庫をベニヤ板で簡単に仕切られた十坪ほどのエリアは、板の間になっており、汚れた布団が十組ほど部屋の隅に置かれている。風呂や台所はない。トイレは、倉庫側に元からあるものが一つだけで住居スペースにはない。布団の側には、食べ終わったカップラーメンの器と使用済みの箸がいくつも置かれている。ごく最近まで寝起きしていた様子が窺える。

「これはひどい。こんなところで本当に寝起きしていたのか」

高橋は、住居スペースのあまりのみすぼらしさに首を捻っている。浩志も、もし事前に秋葉原の武器商である木村のところで重澤和芳教授の話を聞いていなければ疑問に思ったことだろう。

北朝鮮は困窮を極めている。夫婦で教師をしている中流クラスの家庭でも、木製の二段ベッドに五人の家族が寝起きしていたり、冬の隙間風を防ぐために家中の壁や天井に新聞紙を貼り付けることなど普通らしい。日本の物価高に耐えられず、北の工作員が故国と変わらぬ貧しい暮らしを強いられるのはむしろ理解できる。

「藤堂さん。カップラーメンは、韓国製の激辛タイプですよ」

高橋は、いつの間にか白い手袋をして遺留品を調べていた。浩志に、ラーメンの容器を見せてきた。赤いスープが底に残っている。

「うん……？」

布団を何気なく見ていた浩志は、薄汚れているにもかかわらず、髪の毛がほとんど付いていないことに気が付いた。カップラーメンの空の容器のような生活痕があるのなら、布団に髪の毛ぐらい残されていてもいいはずだ。まさかシーツをかけて使用し、それだけ持ち去ったとでもいうのか。

浩志は、高橋から手袋を借りて本格的に布団を調べはじめた。二組目の布団には、髪の毛を発見した。続けて、三組目の布団にもあった。浩志は、次々と布団を拡げて調べはじめた。十組すべての布団を調べ終わった浩志は首を捻った。というのも、左から、一番目と四番目には、布団から髪の毛は発見できなかった。二番目と六番目、それに九番目は髪の毛が上、後は、下側に付いていたのだ。

集団で寝泊まりするなら、最低限頭の方向は揃える。それが、隣り合う者どうしなら、なおさらだ。髪の毛がほとんど付いてないものは、使われていた時と違う面が下になったために取れてしまったのか、シーツをはがされたために付着していないのだろう。だが、二組だけシーツを使っていたというのは納得できない。とすれば、布団は、どこからか寄せ集め、一度もここで使われたことがないという可能性も出て来る。

次にカップラーメンの容器を調べた。全部で六つ、割り箸も六膳ある。一つ一つ、箸を手に取って調べた。すると、三つの箸の先の汚れ方が、少ない。おそらくラーメンの汁に軽く漬けただけなのだろう。とすれば三人の人間が二つずつ食べたとも考えられる。これは、いかにも大勢の人間が寝泊まりしたかのように見せるための偽装だ。ここには生活痕はない。だが、大量の三塩化リンは残されている。脳裏に危険信号が過った。

「藤堂さん、何か分かったのですか」

浩志の仕草に高橋は、我慢ができないとばかりに聞いてきた。

「ここから、全員退避させろ」

「どうしたのですか」

「いいから、捜査員を全員退避させるんだ。ここは、危険だ」

「そっ、そんな！」

高橋は、戸惑って案内係の捜査員と顔を見合わせた。

「馬鹿野郎！」

浩志は、二人を突き飛ばすように住居スペースを飛び出し、倉庫のシャッターまで走った。

「退避しろ！　ここは、危険だ！」

三塩化リンのコンテナの周りにいた捜査員たちが一斉に浩志を振り返った。

「倉庫から、出ろ！　全員退避！」

浩志は大声で叫んだ。

捜査員たちは首を捻りつつも小走りに出口へと向かいはじめた。すると三塩化リンのコンテナから、白い煙が上がり、刺激臭が漂いはじめた。

「はやくしろ！」

浩志が叫ぶのに呼応したかのように、コンテナは爆発した。

四

三塩化リンは、水と激しく反応する。発熱し、リン酸と塩化水素を生成する。

貿易会社〝明光伸〟の倉庫に残されていた三塩化リンのタンクは、密閉されていたために中に水を入れるということは、その場にいた公安の捜査員にはもちろんできなかった。

だが、現実には、タンクが爆発し、大量の塩化水素ガスをまき散らした。

爆発は凄まじく、タンクとコンテナの一部が倉庫の屋根を突き破り、百メートル離れた駐車場の車を三台粉砕した。また、塩化水素ガスは、キノコ雲のように上空まで舞い上がり、吐き気など中毒症状を訴える住民が続出した。おびただしい数の救急車や消防車が集結し、パニック状態になった塩浜一帯は、倉庫から半径一・五キロにわたって避難命令が出され、事故処理の関係者以外の立ち入りは禁止された。

現場にいた捜査員は、爆発で四人の捜査員が怪我をし、八人が塩化水素ガス中毒になった。そのうちの二人は、意識不明の重体だ。もし、浩志が退避と叫ばなかったら、全員死んでいただろう。

浩志は、軽い中毒になったものの駆けつけた高橋洋司の手を借りて、なんとか石井らの待機していたバンで避難し、千代田区平河町にあるオフィスビルに連れて行かれた。

オフィスビルは、〝レジデンスビル〟という名で、一階から、最上階の七階までいくつかの公益法人が入居している。おそらくすべて内閣官房の関連団体なのだろう。石井に案内されたのは、六階と七階を占める〝社団法人アジア情勢研究会〟で、エレベーターホールから、オフィスに入るまで二重のセキュリティチェックを受けなければならない。また、監視カメラや警備員も要所に配置されている。石井がセキュリティカードを持っているところをみると内調の国際部のオフィスに違いない。

七階にある二十畳近い広さがある会議室に、浩志と石井と国家情報院のリュ・ソンミンの三人が、部屋の一番奥にあるテーブルを挟んで椅子に座っていた。

「まったく失態です。まんまとハンに嵌められました」

石井は、机を叩いて悔しさを滲ませた。

「ハンが嵌めたのなら、彼はあの時点で逃亡を図っていたでしょう。彼も知らなかったと思いますよ。一昨日まで死刑囚としてマレーシアの監獄に入れられていたんです。あんな大規模な罠にかかわることは不可能でしょう」

リュは、首を振って石井の考えを否定した。工作員のハン・ヨンミンは、爆発のどさくさに紛れて逃亡するかと思ったが、意外にもバンの後部座席にじっとしていた。というより、呆然と座っていた。現在ハンは、六階にある監禁室に入れられているそうだ。

「確かに……」

石井はトーンダウンした。

「それにしても、三塩化リンの罠に藤堂さんが気付かなかったら、大惨事になっていました。一緒に行動していただいて本当によかったです」

リュは、称賛の声を上げた。

「いや、俺は、住居スペースの偽装に気が付いただけだ。それが引き金になり、三塩化リンが危険というイメージが勝手に膨らんだに過ぎない。要はただの勘だ」

この勘に何度助けられたことか。戦場で身に付けた勘は、頭の中で危険に対しての条件をデータベース化したものを複合的に組み合わせて発せられるものなのだろう。浩志は、布団に付いている髪の毛と、使用済みの割り箸から、偽装と判断していた。

会議室のドアがノックされ、特別捜査官の高橋が緊張した顔を覗かせた。石井は、出入口まで行き、高橋から何か耳打ちされ、険しい表情になった。会議室には内線電話があるにもかかわらず、直接耳打ちするような大事なことなのだろう。席に戻って来た石井の顔色は悪く、しばらく口を開こうとはしなかった。

「大丈夫ですか。石井さん」

たまりかねたリュが声をかけた。

「〝明光伸〟が、不当な捜査だと公安を訴えたようです」

石井は天井を見上げ、呻くように言った。

倉庫を所有していた貿易商社である〝明光伸〟が、公安の不当な捜査により三塩化リンのタンクが爆発したと、マスコミに発表したらしい。

「馬鹿な。捜査員がタンクに水を入れたとでもいうのですか」

リュが石井に迫った。

「その通りです。あの場所に〝明光伸〟の社員はいなかったので、犯人は捜査員しかいないと決めつけています。それに、〝明光伸〟の関係施設を捜査対象にすること自体、不当だと言っているようです」

「馬鹿馬鹿しい。三塩化リンが爆発する以前の問題じゃないですか。転売目的で三塩化リンを所持していたこと自体、捜査の対象になるというのに」

リュは、口調を荒らげた。

「それが、状況が変わりました。当初、三塩化リンはインドネシアに輸出される予定でした。公安庁では、インドネシアからさらに北朝鮮に転売されるという情報を得ていたのです。そこで、我々は、ハンの証言と併せて、今回の強制捜査に踏み切ったのですが、いつの間にか販売先が国内の製薬会社に変更されていました」

浩志が現場の捜査官に三塩化リンの違法性が確立されたのかを尋ねたのは、販売を隠蔽（いんぺい）するために罠をしかけてある可能性があるかもしれないと思ったからだ。

「簡単なトリックだ」

浩志は溜息混じりに言った。

「トリック？」

石井とリュは同時に聞き返してきた。

「〝明光伸〟は、二重契約をしていたのだ。インドネシアへの輸出が成功すれば、国内の製薬会社との契約はキャンセルすれば済む。それしか考えられないだろう。子供騙（だま）しのトリックだ」

「二重契約……」

石井は絶句した。

「それなら、タンクが爆発した原因はなんですか」

頭を抱える石井の代わりにリュが尋ねてきた。

「あれは、ブービートラップだ」

「ブービートラップというと、戦場で手榴弾とか地雷を使った罠ですよね。まさかあの爆発は手榴弾が引き金だったというのですか。爆発物は検出されていませんよ」

リュは、首を振って笑った。

「俺が言いたいのは、人間の心理だ。ブービートラップは、起爆のための鋼線を足下に張り巡らすばかりじゃない。ドアノブはもちろん、井戸や食べ物までありとあらゆるものに仕掛けられる。物を動かしたり、あるいは必然的に行動してしまうという人間の心理を利用して破壊工作することをブービートラップと言うのだ」

「コンテナの扉が、前後二箇所にあったのは、トラップを仕掛けるためだったということですか。……確かに、こじ開けた扉の鍵は、簡単に施錠（せじょう）してあったと報告を受けている」

石井が苦い物を飲んだような顔つきをした。

「おそらく爆発したタンクの内部には、間違った扉が開かれるとタンク内の三塩化リンに水の入った容器が落ちる仕掛けになっていたのだろう。三塩化リンは腐食性が高い。時限装置のように二、三十分で溶け出す容器に水が入れられていたに違いない。証拠の容器は、三塩化リンで跡形もなく溶けただろう。後で見つけることはできないというわけだ」

「なんということだ」

リュは、大きく息を吐いた。

「〝明光伸〟から多額の賠償請求が来ることを覚悟するんだな。それに公安は当分動けなくなるだろう」

浩志の言葉に、石井はがくりと肩を落とした。

五

下北沢（しもきたざわ）、午後十時二十分。駅前通りはいつも通りの人ごみで賑わっている。

丸池屋は、午後七時をもって閉店する。丸に池の金看板には照明はない。従って日が暮れるのが早ければ、それだけ実質的に閉店したように見える。この界隈は、住宅街のため駅周辺の賑わいは伝わらず、この時間はひっそりとしたたたずまいを見せる。だが、奥にある応接室は、午前中、招集した時と同じメンバーが顔を揃えており、熱気で息苦しくさえあった。今回、チームを分散しているため、一日の捜査情報をまとめるために改めて招集をかけた。

「まず、俺から報告しよう。午後から、公安の捜査にオブザーバーとして参加していた。すでにニュースで知っているとは思うが、見事に出し抜かれた」

浩志は、北朝鮮関連の貿易会社である〝明光伸〟の捜査を説明した。浩志の報告に仲間たちから溜息が漏れた。

「次に、辰也、報告してくれ」

辰也と加藤と瀬川の三名は原宿の宝石店、ジュエリー・ペクトゥで起きた殺人事件を検証していた。宝石店と犯人が脱出に使った〝サカタビル〟の監視カメラのタイムコードから、犯人は、五秒で店内の三人を殺害し、二分後には、〝サカタビル〟の壁を屋上までよじ登り、玄関から堂々と脱出していたことが分かっている。異常とも思える行動は、超人的な身体能力が要求される。

「殺人と脱出のパートに分け、まずは脱出を再現し、店の裏口から、〝サカタビル〟の玄関までのタイムを三人で交互に三回ずつ行ない、ベストタイムを計測しました」

辰也らは、無線で連絡を取り合い、交代で実際に犯人と同じ行動をしてストップウォッチで計測した。

「俺のベストタイムは、二分三十一秒、加藤のベストタイムは、二分八秒、瀬川のベストタイムは、二分十八秒でした」

辰也は、自分のタイムが一番悪いために、頭をかきながら報告をした。

「誰も、二分を切らなかったのか？」

特に体力と腕力がある辰也と瀬川を選び、なおかつ追跡と潜入のプロで身のこなしが軽い加藤を選んだにもかかわらず、犯人のタイムを破ることができなかった。とすれば、犯人は加藤を上回る身の軽さか、辰也ら以上の体力の持ち主ということになる。

「犯人が、化け物なら別ですが、我々の見解では不可能だと思います。これを見てもらえますか」

辰也は、小型のビデオカメラを応接室のテレビに繋いだ。

加藤がまるで機械仕掛けのおもちゃのように驚異的なスピードでビルをよじ登る映像がテレビの画面に映し出された。

「はっきり言って、加藤の身体能力は、人間離れしています。俺や瀬川の半分以下のタイムで壁を登りきりました。おそらくオリンピック級の体操選手でも変わらないでしょう。問題は、屋上で返り血を拭き取ることです」

彼らは、犯人と同じようなウィンドブレーカーを着用し、顔面と服に血糊(ちのり)の代わりにケチャップをつけてタオルで実際に拭き取るということをしたそうだ。

「ケチャップを拭き取るのにどうしても、二十秒近くロスしました。もし本当の血だとしたら、もっと拭き取るのは手間がかかるはずです。それに鍵を壊すのにも二、三十秒はかかるでしょう」

「……とすれば、犯人と〝サカタビル〟で撮影された人物が、別だった。あるいは屋上の合鍵を持っていたのか。それとも、仲間が屋上で待っていて逃走を補助したのか」

監視カメラの映像では、マスクにウィンドブレーカー姿の男以外に怪しい者は映っていなかった。だが、血の付いた指紋から、別人とは考えにくい。

「次に店内の殺人ですが、現場で何度か再現してみましたが、五秒で三人を殺すには、どう考えても三人が三人とも身動きしない状態じゃないと不可能でした。つまり、店の奥のドアから飛び込んで、三人の心臓を次々と刺し、そしてまたドアから出るだけで五秒かかります。少しでも被害者が動くようなことがあれば、できないはずです」

脱出のタイムもそうだが、五秒間の殺人はさらに謎が隠されているようだ。

「分かった。引き続き、時間の謎を解明するようにしてくれ。それじゃ、次は、田中」

田中は暗い表情で頷いた。田中は、宮坂と黒川の三人でよみせ通りととげぬき地蔵の商店街で起きた連続通り魔事件を調べている。

「とりあえず今日は、よみせ通りの商店街を調べてみました。商店街で起きた各事件の詳細を書き出し、現場と照らし合わせてみましたが、やはり事件に関連性はありません。念のために犯人の病歴を調べるために病院も調べましたが同じです。明日は、とげぬき地蔵の商店街を調べます」

「病院まで調べたのか」

　商店街だけなら、たとえ聞き込みをしたところで、刑事の振りをすれば怪しまれないだろうが、守秘義務がある病院となると話は別だ。

「看護師さんに、マスコミだといって聞いたんですよ。撮影はしないということでインタビューをしたら、結構色々教えてくれました」

　田中らは、カメラなどの撮影機材を持って商店街や病院の聞き込みをしたようだ。マスコミだというと拒絶する者もいるが、逆に積極的に話してくれる者が多いらしい。元刑事の浩志には思いつかない発想だ。

「分かった。友恵、報告してくれ」

　むさ苦しい男たちに囲まれて座っているのが嫌なのだろう、友恵は部屋の隅で腕を組んで立っていた。

「藤堂さん、お願いがあるのですが、宝石店の監視システムのＤＶＤレコーダーを借りることはできませんか」

「渡したＤＶＤには、犯行時の映像が記録されている。デジタルだから同じだろう。オリジナルと変わらないはずだ」

「確かに映像を圧縮保存しない限り劣化しないので、変わりはないと思いますが、レコーダーのハードディスクの状態を知りたいのです」

「最初に言うべきでしたが、警視庁からもらった映像では、編集されたものかどうかわからないのです」

「どういうことだ」

「タイムコードが映り込んでいるが、それでも偽造できるのか」

「誰にでも出来るわけではありませんが、機材とソフトさえあれば簡単です」

友恵は、口元に笑みを浮かべた。よほど自信があるのだろう。

「今の映像からは、分からないのだな」

「そうです。しかし、ＤＶＤのハードディスクを調べれば、少なくとも、犯人が犯行を行なった数秒間、停電じゃなかったかどうかは解明できると思います。私は、あまりにも短時間で殺人を犯したのでおかしいと思っているんです」

「説明してくれ」

「犯行は、映像のタイムコードが十七時三十六分二十四秒から十七時三十六分二十九秒の五秒間で行なわれたと現在考えられています」

この間、タイムコードは動いているのに画面は真っ暗になる。そのため、店の照明を落とすためにブレーカーが操作されたと思われていた。

「映像が暗転するのは、デジタル処理された可能性もあります。つまり犯行の映像を消去したかもしれません。しかも、暗転する前に殺害された男性は、身動き一つしていません。体の自由が利かないのなら分かりますが、犯行時間をわざと短く見せるために映像のスピードを変えてダビングしたことも考えられます」

「本当か！」

画面に表記されるタイムコードが連続してカウントされているため、映像を操作されているとは思ってもいなかった。警視庁の鑑識でも、そこまでは調べてないはずだ。

「分かった。鑑識では調べ尽くしているはずだ。借りられるだろう」

組み上げることはまだできないが、ジグソーパズルのピースが集まりはじめたという感じがする。

「解散、明日もがんばってくれ」

自分に言い聞かせるように浩志は言った。

急襲

一

韓国の首都であるソウル特別市、中でも明洞(ミョンドン)は、ホテル、レストラン、ショッピングと日本人観光客にも馴染(なじ)みの繁華街だ。〝死線の魔物〟の情報を得るために韓国まで足を延ばした大佐は、重澤教授と京介と共に明洞のサボイホテルに三日前から滞在していた。

サボイホテルは、地下鉄4号線明洞駅を出た目と鼻の先にあり、外見はレトロだが、二〇〇九年にリニューアルしたために、内部は驚くほど充実している。

大佐は、ソファーに座ったまま体を伸ばしてあくびをした。宿泊している部屋は、面会ができるように応接スペースがあるデラックスツインで、三十一平米ある。

重澤教授は、特に重要と考えられている人物を韓国の脱北者支援団体から紹介を受けて連絡を取り、面会の際は通訳もしている。そのため、各方面の連絡と調整で朝から晩まで追われていた。

　一方質問をする大佐は、面会時間以外することがないので、暇を持て余していた。京介にいたっては、ボディーガードというより雑用係として働いてはいるが、椅子でうたた寝をしている方が多いというありさまだ。そもそも京介が同行することになったのは、治安が悪い中国吉林省の北朝鮮の国境地帯まで足を延ばす予定があるためだ。

　これまで、十四人の脱北者と面会をしたが、〝死線の魔物〟に関しての有力な情報は得られなかった。

　脱北者は支援団体が選んだだけあって、工作員にしろ軍人にしろ、広範囲にわたり、しかも身分も中級以上というものばかりで、中には、教授の旧知の者も何人かおり、今さらながら彼の顔の広さには同行を依頼した大佐も感心させられるのだが、得られる情報は北朝鮮や韓国での生活苦が中心だった。

　経済や文化が高度に発展した韓国では、脱北者には様々な障害があった。長らく分断された北と南では、同じハングル語でも違いがある。そのため、脱北者は田舎者として軽蔑される傾向があった。しかも高学歴社会の韓国では、就職口もまともに見つからない。自ずと生活が成り立たず、犯罪に走る者も出てくる。また、韓国が軍事政権だったころ、北の工作員を警戒し、市民に不審な人物を密告するように奨励していた。そのため、脱北者は北のスパイとして見られる傾向があり、今もその習慣は残っているようだ。

午前十一時、今日二人目の脱北者が訪ねて来ることになっている。あと十分ほどだが、緊張感はまったくない。

「私は、正直言って元工作員や軍人から簡単に情報を得られると思っていたが、なかなか難しいですな」

大佐は、隣の席に座る重澤教授に尋ねるともなく聞いた。

「北朝鮮の情報を得るには、とにかく根気が必要です。隣国の友好国だった中国でさえ、今や正常な国交があるというわけではありませんので、我々はなおさらです。脱北者や北朝鮮からの出稼ぎ労働者から情報を得るしかありません。しかし、彼らの口は堅い。故国に残された親族に累が及ぶことを恐れていますから」

重澤は、たしなめるように説明した。

「中国と正常な国交がないって、本当ですか」

大佐は、驚いて聞き返した。

「もちろん、形式上はあります。断交したわけではありませんから、中国も朝鮮も互いが信頼関係にあると思っている年齢が高い政治家や軍人は、まだ大勢います。しかし、実務者レベルでは、互いに牽制(けんせい)しあっています。二〇〇六年十月に朝鮮が核実験したのを覚えていますか」

「確か地下実験で、当時本当に行なわれたのか、それともただの地震だったのかうやむやになった気がするが」

「彼らは、確かに核実験をしましたよ」

重澤は、笑って答えた。

「あの核実験の意味するものは、核武装することで、米国と対等になり、六カ国協議を優位に導こうとする意図がありました。それと同時に北朝鮮は、中国の出方を知るためにも使ったのです」

大佐は、頷いて話の先を促した。

「実験の数十分前に一方的に知らされた中国の面子は潰されました。そこで、これまで擁護していた立場を変え、中国政府は、朝鮮の制裁を一部容認すると同時に送金を停止するという独自の制裁も行なったのです」

「そりゃ、中国も突然言われたら怒って当然だ。それにしても、北朝鮮は、盟友である中国を怒らせるメリットがあったのか」

「実は、核実験が行なわれる直前に北朝鮮の国際問題を研究する会から、〝中国不要論〟という機密文書が作成されていたのです」

「〝中国不要論〟？　それはまた過激ですな」

なにげなく話を聞いていた大佐は、ソファーから身を乗り出した。

「今の中国は、鄧小平による改革開放政策ですでに資本主義国家に変貌しており、社会主義国家ではないと北朝鮮では見られています。つまり同盟国ではないと彼らは認識しているわけです。文章はレポート形式で、大半は現状の中国を否定し、北朝鮮の利にならないというものでした。そして、将来的に米国や韓国、日本と国交を開くべきだと結論づけられ、金正日を含む政府高官に高く評価されたようです」

「驚いた。私の国マレーシアでは、そもそも北朝鮮問題に関心がないが、そんな機密文書の存在を知っている人はいないのじゃないですか」

「中国や韓国の北朝鮮研究家の間では周知の事実ですが、確かに日本のマスコミでは報じられてないかもしれませんね。そもそも日本には北朝鮮問題の研究家が少ないのです。マスコミは北朝鮮が何かすれば大騒ぎするわりには、基本的にあの国に対して関心がありません、というか理解がない」

重澤は、自嘲ぎみに笑った。

日本では北朝鮮の研究家はまるで特殊なものを研究するマニアのように扱われ、極めて評価が低い。それはとりもなおさず、国の無関心さと日本国民の無知に繋がっている。

「私は、〝死線の魔物〟の正体が知りたくて、仕様がありません。北朝鮮の政権移行というこの時期に現れたのは、決して偶然ではないような気がしてならないからです。何かとんでもないことが起きるような気がしてなりません」

重澤は拳を握りしめていた。

大佐は、眉間に皺を寄せ、何度も頷いた。

「京介、起きろ！　もうすぐ面会者が来る。私たちの任務は重大だぞ！」

応接室の片隅に置かれた椅子で早くも舟を漕ぎはじめた京介を、大佐は怒鳴りつけた。

二

〝社団法人アジア情勢研究会〟の表看板を掲げた内調の外部オフィスがある平河町の〝レジデンスビル〟。その七階会議室に浩志は、朝から詰めていた。

昨日の江東区塩浜にある北朝鮮関連と見られる貿易会社〝明光伸〟の捜査の失敗を受けて、北の工作員であるハン・ヨンミンの尋問に立ち会って欲しいと内調から依頼を受けたためである。

時刻は、午前九時半、尋問前に内調の国際部、北朝鮮対策課の石井透から打合わせをと言われて話を聞いていた。

「昨日の捜査の失敗は、予想以上に我々に打撃を与えました。マスコミは公安が違法捜査をしていたとして、騒ぎはじめました。おかげで我々の捜査の実行部隊だった公安は身動きがとれなくなりました。そうかといって、いまさら警視庁に本件を持ち込むこともできません」

石井は憂鬱そうな表情で言った。北朝鮮関連と見られる貿易会社〝明光伸〟の捜査は、マスコミが一斉に公安警察の違法捜査だったと報じている。国内で北朝鮮の工作員を監視し、その活動を封じ込めて来たのは、今回に限らずこれまで公安の仕事だった。だが、機密に捜査をする手法をとるため、トラブルがあれば、マスコミのいい餌食になるのだ。

「それにしても、捜査が拙速だったのじゃないか」

「言葉もありません。藤堂さんは、現場の捜査員に三塩化リンの裏はとれているのか聞かれたそうですね。我々は、公安庁の内偵を信じ、彼らは彼らで、ハン・ヨンミンから得られた我々の情報を鵜呑みにして互いの情報を付き併せた結果、信憑性があると判断したのですが、今から考えれば見込み捜査に過ぎませんでした」

彼らは、韓国の大統領来日というタイムリミットの中でそうとう焦っているのだろう。責めてばかりもいられない。

「本日、来ていただいたのも、ハンが新たな情報を白状しました。もちろん自由を前提にしたものですが、その情報の裏を取っていただきたいのです」

「情報の裏？」

「裏と言ったら語弊がありますね。我々の実行部隊である公安の代わりに藤堂さんのチームに動いていただきたいのです」

公安は当分動けないというのは、事実かもしれない。だが、本来彼らは常に隠密に行動をしている。捜査がマスコミに知られるとは思わない。おそらくマスコミを恐れた警察庁か公安庁が彼らの出動を抑制しているのだろう。

「具体的に話してくれ」

「新たな隠れ家を思い出したとハンが言っているのです。前回と同じように捜査に立ち会わせることを条件に入れています。今、国家情報院のリュさんがハンを尋問して詳細を聞き出しています」

「思い出した？　また、罠かもしれないな」

リュは、マレーシアの刑務所で拘束されていたハンが〝明光伸〟の倉庫の罠を知る余地はなかったと考えているようだが、浩志は、逆にハンが知っていたと思っている。

「正直言って、私には判断つきかねますが、前と違って自発的にぺらぺらと自供したわけではありませんので、信じていいかもしれないと思っています」

「情報を小出しにしているんだぞ。怪しいとまずは疑うべきだろう」

浩志は石井の考えの甘さを鼻で笑った。

「一緒に隣室に行きましょうか」

石井は浩志の言葉を否定するでもなく、席を立った。石井の態度に不審を覚えたものの浩志も彼に従った。

「むっ！」

取調室として使っている隣室に行き、石井の不審な態度を理解した。

手錠をかけられ、椅子に座らされているハンの顔は腫れ上がっていた。かなり殴られたようだ。先に部屋に入った石井が眉間に皺を寄せ、戸惑いの表情をみせた。

「藤堂さん」

ハンの前に立っていたリュが振り返って目線を逸らせて頭を下げた。右手に血の付いたタオルを巻き付けている。ハンを殴ったのはどうやらリュのようだ。いつもの物静かな態度からは想像できない手荒な真似をするものだ。

「我国が暴力を肯定していると思われるのは不本意ですが、我々に残された時間はありません。それにまた罠をしかけられるようなことをして日本の捜査機関に迷惑をかけたくありませんので、仕方なく拷問をしました」

リュは、浩志の視線が血の付いたタオルに一瞬留まったことを恥じているのだろう。

「別に拷問を咎めているわけじゃない。自白した内容を教えてくれ」

浩志は、肩をすくめた。

「福生市に工作員のアジトがあるようです」

「福生？　横田基地の近くか？」

「その通りです。米軍の基地を監視し、基地の中で働いている者もいるそうです」

「なるほど」

米軍基地の近くにアジトがあると聞いても浩志は驚かなかった。

日本には現在、一千人以上もの工作員がいると言われている。彼らがすべて非合法な活動をしているかどうかは分からない。また、中には自分が工作員として働かされていることも知らずに情報を収集している者や、ベテラン工作員のサポートをさせられている者もいると聞く。彼らは、ありとあらゆる場面で登場してもおかしくはない。

「藤堂さん、今晩にでも、アジトを急襲していただけますか」

石井は、遠慮がちに言ってきた。

「すぐに仲間に招集をかけよう」

浩志は、迷うことなく即答した。

三

在日米軍基地である横田基地は、一九七一年以降に戦闘部隊が沖縄に移動したため、現在は輸送中継基地として稼働している。また二〇一〇年からは、航空自衛隊との共有化が進められているが、実質は世界的に押し進められている米軍の再編成の枠組みに自衛隊が組み込まれたと見た方がいいだろう。

浩志は、内調の石井透からの依頼を受けて、すぐさま傭兵代理店に連絡をとり、仲間を招集した。いつもの〝リベンジャーズ〟を構成する面々だが、大佐のボディーガードとして、韓国に行っている京介の代わりに、代理店のコマンドスタッフである中條修が参加している。

いつものように二つにチーム分けがなされ、浩志がリーダーとなるイーグルチームは、田中俊信と、加藤豪二、それに傭兵代理店の瀬川里見を加えた四名だ。

パンサーチームは、リーダーの浅岡辰也と、宮坂大伍、それに代理店のスタッフである黒川章に中條を加えた四名で、それぞれ傭兵代理店が用意した白い大型のバンに乗り込んでいる。また、工作員のハン・ヨンミンは、公安の捜査官が運転し、内調の石井と国家情報院のリュ・ソンミン、それに監視役の公安の捜査官が別に二名も乗り込んだバンにいる。

平河町を出発した三台のバンは、浩志の乗ったイーグルチームのバンが先導し、次にハン・ヨンミンが乗せられたバン、しんがりとして浅岡らパンサーチームのバンが続いた。

午後十一時四十分、三台のバンは中央高速道路八王子（はちおうじ）インターを降りて東京環状十六号線に入った。

「こちらリベンジャー。無線のテストをする」

浩志は、各自携帯している小型無線機のテストのために、一人一人点呼していった。

装備は、無線機とマイクとレシーバーが付いた小型のヘッドセット、ハンドガンタイプの麻酔銃、樹脂製の手錠、それにフラッシュバン（閃光弾）。今回は、閃光と白い煙は出るが、無音タイプを持ってきた。残念ながら、十六号線を隔てて米軍基地が目の前にあり、周辺にマンションやアパートがあるため、実弾が入った銃は支給されなかった。

北朝鮮の工作員のアジトとされているのは、十六号線沿いにあるホルモン料理を出す店らしい。横田基地の第二ゲートと第五ゲートの中間にあり、郊外型の大型店に埋もれるように民家を改築した店〝七宝山〟がぽつんと建っている。〝七宝山〟とは、朝鮮半島の北東部の海岸地帯にある北朝鮮の観光地の名称らしい。

基地を監視する目的と聞かされていたために、基地内を見下ろせるビルの最上階にでもあるのかと想像していただけに肩すかしをくらったようだ。三台のバンは、一旦店を通り越して、百五十メートル先にあるレストランの駐車場に入った。

浩志は、車から降りて二台目のバンに乗り込んだ。

「ハン、本当にあの店がアジトに間違いないのか」

浩志は、石井とリュに挟まれて座るハンに迫った。

「私の記憶が正しければ、間違いない。店は、二階建ての民家を改築したもので、二階に常時六名前後の工作員が寝泊まりしているはずだ。全員、店の従業員として働き、基地で清掃員として働いている工作員と連絡を取り合っている。比較的新しいアジトだが、米軍基地の隣にあるため、工作員は優秀な者が多い。〝死線の魔物〟の情報も得られる可能性が高いのだ。捕まえた工作員の面通しをこの場でしてやる。私なら、工作員かどうかすぐわかる」

ハンは淀みなく答えた。

「もし、ガセだったら、今度は俺がおまえを尋問してやる。言っておくが傭兵の尋問は半端じゃないぞ」

浩志は、ハンの目をじっと見た。

「勘弁してくれ。これ以上顔の造りを変えられたくないんでね」

ハンはリュに殴られて腫れ上がった顔に薄笑いを浮かべながら見返してきたが、浩志の射るような強い視線から目を逸らした。

「石井さん、この場で待機していてくれ。何かあったら、連絡するんだ」

「分かりました。気をつけて」

石井は硬い表情で答えた。

「加藤、斥候(せっこう)だ。店の様子を調べてくれ。俺たちは、車を回して来る」

自分のバンに戻った浩志は、加藤に命じた。

浩志の車は、オペレーターのプロである田中が運転している。田中は、車を発進させ次の交差点の手前で車をUターンさせた。横田基地の脇の十六号線には中央分離帯はない。片側二車線だが、分離帯がない分道は広い。続いてパンサーチームの車も続き、二百メートル先の交差点で再びUターンして、店の五十メートル手前の道路脇に停車した。

「こちらトレーサーマン。店の周辺を調べましたが、セキュリティシステムはないようです。店の表のシャッターが閉じられていますが、裏口があり、そこから突入できそうです」

さっそく加藤からの連絡が入った。

「了解。イーグルは、一旦車を出して、店の五十メートル先に車を停める。パンサーは、その場で待機。二分後、開始だ」

浩志は、車を発進させ、店の五十メートル先の歩道に乗り上げるように停めさせて、車を降りた。この辺りは敷地の広い店が多い。店と店の間隔は広く、建物が敷地一杯に隣接するようなところはめったにない。

浩志は、田中と中條を表側に配し、イーグルチームは、〝七宝山〟の右横から、パンサーチームは、左横から侵入させた。加藤が、裏口の前で待機していた。裏口は、夜間無人になる運送会社の倉庫と面しており、少々物音を立てても心配はない。

浩志が懐から、麻酔銃を取り出すと全員、銃を出して構えた。浩志は、瀬川に向かって頷いてみせた。瀬川は頷き返し、裏口を蹴破って突入して行った。

瀬川に続いて浩志が銃を構えて入り、他の者も跡に続いた。

裏口は、店の厨房だった。

浩志は、辰也にハンドシグナルで店を調べるように指示をし、瀬川と加藤に後ろに続くように合図を送った。厨房を出た廊下に二階へと続く階段があった。足音を忍ばせ、階段を上がる。工作員は、物音ですでに身構えているだろう。ちょっとした銃撃戦は覚悟しといたほうがいい。フラッシュバン（閃光弾）の効果に期待するところだ。

「ん……？」

二階の廊下に異臭が漂っている。

浩志は、舌打ちをした。

廊下の突き当たりの部屋のドアを取りあえず開けてみた。中から鉄錆び臭い血の匂いがしてきた。浩志は、ポケットからハンドライトを出して、部屋を照らした。十畳ほどの部屋に二段ベッドが二つあり、四人の男が胸を刺されて死んでいる。

「瀬川、他の部屋も調べてくれ」

続いて入って来た瀬川に命じた。

浩志は、ベッドからずり落ちた男の死体を調べた。体は完全に死後硬直の状態に入っている。死後十二時間以上経っているようだ。

「こちらコマンド一。別の部屋で、二人の女性の死体を発見しました」

瀬川からの連絡に浩志は、溜息をついた。

「こちら、リベンジャー。ロックウェルどうぞ」

ロックウェルとは、石井のコードネームだ。

「こちら、ロックウェル」

「やられたよ」

浩志は、呻くように報告をした。

四

北朝鮮の工作員のアジトと見られる横田基地前の〝七宝山〟で、従業員である朝鮮人六人の死体が発見された。

工作員であるハン・ヨンミンに確認させたところ、六人のうち一番若い二人の名前を知っていた。他の四人も、顔に見覚えがあるという。全員、主に米軍の情報を集める工作員だったらしい。

「遅かった。私の教え子が二人も殺されてしまった」

死体を確認したハンは、一階の店のテーブル席に腰を降ろして、体を震わせて悔しさを滲ませていた。

「遅かった？　ここが襲撃されることが分かっていたのか」

浩志は、独自に現場検証を終え、ハンを尋問しようと一階に降りてきたところだった。

事件は、警察に通報されることなく内調の石井が特殊処理班と呼んでいる、密かに現場処理をする部門に引き継がれることになっている。

「……予感は、していた」

ハンは、上目遣いに浩志を見た。

「説明しろ」

浩志は腕組みをしてハンを見返した。

「あんたと二人だけで話がしたい」

浩志は、仲間はもちろん、ハンに付き添っていた石井とリュも遠ざけた。

食堂から二人を残して、全員いなくなったのを確認した浩志はハンに尋ねた。

「どうして、石井とリュまで避ける必要がある」

「犯人は、間違いなく〝死線の魔物〟だろう。だが、このアジトが襲撃されたタイミングがおかしいとは思わないか。私には、石井かリュ、あるいは彼らの所属する情報機関に内通者がいるとしか思えない」

「あの二人が内通者なら、おまえの自供を迫ることはないだろう」

「確かに、そうだが」

「それより、何か言いたいことがあるのだろう」

「北朝鮮が政権の移行の段階に入っていることは、知っての通りだ。だが、金正日総書記が、政権を手にした時よりも我が国は疲弊しきっている。確かに総書記の時も、経済状態は厳しかった。また、お父上の金日成主席があまりにも偉大だったこともあり、総書記は、すぐには政権を手にはせず、三年の喪が明けてから国家の元首になられたほどだった」

「何が言いたい。俺は歴史の講義を聴くつもりはない」

「政権移行に伴い、軍や政権内部で動揺が広がり、一部では無秩序化している。体制を引き締めるために不穏分子の粛清がされているに違いない」

「殺された工作員は、すべて反逆者だったというのか？」

ハンの意外な答えに、浩志は首を捻った。

「まさか。連帯責任だよ。身内の中で一人でも不穏分子がいれば、我が国では監督不行き届きと見なされる」

北朝鮮では、連帯責任という制度で、人民を互いに監視させている。それは、家族や職場、地域など様々なグループ単位に及ぶ。例えば、外貨獲得のために中国を中心に数多く出店されている北朝鮮の料理店では、従業員が一人でも亡命したり、外国人と特別な接触や関係を持とうものなら、即、店を閉店させ、懲罰を与えるために従業員全員を帰国させるという。

「〝死線の魔物〟は、粛清する部隊なのか」

「そんな専門部隊はない。だが、軍の高官から〝死線の魔物〟は、極秘作戦を行なう特殊部隊で、粛清というのも重要任務に入っていると聞いたことがある。つまり任務先で粛清という汚れ仕事もするというのだ」

寸又峡で殺されたパク・ウォンサムは、〝死線の魔物〟は、作戦の秘密を守るために仲間を殺すと言っていたが、そもそも〝死線の魔物〟の正体を知らない工作員を殺すということに論理的な矛盾を感じていた。むしろ、ハンが言うように与えられた任務のついでに問題とされる人物の粛清をするという方が素直に聞ける。部隊の移動費も馬鹿にならない、経費の節減ということなのだろう。

「パクは、〝死線の魔物〟は、作戦の秘密を守るために仲間を殺すと言っていたぞ」

浩志は、あえて質問を返した。

「確かにそういう噂もある。秘密を守れない工作員を見極めて殺すというのだ。なぜか〝死線の魔物〟には噂が多いのだ。私は軍部がわざと色々な噂を流して、工作員を怯（おび）えさせているのじゃないかと思っている。実は、原宿で殺されたキム・ヒョクから、部下のイ・エギョンとパク・ウォンサムが亡命する可能性があると聞いたことがある。噂に過ぎないかもしれないが、二人は、出来ていたらしい。我が国では時として、噂だけでも処罰されることがある。だが、あんたから、パクが亡命を求めて来たと聞かされて、噂は本当だったんだと確信したよ」

パクは、仲間が殺されて亡命を決意したように言っていたが、もともとイ・エギョンと二人で脱北するつもりだったようだ。

「前回と違って、粛清されそうな工作員のアジトをどうして我々に教えたのだ」

浩志は、ハンほどの工作員がリュに拷問されたからと言って簡単に口を割るとは思っていなかった。

「とりあえず、日本政府に逮捕されて身柄を拘束されれば、彼らの安全を計れると思った。私の教え子を救いたかったのだ」

「虫がいいぞ。第一、そんなことでおまえが自供するとは思えない」

浩志の厳しい追及にハンは渋い顔をしてみせた。

「……実は、殺された若い工作員の一人が従兄弟の息子だったのだ。彼だけでも助けたかった。日本では、たとえ工作員として逮捕されても、厳格に処罰されない。私の自由と引き換えに第三国に逃がしてやるつもりだった」

パクの目に曇りはなかった。今度は嘘ではないらしい。

「それじゃ、前回の自供は、なんだったんだ」

「私は、日本で知っている役にも立たない施設を密告して、自由になるつもりだった。だが、貿易会社〝明光伸〟の倉庫には、日本の捜査を攪乱するためのトラップが仕掛けてあった。それで、私は、当局から利用されていると思った。当局は私を救うつもりはなかった。むしろ麻薬取引きで逮捕された私を処罰したかったに違いない。とすれば、私の血縁者も危ないと思ったのだ」

「それで、リュの拷問にかこつけて自白したんだな」

「最初から親戚を助けるために自白したとは言いたくなかったのだ」

ハンは、弱みを見せたくなかったのだろう。だからこそ、浩志と二人で話がしたいと言い出したに違いない。

「くそっ！　国家に忠誠を尽くしたあげく、利用されて捨てられるのか。それにしても利用されていることに気が付かないとは迂闊だった。担当地区でもない日本の施設の場所を教えられた時点で疑うべきだった」

「いつ教えてもらったんだ？」

「あんたが接触して来る二日前だ。本国から、ハングル語の聖書の差し入れがあった。もちろん、暗号が書き込んであった。刑務所では聖書の装丁がされているものなら、文章までは検閲しない。まして、死刑囚に聖書だ。中も見なかったのだろう。暗号は、法的な取引きをされた場合の交換条件として、日本の施設の情報を用意したと書かれてあった。むろん私を救い出すためだと思っていた」

「聖書に〝明光伸〟の倉庫の住所が書かれてあったんだな」

「そうだ。私は、すぐに暗記して、暗号が書かれたページは、引き裂いてトイレに流した。その二日後に日本人に会いたいと言われたんだ。これは、自由になれると思ったよ」

ハンの話で新たな疑問が浮かんできた。ハンは、〝人民軍六九五軍部隊〟の教官をしていたという経歴から、〝死線の魔物〟に詳しいとされた工作員だった。そのために、わざわざ浩志らは、マレーシアまで行ったのだ。そのリストアップは、リュが属する韓国の国家情報院でしている。タイミングから考えて、国家情報院の中に北朝鮮と通じている者がいるのか、それとも彼らの動きを北朝鮮側が察知していたのかどちらかだろう。

「ハン、〝死線の魔物〟に関する情報を他にも持っているのか」

「どこまで、迫れるかは分からないがな」

「復讐がしたいか」

浩志の言葉に、ハンはゆっくりと頷いた。

五

横田基地の目の前にある北朝鮮の工作員のアジト〝七宝山〟では、内調の石井透が要請した特殊処理班が死体の撤去をはじめとした現場の処理を行なっている。驚いたことに引っ越し屋に扮装した男たちが、死体をまるで荷物のように梱包し、家具を持ち出すかのようにトラックに運び込むのだ。これなら、たとえ夜逃げと勘違いされても、よもや死体を処理していると詮索される心配はない。

浩志は、特殊処理班が作業を進める間、仲間と何か手掛かりになるものはないかと書類やゴミを回収していた。詳しく分析すれば、何か出て来るかもしれない。だが、処理班が死体を運び出し、室内の洗浄など、最後の処理をはじめたのを機に撤収することにした。

「藤堂さん、ハンから何を聞き出したのですか」

バンに向かう浩志をリュが、呼び止めた。

「このアジトが襲撃されることは、予測していたらしい」

浩志は、被害者の一人が、ハン・ヨンミンの親戚だったことを教えた。

「あんたに殴られて、自白したようにみせたようだ。偶然親戚を見つけたことにしたかったらしい」

「なるほど、はじめっから、親戚を助けたいと言えば、立場が悪くなりますからね。他には何か聞いていませんか」

ハンと二人で話していたのは、数分だが、リュは石井とともに遠ざけられたことが気になるらしい。

「特にない。やつも、ようやく北朝鮮当局に利用されていたことに気付き、怒っていたよ」

ハンは、軍部に近い工作員が使用するアジトがあると言っていた。彼らに聞けば、〝死線の魔物〟の情報が得られる可能性が高いそうだ。だが、アジトには知り合いの工作員がいるため、その工作員の安全を計るために石井やリュには、知られずに接触したいと言っていた。国家に裏切られたとはいえ、仲間を裏切るつもりはないらしい。また、アジトである〝七宝山〟が襲撃されたタイミングから、内調か国家情報院のどちらかにハンの情報を漏らす内通者がいると思っているらしい。

「そうですか。これで振り出しに戻ってしまいましたね」

リュは、いかにも残念そうな顔をした。ハンが言うように内調か国家情報院に内通者がまったくいないと言い切れない以上、リュにも本当のことを言うつもりはない。

三台のバンが、都心に戻って来たのは、午前二時を過ぎていた。さすがにこれから改めてハンを尋問するというわけにもいかず、とりあえず内調の国際部のオフィスがある平河町の〝レジデンスビル〟まで行くことになった。

石井らが乗ったバンには、リュの他にハンを監視するために内調の捜査官が二人も乗り込んでいる。そのため、石井は、浩志らが見送る必要はないと断ってきたが、浩志は念のために近くまで送って行くことにした。

都心も不況の影響で深夜の交通量は極端に少ない。三台のバンは、無事に〝レジデンスビル〟の前に到着した。

石井は、車から降りて浩志の乗ったバンまで小走りに近寄り頭を下げた。

「すみませんでした、藤堂さん。わざわざ送って頂いて」

「今日は、このビルに泊まるのか」

「実を言うと、ハンを確保してから、ずっとオフィスで寝泊まりしています。オフィスのセキュリティは高いのですが、心配ですから」

石井は、頭をかきながら答えた。内調は、そもそも警察と違う。今回のようにハンを拘束したり、留置したりすることは異例中の異例なのだろう。

浩志は、ハンから新しいアジトの情報を得られそうだということは言わなかった。石井を疑っているわけではないが、ハンから直接話を聞き出した方が、情報が得られると判断したからだ。とりあえず、ハンの尋問は朝一で行なうつもりだ。

「撤収するか」

浩志は、独り言のように言った。成果の上がらない捜査に疲れを感じた。現役の刑事のころは、毎日あてどもない捜査に足をすり減らしたものだが、疲れを知らなかった。若かったこともあるが、それが当然の職業だと自覚していたからだろう。

「了解しました！」

バンを運転している田中が、元気に答えた。〝ヘリボーイ〟と呼ばれるわりには老け顔の田中は、浩志が疲れているのを見かねて声を上げたのだろう。浩志を乗せたバンと後続の辰也らを乗せたバンは、新宿通り方面に向かって走り出した。

浩志は、我ながら自分のふがいなさを鼻で笑い、サイドミラーで遠ざかる石井の姿を見た。石井は内調のオフィスがある〝レジデンスビル〟の玄関ではなく、裏口の方に向かった。この時間、警備員が詰める裏口のみ出入りできるらしい。

バックミラーに閃光が走った。

「何！」

浩志は、窓から身を乗り出して後方を見た。

〝レジデンスビル〟の前に停めてあった内調のバンの辺りが白煙に包まれていた。

田中が急ブレーキをかけた。

「引き返せ！」

叫びながら、浩志は車から飛び降りていた。後続の辰也の車も急ブレーキをかけて停まり、宮坂大伍が飛び降りて来た。二百メートル近い距離を一気に走った。

白煙が立ちこめる中、石井やリュ、それに内調の二人の捜査官が道路に咳き込んで倒れていた。

「しっかりしろ！」

浩志は、石井を抱き起こした。

「目が、……目が見えない」

石井は咳き込みながら、目を擦っている。石井の足下にフラッシュバン（閃光手榴弾）

の残骸(ざんがい)が落ちていた。

「くそっ！　ハンが……連れ去られた！」

リュが咳き込みながらバンのボディを叩いた。

「車には、いません！」

宮坂がバンを調べて答えた。

「ハンを探せ！」

無駄と分かっていても、浩志は仲間に命じた。

十分後、浩志は仲間を集めてむなしく撤収した。ハンは拉致された。だが、犯人は〝死線の魔物〟ではなさそうだ。死人が出なかったのがその証拠だろう。また、石井とリュの携帯が盗まれていた。盗んだのは、襲撃者ではなくハンだろう。ハンは、ひょっとすると襲撃者に逆らわないどころか、自発的に脱出したのかもしれない。だが、手持ちの駒を失ってしまった。

韓国大統領の来日まで残すところ、四日と迫っていた。

奪回

一

韓国大統領の来日を四日後に控え、政財界では、様々なイベントを用意していたが、韓国側の要請で、民間のイベントの大半が直前でキャンセルされることになった。理由は、大統領の健康上の理由で、完全にキャンセルをしないのは、一ヶ月も前から準備を進めていた日本政府に対しての配慮であると報道された。

〝死線の魔物〟が裏で関係しているという情報はまだ日韓のメディアには流れていない。今のところ、両政府の報道規制が功を奏していることもあるが、水面下で日韓の情報機関が必死にこれまで起きた事件を隠蔽（いんぺい）しているからだ。

公安警察は、北朝鮮の関連施設である〝明光伸〟の捜査中に三塩化リンが爆発するという事故に見せかけた罠に遭遇した。しかし、この爆発の起爆となった装置は、爆発前に三塩化リンのタンク内部で溶解したらしく、現場を捜査した警視庁では爆発の原因を突き止めることができていない。そのため、メディアばかりか、国会でも公安警察の捜査に問題があったという意見が大勢を占め、その活動に支障をきたしていた。

また、内調（内閣情報調査室）の捜査をあざ笑うかのように新たな事件は勃発し、さらに、切り札だった工作員ハン・ヨンミンが拉致されて、捜査は限界に達した。

内調はやむなくハン・ヨンミンを奪回する最後の手段として、彼の資料を警察庁に渡し、両者で協議した結果、ハンを福生の工作員のアジトで起きた殺人事件の重要参考人として全国に指名手配するように、警視庁をはじめとした都道府県警察に指示を出した。

ひびが入ったコンクリート壁に蔦が絡まるその外見とは裏腹に、傭兵代理店としての裏稼業を持つ下北沢の質屋丸池屋。また、その真の姿は防衛省情報本部の特務機関だとは、この店を利用する客は知る由もない。

「ふざけないでよ。買い取れないってどういうことよ」

レザーのミニスカートにギャザーブーツ、そして、フェイクファーのショートジャケットを着こなし、茶髪に派手なメイクとまるでチープなショーガールのような格好をした二十歳前後の女が丸池屋のカウンターの前で喚き散らした。

「ねえ、ケン、なんとか言ってやってよ、この馬鹿おやじに」

女は一緒に連れて来たダぶだぶのずり下げパンツを穿いた、やはり二十歳前後のサングラスをかけた男をけしかけた。

「こら、おやじ、マリエは、このバッグを十二万で買ったんだぞ。普通の質屋なら十万はだす品だ。九万で売ってやるから、さっさと金を出せよ」

男は、身長一八〇センチほどで体格もいい、なかなか迫力もある。

時刻は、午前九時五分、丸池屋の開店と同時に二人は入って来た。おおかた前夜に下北沢で飲み明かしてラブホテルに泊まり、有り金を使い果たしたのだろう。

「お客様のバッグが、新品同様のルイ・ヴィトンのパレルモPMでしたら、正価が十二万三千九百円ですので、九万近くはお出し出来ます。しかし、これはよく出来た偽物です。刻印を見れば分かりますよ。〝O〟がきれいな丸になっていませんし、文字とのバランスも悪い。それにこの革の匂いがいけませんな。本物と明らかに違う」

バッグの匂いを嗅いで、しかめっ面をした池谷は、首を振ってみせた。

「このバッグが偽物だって！　失礼ね」

女が金切り声を出した。

「もし、本物として買われたのでしたら、御愁傷様（ごしゅうしょうさま）です」

池谷は、皮肉った。

「なんだと、この野郎。こっちに出て来い！」

男は、カウンターを仕切っているガラスを右手で叩いた。だが、分厚い防弾ガラスのためにびくともしない。

「おい、ちんぴら、客はおまえだけじゃないんだ。さっさと帰れ」

店に渋い男の声が響いた。

「なんだと、この……」

茶髪の男が振り返ると、いつの間にか背後に浅岡辰也と宮坂大伍が立っていた。辰也は身長一八〇センチ、宮坂は一八二センチ、二人とも体重八〇キロはある。しかも辰也は頬に鋭い傷痕があり、やくざでも道を開けるという迫力がある。

「売るんだったらな、偽物のバッグより、本物のこいつの方が高く売れるぜ」

辰也は、アーミージャケットのポケットから、折りたたみナイフを出して、男の目の前で刃を開いて見せた。茶髪の男女は悲鳴を上げて店から飛び出して行った。

「馬鹿野郎め」

辰也と宮坂は顔を見合わせて笑った。

「浅岡さん、それは、ウイリアム・ヘンリーのG三〇、……しかも米国のナイフ・オブ・ザ・イヤーを受賞したタイプですね。分かりました。五万円で買い取りましょう。マニアには高く売れますよ」

池谷は、何の資料も見ないで老眼鏡をずり上げながら言った。

ウイリアム・ヘンリーは、米国で人気のナイフメーカーで、辰也の持っているナイフは、二〇〇六年に米国ブレードショーのナイフ・オブ・ザ・イヤー賞を受賞したモデルだ。なかなか手に入るものではない。

「冗談じゃない。やっと手に入れたのに。がきを追い出すために見せただけですよ。それにこれ八万円で買ったんです。五万円なんかで売れませんよ」

辰也は、慌ててナイフをポケットにしまった。

「冗談ですよ。それより、そのナイフは確かブレードが八・一センチあったはずです。持ち歩くと銃刀法に触れますよ。つまらないことで警察沙汰にならないようにしてください。お二人とも、奥にお入りください。藤堂さんがお待ちです」

池谷は、二人を睨み付けながら言った。

「もう藤堂さんは、来ているんですか。タフだなあ、あいかわらず。とても同じ人間とは思えない」

辰也と宮坂は、頭をかきながら、店の奥へと消えた。

「タフなのは、肉体よりも精神力です。藤堂さんは、あなた方とは出来が違います」

帳簿を見ながら、池谷は呟いた。

二

朝一で行なわれた丸池屋でのミーティング中に、興味深い報告が国際電話で大佐からもたらされた。

大佐と北朝鮮の研究家である重澤教授は、韓国にいる脱北者の証言を諦めて、昨日中国吉林省の北朝鮮との国境地帯まで来ていた。古くから朝鮮族が多く住む地域だ。ここにも脱北者を支援する団体がいくつかあり、重澤は支援団体から北朝鮮の工作員と軍人だった脱北者を紹介してもらっていた。

中国吉林省の朝鮮族は、古くから北朝鮮との交易をしてきた歴史がある。また、中国側の親族を頼って脱北する者もいる。また最近では、出稼ぎやこの地に商売の拠点を持つ朝鮮人もいるそうだ。この地域でも脱北者が多く住む延吉市は、もともと朝鮮族の自治が認められている。そうかといって脱北者が楽に生活しているわけではない。北朝鮮との密貿易で財を成す者も中にはいるが、多くは中国当局から不法侵入者として扱われ、ぎりぎりの生活をしている者が大半だ。

中朝の国境警備が強化されているため、脱北者の数は激減していると言われているが、それでも、支援団体の協力を得たり、中国のブローカーの手により、脱北してくる朝鮮人は後を絶たない。

大佐がこれまで韓国で得られた〝死線の魔物〟の情報は、おおむね浩志らが工作員のパク・ウォンサムやハン・ヨンミンからすでに得ていたものと変わらなかった。というか、判で押したように同じ内容のものばかりだった。だが、昨日面談した元工作員の証言により、その理由が分かった。

朝鮮労働党作戦部に所属していた元工作員で、上司から〝死線の魔物〟の情報を軍部や工作員の間に広めるように命令をされたというのだ。つまり北朝鮮内部での情報操作という変わった任務を受けていた。同じような命令を受けていた工作員は数人いるらしく、彼らの情報により、〝死線の魔物〟は恐ろしい特殊部隊という噂が工作員や軍人の間で広まったらしい。

この情報により、捜査が進展するというものではないが、ハンが言っていたように、〝死線の魔物〟という得体の知れない恐ろしい存在を造りだすことにより、風紀の乱れた北朝鮮の工作員や軍部の引き締めを行なっているのかもしれない。

一方、ハン・ヨンミンが拉致されたことにより、〝死線の魔物〟の捜査は、これまで得られた情報の洗い直しという地道な作業を余儀なくされたのだが、原宿の通り魔殺人事件の現場となった宝石店、ジュエリー・ペクトゥは北朝鮮からの抗議により、警視庁による現場の封鎖は解除されたために立ち入ることはできなくなっていた。

再捜査の道を断たれた浩志はやむなく、とげぬき地蔵とよみせ通りの商店街で起きた殺人事件の捜査をすることにした。

浩志は、白山通りのとげぬき地蔵入口で田中の運転するバンの助手席から降りた。

「藤堂さん、ここの事件を調べれば、何か〝死線の魔物〟のことが分かりますかねえ」

車の後部座席から降りて来た宮坂は、溜息混じりに聞いてきた。田中と宮坂は、とげぬき地蔵とよみせ通りの商店街をこれまでくまなく調べている。丸腰で街中をうろつくのにも飽きて来たのだろう。

浩志の仲間は、全員超一流の傭兵だが、警察関係者だった者は誰もいない。浩志のチームに入ることにより、捜査活動も仕事のうちになってきたが、経験から言えば警視庁の刑事の足下にも及ばない。

「それを調べているんだ。捜査の基本は、現場百遍、だめもとで調べるものだ」

浩志は、自ら言い聞かせるように宮坂に言った。

午前十時四十分、高齢の観光客らしき団体が楽しげに話をしながら前を歩いている。変わらないこの商店街の風景があった。浩志は、目の前の老人の団体から視線を移し、何気なく商店街の飾り付けがしてある外灯に目をやった。

「ん……？」

警視庁の杉野から連絡を受けて、とげぬき地蔵の商店街に来たのは、まだ三日前のことである。その時、外灯の上に携帯のアンテナらしきものが多いことに感心し、殺人現場となった店まで外灯を見ながら歩いた記憶がある。だが、今日はそのアンテナと思われた機器が見当たらないのだ。数えたわけではないが、五、六個はあったはずだが、見る限り一つもない。

浩志は、外灯の近くにある薬屋に飛び込んだ。

「外灯の上に携帯のアンテナのような十五センチ四方の機器が取り付けてあったと思うのですが、知りませんか」

「あれねえ。朝から携帯電話の会社の高所作業車がやって来て、とっぱらって行ったよ」

突然妙な質問をしたにもかかわらず、店の主人らしき男は即答してきた。よほど気になっていたのだろう。

「作業員が、アンテナを撤去したのですか？」

「それでね、なんだかおかしいと思って、作業員に聞いたんだ。すると故障したから一旦、全部持って帰るっていうから、私は驚いたね」

「何か不審な点でもありましたか」

「だってさ、取り付けたのは、まだ一週間前の話だ。私はあんまり携帯を使わないから関係ないけど、取り付けたり、取り外すにも経費がかかるものさ。第一、取り付ける前から、この辺で携帯が繋がらないなんて話は聞いたことがない。無駄なことをするもんだね。今度来るときは、ちゃんとしたもの取り付けなって、言ってやったよ」

店主は、笑いながら言った。一週間前なら、商店街で通り魔殺人事件が起きる直前のことになる。

「作業をしていたのは、どこの電話会社か、分かりますか」

「確か、作業車に、NDDと書かれてあったと思う」

NDDは、大手通信会社である。浩志は、礼を言って店を出ると、携帯で田中を呼び出して、車を商店街の入口にまわすように言った。

「藤堂さん、どうされたのですか」

商店街の入口に引き返そうとする浩志を追いかけながら、宮坂は尋ねて来た。

「元刑事の勘だ。説明できないが、何か引っ掛かる」

言いながら、浩志は再び携帯を出して傭兵代理店の土屋友恵に連絡をした。

「友恵、NDD社のとげぬき地蔵商店街での工事記録を調べてくれ、アンテナの取り付けと撤去工事だ。それから、ついでによみせ通りの商店街のも調べてくれ」

「期間は?」

「一週間前、いや、念のために十日前から今日までだ」

「了解しました」

友恵はクールに答えた。彼女なら、NDD本社のサーバーに入り込み、簡単に情報を引き出してくれるだろう。

浩志と宮坂は、商店街の入口に待機していた田中の運転するバンに再び乗り込んだ。

三

文京区と台東区の区境の通りである谷中のよみせ通りは、駒込染井から上野不忍池まで流れ込んでいた藍染川が一九二一年に暗渠、つまり川に蓋をする工事をしたためにできた通りである。その後、夜店が並び賑わったことから、〝夜店通り〟となり、今にその名を残しているようだ。ここにも、とげぬき地蔵ほどではないが、商店街の中程に三百七十年の歴史を誇る延命地蔵尊がある。

巣鴨のとげぬき地蔵商店街から、谷中のよみせ通り商店街までは、およそ三キロ、不忍通りを走れば車で五分という距離だ。よみせ通りは、不忍通りからワンブロック東の通りで、不忍通りの千駄木三丁目を過ぎた交差点を左折した洋品店の前で、浩志と宮坂はバンを降りた。

地蔵のイラストが中央に書かれた商店街の看板の下をくぐり、浩志は買い物客が自転車で通り過ぎるのを見た。とげぬき地蔵商店街のような飾りこそないが、下町の商店街というイメージに変わりはない。以前とげぬき地蔵商店街の殺人現場で、警視庁鑑識課の新庄がどちらも凶悪な殺人事件とは縁遠い地域と言っていたのを思い出した。

「宮坂、ここで起きた殺人未遂事件の現場の位置を教えてくれ」

「ここから、六十メートル先の食堂の前です」

宮坂は、浩志の前に立ち、右手を上げて店の位置を指した。

犯人は、山本克己、四十八歳、タクシードライバー。山本は、店の前で十分ほど客に待たされていたところ、突然運転席から飛び出し、通行人を次々と殴った。三人目を襲ったところで狭心症の発作を起こし、自ら救急車で運ばれるというお粗末な事件だった。

二人は、昔ながらの食品サンプルが店先のガラスケースに飾られた食堂の前に立った。

店のすぐ前にある外灯を浩志は見上げた。

「もう一件の現場は、どこだ？」

「ここから、三十メートル先の谷中銀座商店街の入口がある三叉路です」

浩志は頷いて道の両端に立っている外灯を見ながら歩いた。

谷中銀座商店街は、よみせ通りから、ＪＲ日暮里駅の西口に通じる通りにあり、昔ながらの活気がある商店街で、ドラマの撮影でも使われることがあるそうだ。

「ここの事件の目撃者に話は聞いたか」

「もちろんです。藤堂さんも話を聞きますか」

浩志が頷くと宮坂は、近くの弁当屋に入っていき、割烹着姿をした五十代半ばの女を連れてきた。

「おばちゃん、この人にまた事件の話をしてくれる？」

「また、事件の話かい。もう、警察に何度も話したから、いいかげんうんざりしらまったよ」

女は、右手を大げさに振ってみせた。殺人の目撃者というのは、警察だけでなくマスコミの聞き込み、そして近所の物好きと、何度も同じ話をさせられるので話し疲れてしまうものだ。

「昼の弁当、五人前で手を打ってよ。お願い」

宮坂が、大きな図体で女に両手を合わせている。本人は必死なのだろうが、微笑ましい光景に思わず、頬が弛んでしまう。

「別に、弁当を売ろうと思って渋っているわけじゃないよ」

女は、右手で口元を覆って笑った。

「被害に遭ったのは、この近くの雑貨屋のおばあちゃんでね。犯人は、その外灯の下に立っていた女だったよ」

女は、谷中銀座とよみせ通りの交差点に立っている外灯を指差した。

浩志が警視庁の新庄から聞いた情報では、被害者は、吉崎たね、七十九歳、犯人は、田口順子、五十三歳。田口は、この街に引っ越してきたばかりで、事件当日、友人と交差点で待ち合わせをしていたそうだ。だが、友人が待ち合わせの時間を過ぎても現れず、またこの一、二年症状がひどくなった更年期障害のため、かなりいらいらしていた。気が付いたら、いつの間にか被害者の首を絞めていたという。近くの住人が止めに入り、はじめて自分の犯行に気付いたらしい。

「女は、なんだか人と待ち合わせをしていたらしいんだけどね。そうねえ、三十分近くそこに立っていたかしら、私の店から、女が見えたから気にはなっていたんだよ。そのうち、くそお、だとか、殺せ！　とか喚き散らすから、お父さんにおまわりさん呼んだ方がいいって言ってたら、運悪く雑貨屋のおばあちゃんが、その前を通ったのさ。そしたら、その馬鹿女ときたら、いきなりおばあちゃんの首を絞めるもんだから、もうびっくり」

「殺せと女は言ったんですね」

「殺せ！　殺せ！　って、鬼のような形相だったね」

女は、両手の拳を握りしめ、叫びながら恐ろしい形相になり犯人の真似をしてみせた。

「なるほど、なるほど。……話は変わりますが、最近、携帯の通信会社がこの辺りにアンテナの設置や撤去の工事に来ませんでしたか？」

女の演技があまりにも真に迫っているので、浩志はなだめるように相槌を打って、話を切り替えた。

「アンテナ？　……そうそう、五日前だったかな。外灯に設置したアンテナの撤去工事をしていたわよ」

腕組みをして女は首を捻っていたが、両手をぽんと合わせて答えた。

「ひょっとして、アンテナの設置工事は、その一週間前じゃなかった？」

「どうだったかな。確かに、設置したかと思ったら、もう撤去するから、うちのお父さんと変なことするなと言っていたんだけどね。そうだ、おばあちゃんが襲われた前日に工事に来ていたから、確かに撤去される一週間前に設置に来たね」

浩志は、やはりと頷き、女に礼を言って帰した。

「藤堂さん、ひょっとして、そのアンテナのようなものが、事件と関係しているんですか」

浩志と女のやりとりを聞いていた宮坂が尋ねた。

「今は、推測の域を出ないが、アンテナと見せかけた機械が、犯人に衝動的な行動をさせるような影響を与えたんだろう」

「もし、そうだとしたら、犯人も被害者ということになりますね」

「人が殺意を持ち、なおかつ実行に移すというのは、かなり高いハードルがあるが、一旦それを越えてしまえば、だれでも殺人を犯す可能性があるということだ」

宮坂は、浩志の言葉に大きく頷いてみせた。傭兵は職業柄、戦場では合法的に殺人を行なう。殺人に関しては誰よりもよく知っているのだ。

「すべての事件の調書を調べてみる必要があるが、俺が原宿で目撃した犯人も、とげぬき地蔵の犯人、それに老婆を襲った犯人も同じように〝殺せ〟と口走っている。みんな命令形なのだ。もっと早く気が付くべきだった」

「確かに、命令形ですね。犯人は洗脳されていた可能性があるわけですか」

浩志と宮坂は、商店街の出口に向かった。

ジャケットのポケットの携帯が反応した。

「藤堂さん、遅くなりました。NDDの携帯アンテナの工事は下請けの会社がするものですから、調べるのに時間がかかりました。とげぬき地蔵もよみせ通り商店街も、この一ヶ月、工事は入っていません。ちなみに、埼玉県でNDDの下請け業者が所有する高所作業車の盗難届けが出されていました。二週間前に盗まれたようです」

さすがに友恵だ。浩志の意図を汲んで調査してくれたようだ。これで、商店街にアンテナの設置に来た業者は偽物だったことになる。

「しかし、肝心の証拠がないんじゃ、調べようがありませんね」

宮坂は首を振ったが、浩志は一人頷いていた。

四

科学捜査研究所、よくテレビドラマや映画では、〝科捜研〟と略されて呼ばれる。各都道府県警察本部に設置されており、ＤＮＡの鑑定をはじめ、銃器、微物、薬物、偽札、音声などの証拠を広範囲にわたり鑑定や、照合、分析、検査を行ない、鑑識課と協力し犯人の検挙に着実な効果を上げている。

浩志はよみせ通り商店街から、鑑識課の新庄に連絡をして、警視庁に足を運んだ。というのも、とげぬき地蔵商店街とよみせ通り商店街の殺人事件を調べるうちに、ある共通点を見いだしたからだ。それは、偽の携帯電話工事業者が携帯電話のアンテナを設置した期間のみ犯行が起きたことだ。しかもどの犯行も、アンテナが設置された外灯の近くで起きている。また、事件の調書を調べたところ、犯人は犯行時、まるで殺人を命令されているかのような錯覚に陥っており、殺人への衝動が抑えられなかったと自供している。犯行時に殺せと口走る者が多く、殺人を強制されたという彼らの供述と合致していた。

これらのことから、浩志は、精神的に不安定な人が偽の工事業者が設置した携帯のアンテナとみせかけた機器の影響を受けて殺人に走ったと考えた。

ここで原宿の通り魔殺人事件の犯人である北村健次との関連性が問題になる。北村は、他の犯人と同じように殺せと口走っていた。また麻薬中毒患者だったことから、精神的に不安定だったことも同じである。だが、北村は、表参道から犯行現場である宝石店までの長い距離を移動していた。表参道から明治通りの外灯すべてに怪しい機器が取り付けられていたとは考えにくい。もし取り付けられていたとしたら、人通りの多い地域だけに、もっと事件が頻発したはずだ。むしろ、北村だけに影響するものと考えたほうが自然だと浩志は思った。そこで北村が犯行時にしていた携帯音楽プレーヤーとヘッドホンを調べるように新庄に進言したのである。

鑑識課で保管されていた北村のプレーヤーとヘッドホンはすぐさま科捜研に送られ、分析されることになった。

浩志は、警視庁で一時間ほど待たされたが、鑑識課の新庄に科捜研音声および音響を鑑定する部署に案内された。浩志は、一応警視庁では犯罪防止支援室の犯罪情報分析官と登録されている。だが、警視である新庄と一緒でなければ科捜研に入ることはできない。

「北村が犯行時に携帯していた音楽プレーヤーは、米国A社の二〇〇七年台湾製のMP3プレーヤーでした。中に収められていた曲は不思議なことに黒人のR&Bが一曲だけで繰り返し再生されるように設定してありました」

音声を解析する様々な機械を前にして、大堀(おおほり)という技官は説明をはじめた。

「それでは、プレーヤーを再生してみます」

浩志と新庄は、試験用のスピーカーの前に立った。スピーカーから、黒人独特のリズムに乗った曲が流れてきた。

「別に何の変哲もない曲に聞こえるが」

新庄は、腕を組んで首を捻った。

「この曲は、三分二十四秒あります。とりあえずしばらく聴いてみてください」

曲の所々でバックに手拍子や叫び声が入る。最初聴いた時は、リズミカルでよかったのだが、それが曲を聴き終わるころには、耳についてくる。そして、二回目になると曲を聴いているのも不愉快な気分になってきた。

「いつまで聴いていればいいのだね」

浩志よりも先に新庄が腹だたしげに大堀に迫った。

大堀は、にやりと笑って音を止めた。

「次にこの曲の周波数を見てください」

大堀の目の前にあるモニターに曲の波形が示された。山形の線に色がついたものが出て来たがさっぱり意味が分からない。

「通常、市販されているＣＤの音楽の波形は、人間が聞こえる音を収録されているため、比較的中間音域の音が多いのですが、このプレーヤーの曲は、右側の高周波域も収録されていました」

「高周波域？」

苛立ち気味に新庄が聞き返した。

「問題は、この高周波域、というか超高周波でした。次に超高周波だけを取り出したものをお聴きください」

スピーカーからは、何も聞こえてはこない。ただ、不快感が募るだけだった。

「もういい！　大堀君、君は私を怒らせたいのか！　結論を早く言いたまえ」

目を血走らせ荒い息遣いをしながら、新庄が声を上げた。いつもの温厚な彼らしからぬ態度だ。どうやら超高周波の影響を受けているらしい。

「新庄警視、まさに今警視が抱かれている感情が結論なのです。警視は、超高周波により洗脳されかかったのです」

「超高周波による洗脳？」

新庄は、しかめっ面をしながらも首を傾げた。

「この超高周波を人間が聞き取れる周波数に直したものをお聴きください」

大堀は、新庄の剣幕に動じることなく作業を続けた。

「殺せ！　殺せ！」

スピーカーから、ひたすら殺せという叫びにも似た男の声が聞こえて来た。浩志が原宿で取り押さえた北村も同じような調子で叫んでいた。

「なんと、耳に聞こえない音を聴いて、不快な気分になっていたというのか」

「そうです。携帯プレーヤーは、超高周波にトランスミットさせた殺せという言葉を、R&Bの曲と一緒に流していたのです。超高周波は、意識下レベルでダイレクトに伝わるサブリミナルと同じような効果があります」

「マインドコントロールか」

浩志は、ぼそりと言った。

「その通りです。短いメッセージを繰り返すのもマインドコントロールの特徴です。米国では、デパートやショッピングセンターなどでこうした手法で万引きを防止しているようです。もっともセキュリティ上、公にはなっていませんので確かなことは言えませんが、五十ヘルツ以下の超低周波や一万五千ヘルツ以上の超高周波によるマインドコントロールは、米国やロシアではかなり以前から研究が進められていますので、実用の段階に入っているとみていいでしょう」

大堀は、相槌を打って補足してきた。

「とすれば、商店街の外灯に付けられていた携帯のアンテナのような機器は、超高周波を発生させる機械だったのか」

浩志は、商店街で見た外灯の機器を思い浮かべて納得した。

「おそらく高周波トランスミッション装置だと思われます。ただ、大きさからして出力不足だった可能性があります。ほとんどの人に影響を与えずに、超高周波のメッセージに反応したのが、病気などの身体的な障害で精神的に不安定な人だったのはそのためでしょう」

「それでも、複数の殺人事件や未遂事件が起きている。一般人を殺人鬼に変えるとは、恐ろしい装置だ」

新庄は腕組みをして首を振った。

「実験だったのか」

浩志は、はっとした。よみせ通り商店街で起きた事件は、殺人未遂に終わっている。だが、とげぬき地蔵商店街では殺人事件に発達した。そして、北村の麻薬中毒状態での犯行。これらの事件は、すべて超高周波の効果を解析するための実験に過ぎなかったのではないか。

「可能性は、否定出来ません。これまでの事件により、高周波を出すトランスミッション装置のテスト、携帯音楽プレーヤーを使ってのテスト、それと被験者の健康状態や薬物投与によるテスト、様々なデータの蓄積ができたと思います」

「テストだと、一体真犯人は何を考えているのだ。そのトランスミッションとかを放送機器に接続し、テレビやラジオを通じて流されたらいったいどうなるんだ」

まだ超高周波の影響を受けているのか、大堀の説明を聞いて新庄が声を荒らげた。

「テレビもラジオもアナログの場合、超高周波を再現できないので影響されません。しかし、デジタル放送なら影響を受ける人は出て来るかもしれませんねえ」

大堀は、沈痛な表情で答えた。

「問題は、この殺人テクノロジーを三日後に来日する韓国大統領暗殺に使うのか、東京をはじめとした大都市で使用し、大量殺戮を引き起こすために使われるかだ」

浩志の言葉に、新庄と大堀は顔を見合わせた。

五

五反田の駅前から八ツ山通りを六百メートルほど行ったところに、〃須賀川〃という浩志の行きつけの飲み屋がある。現役の刑事のころは週に一度は行ったものだが、傭兵になってからは、二、三ヶ月に一度行ければいいところだ。したがって、暖簾を潜ると、

「いらっしゃい。おや、お久しぶり」

と福島出身の店主、柳井六郎に語尾上がりの挨拶をされることになる。

午後七時、すでにでき上がったサラリーマンと入れ替わるように浩志は〃須賀川〃の暖簾を潜った。

「いらっしゃい。お久しぶり、今日はお二人？」

柳井の挨拶に浩志は頷いてカウンターの椅子に座った。

「ここは、赤提灯(あかちょうちん)と呼ばれている店ですね。私ははじめてです」

浩志の後から入って来た韓国情報院のリュ・ソンミンは、浩志の隣の席に座った。

「とりあえず、ビールにする？　生もあるよ」

柳井は得意げな顔で言った。

「生！　ビールサーバーを置いたのか」

この店では、知る限り瓶ビールと日本酒しか置いてなかった。

「最近のサーバーは、コンパクトに出来ているから、うちにも置けるようになったんだよ。その代わりジョッキは、中だけね。大ジョッキはかさばるから」

浩志とリュは迷わず生ビールを注文し、酒の肴(さかな)はお任せにした。

「今日は、無理を言ってすみませんでした」

リュは沈鬱な表情で言った。

警視庁の科捜研で原宿の通り魔事件の犯人である北村が所持していた携帯音楽プレーヤーが超高周波を発生させていたことを浩志はすぐさま内調に知らせた。するとリュから携帯に連絡が入り、内調の石井には知られずに内々で相談したいことがあると言って来た。どこかで飲みながらでも構わないという。それならと、浩志はご無沙汰続きの〝須賀川〟に連れて来たのだ。

「はい、おまち。シマアジの刺身ね」

生ビールのジョッキと艶のいい淡いピンク色をした刺身が盛られた小鉢がカウンターに置かれた。

浩志はさっそく生をジョッキの半分ほど飲んで口を潤し、刺身を口にした。アジに似ているがさっぱりとしており、適度な脂が口の中で香った。さすが高級魚だけに品がいい味わいだ。ビールもいいがこれは日本酒に限る。おやじに冷酒を頼んだ。

「おいしい。やはり刺身は日本の醤油とわさびが一番合いますね」

リュも刺身を頰張り舌鼓を打った。

「日本に住んでいたことがあるのか」

リュの日本語は、ほぼ完璧だ。外見上もまったく違和感がない。名前を聞くまでは日本人と区別がつかなかった。

「若い頃、韓国の放送記者をしていましたので、東京やニューヨークに駐在していたことがあります。役所では経験者をヘッドハンティングすることがありますし、私のように国際畑で活躍していた記者の途中採用もけっこうあるんですよ」

リュが言う役所とは、もちろん韓国情報院のことだ。海外で長期間特派員をしていた記者は、地元の政治家や他の国の記者とのコネクションから貴重な情報を得ることが多い。そのため、韓国情報院のような情報機関に転身するケースがあるそうだ。また語学が堪能なため、リュのように若くして出世するようだ。

「はい、蔵出しの冷酒。グラスは、二つでいいよね」

細かい水滴がついた日本酒の二合瓶とグラスが出された。ジョッキの生を一気に飲み干して、自分のグラスに日本酒を注ぎ、リュがグラスを持つのを待った。

リュは慌ててビールを飲み干し、自分のグラスに両手を添えた。浩志は、彼のグラスになみなみと冷酒を注いだ。韓国は、儒教の国だけに礼儀を重んじる。片手で杯を受けるような真似はしないと聞くが、リュも両手でグラスを持ち、深くお辞儀をして受けた。

シマアジをつまみ、口から香りが抜けないうちに日本酒を舌の上に流し込んだ。高貴なシマアジの香りに日本酒の芳醇な香りがミックスされて鼻から抜けていく。

「これは、うまい!」

リュも刺身を食べた後日本酒を飲んだ。かなりいける口らしい。

シマアジの刺身は瞬く間になくなり、同時に日本酒の瓶は空になっていた。

「はい、金目鯛の煮付け」

鉢のような大振りの皿に金目鯛の煮付けが盛られていた。これは食べなくてもうまいことは分かっている。

「おやじさん。冷酒、あと二本もらおうか」

十一月の初旬に立冬は過ぎる。これからの季節は魚がうまくなる一方だ。バーボン党の浩志も酒の肴に併せて日本酒を飲むことが多くなる季節でもある。

「藤堂さん、どうですか」

リュが、新しくきた日本酒の瓶を持っていた。

浩志は、おやっと思いながらもグラスを空にして左手をそのまま前に出した。

リュは、嬉しそうな顔をして浩志のグラスに日本酒を注いだ。

韓国では失礼にあたるため、酒の席で相手のグラスが空かないうちに酒を注ぎ合うようなことはしないと聞いていた。リュは、日本流に相手のコップを空けさせて親近感を持っていることを表現しているのだろう。海外での生活が長いだけに苦労しているようだ。来日したその日に、部下を殺され、大統領の来日が迫っているのに〝死線の魔物〟捜査は進まない。やりきれない気持ちを抑えているに違いない。

浩志はグラスを置いて、自分の瓶からリュのグラスに日本酒を注いだ。

リュは、浩志の真似をしたのか、左手だけでグラスを受けた。酒を注ぎ合うのなら、このスタイルの方が気兼ねしなくていい。

「日本で食事をすると、この国は本当に豊かな国だと思い知らされます。なんせミシュランのガイドに載せられる店は世界一多いですからね」

「韓国だって、食文化は発達している。有名店も多いと聞く」

「確かにそうです。我国も、そういう意味では豊かと言えましょう。それに北に比べれば天国と言えますから」

「一般市民は配給がないので、米はおろかジャガイモすら満足に食べられないと聞いた」

北朝鮮の市民の悲惨な生活は、重澤教授に聞かなくともニュースでよく耳にする。

「市民の生活は最低ですが、個人資産が一千万ドルを越える富豪もいるのですよ」

「一千万ドル！」

今や経済大国にのし上がった中国では、欧米や日本に留学して帰国した学者や経営学修士（ＭＢＡ）取得者などを〝海亀〟と呼んでいるそうだ。彼らは、政財界をはじめハイテク企業などあらゆる分野で活躍し、富と名誉を手に入れている。一方、自由な海外渡航が禁止されている北朝鮮でも、国が厳選した人物の渡航や留学は認められている。もちろん党や軍のエリートあるいは、その子弟である。彼らも、中国の〝海亀〟と同じように帰国後、海外で得られたネットワークを元に〝政商〟と呼ばれる富豪になり、格差社会にさらに拍車をかけているそうだ。

「だから、一概に北朝鮮に同情する必要はないのです。北の富豪は政商と呼ばれていますが、彼らが稼ぎ出す資金で一部の政権指導者たちはうまみを吸っているらしいですよ」

リュは、そう言って苦々しい表情になった。長年国家情報院の捜査官として働いてきただけに、北朝鮮の暗部を数多く見て来たのだろう。

「すみません。酒がまずくなりましたね」

リュは、慌てて笑顔を作り、浩志のグラスに酒を満たした。

「はい、天然岩牡蠣」

まるでタイミングを計ったように柳井がカウンターに皿を置いた。

「これは……」

浩志とリュは、顔を見合わせた。

皿には砕いた氷が盛られ、その上に大振りの殻付きの牡蠣が二つ並んでいた。殻の大きさは実に二十センチ前後ある。身も十センチ以上はある。しかも、丸々として光っていた。

「築地で一番りっぱなのを仕入れて来たんだ。ポン酢をちょっと垂らしてもいいし、そのままでも充分いけるよ」

おやじがどうだと言わんばかりににやりと笑って見せた。

ポン酢をかけるかどうか迷ったが、そのまま口に放り込んだ。牡蠣は〝海のミルク〟と言われるが、濃厚なチーズのような風味と清々しい潮の香りが口の中に広がった。

リュもあまりのうまさに言葉を失ったようだ。目を閉じてゆっくりと咀嚼し、味わっている。

秋の夜は長くなりそうだ。

六

浩志とリュは、渋谷に向かうタクシーに乗っていた。

時刻は、午後十一時半。五反田の〝須賀川〟ですっかり酒と肴を堪能した二人は、リュが希望したために〝ミスティック〟で飲み直すことになった。飲みながらでも相談に乗ってほしいとリュに言われていたのだが、さすがに赤提灯の〝須賀川〟では、ゆっくりと話すことはできなかった。その点、〝ミスティック〟なら、閉店後に客が引けてからでも話を聞けばいい。美香には、携帯でリュを連れて行くと連絡をしておいた。

「藤堂さん、ちょっと酔いを醒ましたい……のですが」

〝須賀川〟で二人とも生の中ジョッキを飲んでから、日本酒を五合ほど飲んでいた。浩志は、まだほろ酔いとまでは行ってない。一方、リュは顔色こそ変わってないが、呂律が少々回らなくなっている。

浩志は山手通りの松濤二丁目交差点の手前でタクシーを停めた。

ほどよい夜風が火照った肌に気持ちよかった。山手通りを渡り、東急文化村に向かう道に入った。繁華街に近いわりには、道幅は狭く住宅街を抜ける道だ。〝ミスティック〟までは六百メートルもない。

「藤堂さん、あ、なたは、〝死線の魔物〟が怖くないのですか」

リュは、道の両脇に並ぶマンションの明かりを見ながら唐突に尋ねてきた。

「怖くないと言ったら嘘になる。だが、恐れていても仕方がない。死ぬときは死ぬ。それが必然だろうが偶然だろうが、人間は簡単に死ぬものだ」

浩志は、傭兵として長年戦場を流浪した。傭兵にとって死はもっとも身近な出来事であり、日常の単なるワンシーンに過ぎない。いつの間にか死を覚悟するようになっていた。

「あなたは、強い。精神力が人と違うんですね。私は、〝死線の魔物〟が恐ろしくてたまらない。できれば、職務を放棄して国に帰りたい」

リュはいつになく弱音を吐いた。

「家族は、いるのか?」

「子供はいませんが、ソウルに家内がいます。それに家内のご両親もソウルに住んでいます。何年も会っていませんが、田舎に両親も健在です」

リュには、守るべきものが多いようだ。人は守るべきものがある時、強くなれるが、反面、それが弱みになる時もある。

「今日、あなたから超高周波について報告を受けたと内調の石井さんから聞きました。私はこれまで〝死線の魔物〟の目的が、大統領の暗殺だとばかり思っていましたが、それは違うかもしれないと思いはじめました」

深夜のため、車の通りはあるが、人の姿は見かけない。だが、歩きながら言うことではない。リュは酔っているようだ。

「たとえ洗脳された暗殺者がいたとしても、大統領の警護は厳重です。暗殺は不可能でしょう。それより、放送局やテレビ局をハイジャックされるほうが怖い。おそらく、東京や大阪などの大都市が狙われているのだと思います。また、彼らは同時にソウルも狙っているのかもしれない。私はさっそく本部に主要なメディアの警備を厳重にするように連絡をしました。隣人同士が殺し合う姿を想像しただけで鳥肌が立ちます」

リュが心配しているのは、どうやらソウルに住んでいる身内のことのようだ。

「内調の石井さんも、メディアへの警戒を強めるため、警察庁に指示を出したようです」

当然と言えるが、警備が分散されれば、どこかで手薄な場所ができることになりかねない。敵の思う壺だ。

「正直言って、〝死線の魔物〟の狙いが大統領でないのなら、私は帰国したいと思っている。これまで話しませんでしたが、実は、国家情報院に〝死線の魔物〟のターゲットが大統領だと言って私は進言してきましたが、北朝鮮がそこまでしないだろうと信用してもらえませんでした。私が単独行動をとって日本の情報機関と藤堂さんを名指しで協力を願ったのも、自国の協力が受けられないからです。しかし、ここにいたってやはり狙いが大統領じゃないのなら、私の出る幕はなくなる」

リュが石井に知られずに相談したいと言っていたのは、どうやら任務を放棄すべきかどうか悩んでいるためらしい。

松濤郵便局前の交差点が見えて来た。交差点を左折すれば〝ミスティック〟までは、百メートルもない。

「うん？」

いつの間にか路面にうっすらと霧のような白い煙が立ちこめていた。一週間ほど前に国家情報院のチェ・ソンフンが殺害された時も同じようなものを見た。浩志の脳裏に警告シグナルが点灯した。しかも動悸がしてきた。心拍数が上がっているのだ。これも、前回襲撃された時と同じだ。

「リュ、気を付けろ！　俺たちは、狙われている」

「なっ、なんですって！　なんだこの霧は！　……しっ、〝死線の魔物〟だ！」

リュは足下の煙を見て顔を引き攣らせた。酔っているために自制心を失っているのだろう。

「落ち着け、リュ」

「嫌だ！　殺される！」

突然、リュは大声を上げて走り出した。

「待て！　リュ」

リュを追って走り出そうとした浩志の足下を銃弾が跳ねとんだ。銃声は聞こえなかった。サイレンサーが付けられた銃で狙撃されたに違いない。

浩志は、近くのビルの陰に隠れた。リュをすぐに追いかけようと思っているのだが、なぜか頭が少ししびれたように判断力が鈍っている。ここにいたって酔いが回って来たのかもしれない。

「くそっ！」

思い切って飛び出した。足下を銃弾が飛び跳ねた。敵は、近くのビルの屋上にいるに違いない。松濤郵便局前の交差点まで駆け抜け、左に曲がった。走りながら、足腰に違和感を覚えたが、構わず走った。交差点から、二十メートルほど行ったところにリュが倒れていた。その脇を車が何台か通り過ぎて行った。だが、あたりに人影はない。

「大丈夫か、リュ」

「目の前に黒い影が飛び出して来たので、咄嗟に避けたら、肩を刺されました」

リュは、肩口を押さえながら体を起こした。その手の隙間から血が滲んでいる。

（くそっ！　どうして何も感じないのだ）

リュを立たせながら、浩志は心の中で悪態をついた。殺気どころか人の気配すら感じない。様々な格闘技や武道で鍛え上げられた勘は、〝死線の魔物〟の前では一切役に立たない。その焦りが苛立ちになっていた。それでも全神経を集中させ、東急文化村の前を浩志はリュを庇いながら進んだ。

時刻は午前零時を過ぎているため、〝ミスティック〟の看板のライトは消えていた。店に通じる階段を駆け下り、ドアを乱暴に開けて店に飛び込んだ。

「どうしたの！」

カウンターの奥から美香が飛び出して来た。

「ドアの鍵を閉めてくれ」

美香は負傷したリュを確認し、急いでドアに向かった。

浩志は、店の奥にあるテーブル席にリュを座らせた。

「大丈夫か、リュ」

「恐ろしい。影のようなものが一瞬見えたので必死で避けました。しかし、ちょうど車が脇を通り過ぎたために私は殺されずにすんだようです」

リュにジャケットを脱がせたが、肩口の傷は浅く大したことはなさそうだ。だが、精神的ショックの方が大きかったのだろう、リュは体を震わせている。

美香がカウンターから水を入れたグラスを二つ持って来て、一つをリュに渡しながら韓国語で何かを言った。

「イルオプソ、大丈夫ですよ」

リュは笑って、水を受け取った。どうやら、美香は大丈夫かと聞いたようだ。

「これを使ってください」

美香は、ポケットからハンカチを出した。

「ありがとう。気が利くママだ」

リュは、美香のハンカチで傷口の周りの血を拭き取った。

「俺には、水じゃなくてターキーをくれ」

浩志はグラスを受け取らなかった。またしても襲われたことに腹立たしさも覚えたが、敵の存在が摑めないことに、どうにも腑に落ちないものを感じた。それが、何か自分でも分からなかった。アルコールで少し頭の回転をスムーズにした方がよさそうだ。

「藤堂さん、敵は、どうやら大統領暗殺説を唱える私が邪魔なようですね」

リュは確信に満ちた表情で言った。

「はい、どうぞ」

美香がターキーをなみなみと注いだショットグラスを持ってきた。

グラスを一旦受け取ったが、襲われた時、異常な動悸がしたことを思い出した。

「止めておこう」

浩志は、グラスを美香に返した。

アジト

一

　中国吉林省は、東南部に北朝鮮と七百キロにも及び国境を接している。そのためこの地域の都市には古くから朝鮮族が多く住み着いている。

　大佐と北朝鮮問題のスペシャリストである重澤和芳教授、それにボディーガードとして二人に随行している寺脇京介は、延辺(えんぺん)朝鮮族自治州の州都である延吉の朝鮮料理レストランの個室で遅い夕食を食べていた。三人は、腰のある冷麺を啜りながら、延辺地方の名物羊串料理を肴に地ビールを飲んでいる。中国の東北部は寒いせいか、酒のアルコール度数が高く、比較的度数が低いビールでも十一度もある。

「佐藤さん、今日はもう藤堂さんには報告されたのですか」

　重澤は、無言でビールが入ったグラスを煽(あお)る大佐に尋ねた。

「まだだ」

大佐は疲れた表情で答えた。

「昨日、〝死線の魔物〟の情報を意図的に流す役目を持っていた工作員の証言を得たが、〝死線の魔物〟の正体を摑んだことにはならない。それに今日面会した脱北者たちからは、何も得ることができなかった。新たに分かったことといえば、北朝鮮も韓国と同じように儒教の国だが、脱北者たちは礼節を重んじないということだ」

大佐は、ビールをコップに注ぎ一気に飲み干した。

ソウルでは、脱北者との面談は、ホテルの一室でしていたが、本音を聞き出すことが難しいと判断し、今はレストランで会食という形をとるようにしている。また、脱北者はストレス解消に酒と煙草を好む傾向にあるため、酒を飲ませて効果的に聞き出そうとしているのだが、こちらの意に反して酒を飲みたいがために世間話を延々とする者が多かった。

「確かに彼らの持つストレスのはけ口になっているような気もしますね。それに酒の飲み方が、韓国より日本の方が似ているという面もあるからかもしれません」

重澤は、愚痴（ぐち）をこぼす大佐に同情をした。

「そういえば、脱北者は互いに酒を注ぎ合うということをするな。私は日本人の血を引き、日本語も話すが、日本人の杯を交わす酒の飲み方にはいささか違和感を覚える」

「娯楽がない北朝鮮では、酒と煙草はなくてはならないものです。特に北朝鮮は寒冷地にもかかわらず、満足な暖房もない。体を温めるため、酒を互いに注ぎ、杯を重ねるという習慣が生まれたのでしょう」

「なるほど、常夏のマレーシアとは違うわけだ」

大佐は、笑いながら大きく頷いた。

部屋のドアがノックされた。

京介が、すばやく立ち上がって壁際に寄り、ドアの向こうの気配を探った。店の者ならノックと同時に何か言葉をかけてくるはずだが、何も聞こえない。再びノックされた。

大佐が、京介に頷いてみせた。京介は、ドアをうっすらと開けて外の様子を窺い、ドアの外に立っていた男を部屋に引きずり込んだ。

「何者だ！」

重澤が中国語でどなった。

「怪しい者じゃない。私は脱北者だ。あんたたちが、〝死線の魔物〟の情報を集めていると聞いてやって来た」

男は、ハングル語で答えた。身長一七〇センチほどで痩せている。年齢は四十前後、汚れてはいないが、折り目のないズボンに薄手のウールのジャケットを重ねて着ていた。本格的な冬ではないが、外気は零下数度になっている。暖かい格好とは言い難い。

「どこで、そんなことを聞いた？」

重澤は詰問した。面談した脱北者には固く口止めをしている。もし、話が広がれば延吉に潜入している北朝鮮の国家安全保衛部の潜入捜査員に襲撃される恐れがあった。また、中国の国家安全局にスパイとして逮捕される可能性もある。

「名前は言えないが、親友だ。私は、有力な情報を持っている」

男は、引き攣った笑いを浮かべた。

「佐藤さん、この男は、有力な情報を持っているようだが、一旦ホテルに帰りましょう。私が紹介を受けた脱北者以外に話が漏れた時点で、保衛部に漏れた可能性がある」

「いや、このまま街を離れた方がいいかもしれない。とりあえずこの男を連れてこの店から出よう」

三人とももしもの時に備え、パスポートや金は持ち歩いていた。

大佐を先頭にレストランの裏口に向かった。

「いかん」

大佐は、舌打ちをするとレストランの二階に上がるように全員に指示をした。

脱北者を連れて階段を上がり、従業員の使っている部屋に入った。六畳一間に木製の二段ベッドが二つ並べてある。

大佐は、窓から外の様子を窺った。部屋は、表の通りと面してはおらず、粗末な非常階段と隣のビルの薄汚れた壁が見えるだけだ。

「どうしたんですか」

重澤が怯えた様子で大佐に尋ねた。

「裏口の隣は、厨房になっている。店にはまだ客がいるはずだが、厨房からは声が聞こえてこなかった。おそらく裏口と厨房は、保衛部のスパイに占拠されているのだろう。むしろん表から出れば、一網打尽だ」

忙しいレストランで営業している間、厨房からは調理人の声や調理する音が絶えず聞こえていた。

「この男が尾けられたんですかね」

「いや、そいつ自身スパイだろう。服装がちぐはぐだ。京介、そいつを眠らせろ」

京介の質問に大佐は、笑って答えた。男は日本語が分からないためにきょとんとしている。京介も大佐に倣って笑いながら男に近づき、いきなり男の鳩尾に強烈な膝蹴りを入れ、前のめりになったところを後頭部に肘撃ちを入れて昏倒させた。京介は、男の身体検査をした。

「大佐」

京介が、男の重ね着をしたジャケットから銃を抜いてみせた。

「トカレフか」

大佐は手に取ってみたが、あまりにも出来が悪いため首を捻った。

「これは、ロシア製のトカレフをもとに北朝鮮で製造されたものです。六八式拳銃と呼ばれて軍や警官が使っています。この男は、間違いなく保衛部のスパイですね」

重澤は目を丸くして補足した。

「やはり、このまま街から脱出するか。中国当局に泣きついたところで、味方になってくれるとは限らないからな」

大佐は、窓から非常口に降りた。

脱北者になりすました男が大佐らを油断させてから、踏み込むつもりだったのだろう。襲撃する前に大佐らの活動を確認したかったのかもしれない。いずれにせよ、脱北者を調査している日本人の中に凄腕の元傭兵と現役の傭兵がいるとは想像もしていなかったに違いない。

大佐は、京介と重澤にハンドシグナルでついて来るように指示をして、非常階段からさらに隣の建物の屋根に飛び移った。今年五十七歳になるとはとても思えない敏捷な動きだ。しかも、危険な状況にもかかわらず、笑みを漏らしていた。

二

渋谷で襲撃された浩志は、負傷したリュを連れてタクシーで松濤にある森本病院に向かった。東急文化村にほど近い〝ミスティック〟から松濤までは歩いて五分とかからないのだが、尾行をまくため、あえてタクシーで遠回りをすることにした。十五分ほど渋谷界隈を走り、尾行されてないことを確認して松濤美術館の近くでタクシーを降りた。ここから森本病院までは二、三分の距離だ。院長の森本克之にはすでに連絡がしてある。午前零時半という遅い時間にもかかわらず、森本は快く対応してくれた。

「藤堂さん！」

浩志の後ろで肩を押さえながら歩いていたリュが叫んだ。

森本病院の陰から、ハンドガンを持った男が駆け寄ってきた。

「お待ちしておりました」

傭兵代理店の瀬川だった。

浩志は、森本病院に向かう前に傭兵代理店にも連絡をし、コマンドスタッフの警護を依頼していた。病院を襲撃された場合、一人では防ぎきれないと判断したからだ。タクシーに乗ったのは、彼らが病院に到着する時間稼ぎでもあった。

瀬川に案内されて病院の裏口から入ると、黒川と中條も待機していた。

「負傷者は、この方ですか」

診察室から、白髪の森本が現れ、浩志に軽く手を上げてみせた。

「リュさん、悪いが先に診察室に入ってくれ、先生と話をしたいんだ」

リュは頷いて診察室に入っていった。彼には、個人的な知り合いの病院のため、警察に通報される心配はないと話してある。まさかこの病院が傭兵代理店をバックアップし、なおかつ自衛隊の負傷者を密かに治療する防衛省の特務機関だとは言えない。それに、リュに不審感を覚えていた。というのも、これまで〝死線の魔物〟は、心臓の位置異常だったキム・ヒョクを除いて百パーセント心臓を一突きで殺人を犯している。だが、どうしてリュのみ、肩の傷程度ですんだのだろうか。本人は必死で避けたと言っているが、酒で酔っぱらっていた男が俊敏に行動できたとは思えないからだ。

「先生、悪いが、彼を診察する前に俺の血を摂って、調べてくれ」

「どこか悪いのか？」

森本は怪訝な表情をした。

「血液中に異物がないか調べたい。分解して消滅する恐れがある。至急調べて欲しい」

「分かった」

森本は、内線の電話で宿直の医師を呼び、リュの待つ診察室に入って行った。

待つこともなく三十半ばの若い医師が現れ、診察室の隣の部屋に浩志を案内して血液を採取した。

「院長から、血液を採取して、至急調べるように言われましたが、何か体調に異変を感じましたか？」

医師の質問に浩志は、襲撃された際、動悸がしたことと、足腰がけだるく違和感を覚えたことを説明した。

「なるほど。サンプルは、私がこれから防衛研究所の対化学兵器研究部に持ち込んで調べてみましょう」

医師はその場で白衣を脱ぎ捨て駆けて行った。

診察室に行くとリュの治療は終わっていた。

「ご迷惑をおかけしました。酔っぱらっていたのが、幸運だったのかもしれません」

リュは包帯を巻かれた肩の上からジャケットを羽織り、照れくさそうに笑った。

「幸運だった？」

「さっきは格好をつけて避けたといいましたが、実は酔っぱらっていたために黒い影を見た瞬間よろけて転んでしまったのです」

確かにリュは呂律も回らないほど酔っぱらっていたのに恐怖に駆られて走り出した。まさか、〝死線の魔物〟も目の前に現れた獲物が酒で息が上がってしまい転ぶとは思ってもいなかったのだろう。浩志は、リュを疑った自分を心の中で笑った。

浩志はリュを山手通りまで送り、タクシーに乗せた後、再び病院に戻った。家に戻るのが面倒くさいこともあったが、血液の検査結果を病院で聞こうと思ったからだ。

森本に聞いたところ、検査結果は、明日の昼近くになるらしい。仕方なく帰ろうとすると、森本に呼び止められた。

「藤堂君、久しぶりだから、少し話して行かないか」

一階の奥にある院長室に浩志は案内された。森本とは、この二年ほどの付き合いだが、院長室に通されたのははじめてだ。浩志は黒い革張りのソファーを勧められ、腰をかけた。

「〝死線の魔物〟の件は、池谷から聞いている」

傭兵代理店の社長であり、防衛省の特務機関の長である池谷と森本は旧知の仲であるため、事件の詳細まで聞いているらしい。

「今回、藤堂君は、内調と組んでいるから、苦労しているらしいね」

内調は、政府に一番近い情報機関であるが、組織としては、防衛省の情報本部の方が、軍事を扱うだけに大きい。その上、情報収集のために積極的に情報員を海外に派遣しているため、情報量も能力も上回っている。森本は、浩志が協力しているものの、敵に先手を取られているのは内調の力不足だと暗に言いたいのだろう。

「差し出がましいようだが、内調の捜査で、〝死線の魔物〟の目的がマインドコントロールをして大都市をパニックに陥れることだと、政府は、今のところ考えているようだが、私は疑問に思う」

「俺も納得しているわけではありません」

警備が固い大統領が狙われるとは思えない。また、商店街で使われた超高周波トランスミッション装置は、出力の関係上、精神的に不安定な人間にしか今のところ効果はないらしい。たとえ大統領が会談を行なうような場所で使われたとしても、警備上問題があるとは思えない。だからといって、短絡に大都市が狙われるというのもイマイチ納得できないでいた。

「確かに、放送機器を利用して市民を殺人鬼に変えるというのは恐ろしい作戦だが、それなら生物テロの方がもっと恐ろしいと私は思うんだ。天然痘、エボラ出血熱、肺炭疽菌など、色々ある。化学兵器より恐ろしいのは、潜伏期間があるため、対応が遅れるという点だ。そのため、ねずみ算的に感染者は増え、沈静化させるのに時間がかかる。テロでなくても新型インフルエンザを見れば一目瞭然だ。北朝鮮は、化学兵器は持っているが、生物兵器は持っていないというのなら別だが」

森本の言うことはもっともだ。日本を攻撃しようと思えば、海外の空港で日本行きの乗客に菌を噴射させるなどの方法で感染させれば、それですむ。感染者は、日本に着いて何の問題もなく税関を通り抜け、日本各地に散って行く。大都市ばかりか日本全土に災禍はあっという間に広がることだろう。

「ただ、商店街の殺人は、実験だったということは間違いないでしょう」

超高周波トランスミッション装置を実際に使うかどうかは分からない。しかし、超高周波を使って殺人を計画していることは、確実だと浩志は考えている。問題は、その使い道なのだ。

「確かにそうだね。藤堂君、とりあえず、血液の検査結果が分かったら、私から連絡をするよ」

森本に空いている病室で休んで行くように勧められたが、断って病院を後にした。

三

午前一時半、不景気を反映して山手通りを走る空のタクシーは少なかった。

目の前に真っ赤なスポーツカーが停まった。

「乗って行く?」

美香のアルファロメオ・スパイダーだった。

浩志は、車道に回り助手席に乗った。

美香がスパイダーのアクセルを踏み、三・二リットルV型六気筒エンジンが挑みかかるような唸(うな)りを上げたかと思いきや、すぐに安定したエンジン音に変わった。

「偶然か?」

快いエンジン音を聞きながら、浩志は呟くように尋ねた。

「ちょうど、あなたの家に行こうと思っていたの。これから帰るんでしょう?」

美香は、ちらりと浩志に視線を移して答えた。

芝浦の倉庫の地下に浩志は住んでいる。だが、セキュリティが厳しいため、ＩＣカードキーがなければ入ることはできない。

「倉庫の前で待つつもりだったのか」

浩志が今日帰るとは限らない。首を捻るほかない。

「ストーカーじゃあるまいし、そんなことはしないわ」

美香は運転しながら、浩志の目の前に二枚のＩＣカードを見せびらかすように差し出した。

「まさか!」

「池谷さんに、浩志の洗濯物が溜まって困るって言ったら、予備のキーを渡してくれたわ」

美香は、涼しい顔で答えた。

「何!」

ジャングルでアンブッシュ（待ち伏せ攻撃）された時、いやそれ以上に驚いた。

「いつの間に池谷と連絡を取るようになったんだ。まさか、内調と情報本部が手を組んだんじゃないだろうな」

ソマリアの海賊対策のために浩志がアフリカで任務に就いている時、美香は安否が心配で自分が調べた情報を浩志に伝えるように池谷に直談判したのがきっかけだった。以来、美香は機密情報を池谷と交換することもある。もちろん浩志の知らぬことだ。

「何のこと？　私は、〝ミスティック〟のママ、池谷さんは、丸池屋のご主人。二人とも、あなたと繫がっているだけ。あなたのことが心配なのよ」

「……なるほど」

浩志は苦笑した。所属する組織の偏狭さに悩む二人が手を組んだとしても不思議ではなかった。融通が利かない日本の情報機関の中で、風通しが良くなればそれに越したことはない。

「トップ、開けていい？」

浩志が頷くと、美香はヒーターのスイッチを入れ、電動トップのボタンを押した。走行中にもかかわらず、トップはスムーズに後退して行き、スパイダーはオープンカーになった。

この手の車は、トップを開けた途端、顔に風がまともに当たりどうしようもなくなるのだが、この車は空力をよく考えられて作られているため風が渦を巻くようなことはない。

少々冷えるが、寒くはない。どちらかといえば気持ちがいい。

「今日、本店から〝死線の魔物〟の捜査に加わるようにという辞令が出たの」

「店は、どうするんだ」

「沙也加ちゃんと、いつも頼んでいるバイトの女の子に頼むことにしたわ。あの店は私がいなくてもちゃんと回って行くようになったから、心配はないの」

内調は、石井透の所属する北朝鮮対策課だけでは不十分と考えたのだろう。だが、もし〝死線の魔物〟の目的が、明後日来日する韓国大統領暗殺だとしたら、すでに遅いとしか言いようがない。

「本店から、あなたと組んで仕事をするように言われたわ」

「なっ！」

思わず美香の横顔を見た。白く透き通るような肌にギリシャ彫刻を思わせる彫りの深い顔、濡れた唇は今さらながら男心をそそる。だが、口元にほのかな笑みを浮かべていた。その証拠にえくぼが微かに見える。この表情には用心しなければならない。

「本当に辞令が出たのか。怪しいものだ」

「あら、疑うの？　別に疑っても構わないけど、事件が解決するまではあなたと行動をともにすることになったわ。うれしい？」

「面倒くさいだけだ」

国の仕事を引き受けるとろくなことがない。ただそれだけの話だ。

「せっかく行動をともにするんだったら、一緒に過ごした方がいいと思って、あなたの家に行こうとしていたの。だから、着替えもとりあえず一週間分もって来たわ」

「聞いてないぞ」

「だって、話そうとしたら、あなた、リュさん連れて来たでしょう」

負傷したリュを連れて店に行ったために話すゆとりはなかったことは確かだ。

「俺と一緒にいたら、韓国側に内調の職員だとばれるぞ」

「あなたが、リュさんと一緒にいるときは、私は姿を見せないようにするから心配ないわ。本店からは、国家情報院に紹介すると言われたけど、断ったの。いくら国賓の命がかかっているからって、他国の情報組織に手の内を見せるべきじゃない。私は、国際部が、国家情報院と合同で捜査するのも反対していたの」

浩志はなるほどと感心した。

〝ミスティック〟で内調の石井やリュと顔合わせをした時に、美香がスナックのママというポジションでいた理由がこれで分かった。彼女は、意外に情報員として徹しているようだ。

「それから、もう一つお願いがあるの。あなたたちが独自に捜査している情報を教えて」

「俺たちの?」

「〝死線の魔物〟の情報は、今のところ噂の域を出ない。得られる情報も少ない。そこで、得られた情報を少しでも多く集めて多角的に分析しないと正しく評価できないわ」

美香の言っていることは正しい。捜査の基本ともいえる。

「分かった。だが、それはお互いさまだ」

「もちろんよ。私が得た情報はあなたにも教えるわ」

美香は、頷くと口元に笑みを浮かべた。

「忘れていたけど、あなたに引っ越し祝いを渡していなかったから、今日持って行くつもりで、車に積んであるの」

「引っ越し祝い？」

「エスプレッソマシンよ」

「俺のか」

浩志は鼻で笑った。エスプレッソを飲みたがっていたのは美香だからだ。

四

美香が内調の正式な辞令を受けて浩志と捜査活動をするという。思い起こせばこれまでも、様々な事件の局面で美香は重要な役割をしていることがあった。彼女は、腕のいい情報員であることは浩志もよく知っている。また、内調がこのタイミングで彼女を起用するということは、内調にとって美香は切り札なのかもしれない。

美香は、道玄坂上で首都高に乗った。赤いスパイダーのボンネットに外灯が映り込んでは消えて行くさまをただ見ていた。

「浩志！　携帯」

美香に肩を揺り動かされて、はじめて携帯が振動していることに気が付いた。うたた寝をしていたようだ。

車は、減速しカーブに入った。芝公園(しばこうえん)ランプ出口のようだ。

携帯の番号は非通知になっているが、とりあえず電話に出た。

「藤堂か？」

探るような男の声が聞こえてきた。

「誰だ？」

「……ハン・ヨンミンだ」

浩志は、驚かなかった。内調の国際部が入っているビルの前で襲撃された際、内調の石井と韓国の国家情報院のリュの携帯が盗まれていた。二人には、携帯の電話番号を教えてあったからだ。

「何の用だ？」

抑揚(よくよう)のないで声で尋ねた。

「会って話がしたい」

「用件を言え」

「助けてほしい」

「それなら、内調の石井に連絡をしろ、保護してくれるぞ」

「だめだ。日本の情報機関は信用できない。頼む、藤堂、助けてくれ。自分の命がおしくてこんなことを言っているんじゃない。仲間の命がかかっている。それに〝死線の魔物〟の手掛かりも摑めそうなんだ」

　ハンの言っていることを百パーセント信用することはできない。だが、ハンが演技でなく切羽詰まった状態にあることは声の調子で分かる。

「どこにいる?」

「大久保にいる。必ず一人で来てくれ」

　ハンは、JR大久保駅の近くにある韓国料理店にいるという。おそらく北朝鮮の工作員のアジトの一つなのだろう。

「悪いが、大久保に行ってくれ」

　携帯を切った浩志は、溜息混じりに言った。疲労はピークに達していたが、休むことはできないようだ。

「ひょっとして、ハンから連絡があったの?」

　相変わらず勘の鋭い女だ。

「俺一人で来いと言ってきた」

「大丈夫かしら、何か企んでいるんじゃない？」

「分からない。だが、俺を殺すつもりでわざわざ呼びつけたりはしないだろう」

「あなたを殺しても確かに意味がないかもしれないけど、呼び出して何か情報を得ようとしているのかもしれない。彼は北の工作員なのよ」

美香は、いつになく強い調子で言ってきた。

情報を得ようとするなら、拷問しかないだろう。浩志は、内調と韓国の国家情報院に協力している。浩志の持っている情報は、北朝鮮の工作員にとって喉から手が出るほど欲しいに違いない。だが、接触を断られたらチャンスも失うことになる。

「用心するから、大丈夫だ」

言ってみて、浩志は思わず苦笑を漏らした。まるで女房に言い訳をしているようだからだ。少し前なら、こんなことなど言わずに、さっさと車を降りてタクシーで行っただろう。浩志にとって、美香はいつの間にか空気のように自然な存在になっているようだ。

「分かった。言っても無駄ね」

美香は、第一京浜の札の辻で右折し、桜田通りに入った。この時間、幹線は空いている。桜田通りから外苑東通り、四谷三丁目まではノンストップだった。美香は口を閉ざしたまま運転に徹していた。

「銃は、持ってないわよね？」

四谷三丁目の交差点を左折し、新宿通りに入ったところで、美香は尋ねてきた。

「何も持っていない」

「予備の銃を使って。グローブボックスに入っているから。ボックスの底の突起を手前に引いて」

言われた通り、グローブボックスの小さな突起を手前に引くと、底がスライドして中からグロック二六が出てきた。

グロック一九をさらに軽量小型化したポリマーフレーム（樹脂）製の全長は、わずか一八二ミリ、手の中にすっぽりと収まる。グロックシリーズ最小の九ミリ銃だが、パワーは十分にある。

手に取ってみるとほんのりと火薬の焼けた匂いがした。

「最近使ったのか」

「その銃はめったに使わないから、久しぶりに練習したの」

美香は涼しい顔で答えた。どうやら、護身用の銃は別に持っているらしい。

「火薬の匂いがする。使ったらメンテナンスをするんだな」

「怒られちゃった」

美香は、ぺろりと舌を出して、肩をすくめてみせた。

浩志は、グロック二六をズボンのベルトに挟み込んだ。

五

アルファロメオ・スパイダーを職安通りにある山手線のガード手前で降りた。

大久保、新大久保は焼肉屋や韓国料理店、雑貨屋など、ハングル語で表示された店で溢れており、東京で最大の韓国街と言える。

山手線と中央線のガードを潜り、中央線沿いの道路を右に曲がった。線路に沿って北に向かう一方通行で狭い道だ。この界隈は、道に対して中央線が斜めに通っているため、交差点はほとんど鋭角な三叉路になっている。大久保駅の南口を越え、次の交差点の角に型の古いセダンが停められ、その近くに二人の男が立っていた。一人は、ウィンドブレーカー、もう一人はブルゾンを着ている。二人とも背を向けているので、年齢は分からないが身長は一七〇センチ前後、北の方角を気にしながら、通りから見えないように角のビルから時おり顔を出している。

午前二時を過ぎている。この時間、人待ちということはありえない。工作員であるハン・ヨンミンが潜伏しているのは、男たちがいる交差点から、二十メートルほど先にある韓国料理店〝オモニ会館〟と聞いている。店を挟んで南北の交差点に見張りが立っているに違いない。

浩志は足音を忍ばせて男たちに近づき、右側にいるウィンドブレーカーの男の後頭部に手刀を当てて気絶させ、振り返ろうとする左の男の顎にカウンターで左の肘撃ちを決めて昏倒させた。男たちの体を調べ、銃と免許証を取り上げた。免許証の名前は山木と小林と書かれているが、どうせ偽造されたものだろう。

免許証をポケットに入れ、銃は角のビルと隣の建物の隙間に投げ込んだ。〝オモニ会館〟の前を通り過ぎると、予想した通り次の交差点の陰に二人の男が立っていた。男たちは浩志と視線を合わさないようにして、急に煙草を取り出して火を点け平静を装っている。

浩志は男たちの脇を通り過ぎる振りをして男たちの前に割って入り、いきなり右側の男の急所を蹴り上げ、すばやく体を捻って右パンチを左の男に入れたが、寸前でかわされた。左の男は浩志のパンチをかいくぐり、逆に右のパンチを入れてきた。なかなかするどい動きだ。浩志は左手でパンチを受け流し、同時に右手を存分に伸ばし、男の顎に掌底打ちを決めていた。気絶させた男たちを調べると、それぞれ銃を持っていた。

「……六八式拳銃か」

男たちの銃はトカレフにデザインは似ているが、銃身はそれより一センチほど短く造作も雑だ。北朝鮮でトカレフTT三三を元に作られた六八式拳銃だった。

四人の男たちはハンが潜伏している〝オモニ会館〟をただ見張っているだけではなかったのだろう。男たちの免許証を取り上げ、六八式拳銃は、一丁を近くのゴミ箱の後ろに隠し、もう一丁をジャケットのポケットに入れた。

来た道を戻り、〝韓国家庭料理オモニ会館〟という看板が出されている店の前に立った。オモニとは韓国語でお母さんという意味だ。韓国料理店ではよく使われる単語だ。店は、レンガ風の壁に入口は木製のドア。ドアの隣に韓国鍋や冷麵などの写真と日本語とハングル語で書かれたメニューが張り出されていた。

浩志は、ハンから教えられた合図をしてみた。ドアを三回続けて叩き、五秒空けて、今度は四回叩いた。

待つこともなく鍵が開けられ、ドアは内側に開いた。

「入ってくれ」

ハンが、愛想笑いを浮かべ手招きをした。

失踪当時と違い、ハンは無精髭を剃り、髪も短く刈り上げていた。殴られた傷を隠すためか白いフレームのメガネをかけ、カジュアルなジャケットにジーパンと年齢より十歳以上若く見える。さすがに元工作員の教官をしていただけに変装もうまいものだ。これでは警察が全国に指名手配していても見つけ出すことは難しいだろう。

「挨拶代わりで恐縮だが、携帯を預からせてもらう。携帯のGPS機能で所在がばれてしまうからな」

浩志は、肩をすくめて自分の携帯を渡した。

「尾けられなかったか？」

「人の心配をする前に、自分の心配をすることだ」

「まさか公安にここを嗅ぎ付けられたとでもいうのか」

ハンの表情が厳しくなった。彼ら北の工作員にとって公安警察は日本で活動する上で最大の障害であるからだ。

浩志は、答える代わりに監視をしていた四人の免許証をまるでトランプのように拡げてハンに渡した。

「こっ、これは？」

ハンの目が大きく見開かれた。免許証の写真に見覚えがあるようだ。

「知っているのか。そいつらを」

「………………」

ハンは、唇をへの字に曲げて溜息をついた。

「こいつらも工作員なんだろ？」

近年闇で流通されているものは、トカレフに替わってマカロフやマカロフの中国版である五九式銃が主流だ。トカレフのコピーでしかも北朝鮮製の六八式拳銃ともなれば持ち主は工作員と見て間違いないだろう。

「……そうだ。だが、所属が違う。というか敵対するグループだ」

「敵対するグループ？」

「詳しくはまだ話せない。ただ、後継者問題で我国は混沌(こんとん)としている」

ハンの言う後継者問題とは、金正日の三人の息子の問題である。だが、長男金正男(ジョンナム)、次男金正哲(ジョンチョル)、三男金正雲(ジョンウン)の三人のうち、長男は、すでに後継者争いから脱落している。というのも日本に密入国したことがばれて金正日の逆鱗(げきりん)に触れたからだ。

あの事件は長男を追い落とすために次男、三男の母親である高英姫(コ・ヨンヒ)が長男の密入国の情報を日本側にリークしていたためと言われる。また高英姫自身も謎の交通事故で死亡している。このように後継者問題で北朝鮮内部ではずいぶん前から骨肉の争いが続いていた。

「それにしても、どうやってこの男たちの免許証を手に入れたんだ」

ハンは、免許証を見ながら首を傾げた。

「監視をされていたんでは、この店に入れないからな」

「四人とも殺したのか？」

「銃を取り上げて眠らせただけだ」

浩志は、ポケットに入れておいた六八式拳銃のマガジンを抜いて、ハンに投げ渡した。

「銃まで持っていたのか。くそっ！」

ハンは、銃を投げ捨てようとしたが思い直してジャケットのポケットに入れた。

「キム、チン、聞いたか、ここは危ない。敵の応援が来ないうちに脱出するぞ」

ハンは振り返って怒鳴り、店の奥に入って行った。その跡に続くと、店の厨房に一見、夫婦に見える四十代の男女が小さなバックパックを持って立っていた。いつでも脱出できるように最低限の荷物を用意してあったのだろう。

「この二人が、おまえを脱走させたのか」

見てくれはどうみてもさえない夫婦だ。フラッシュバンを使い、一瞬にしてハンを連れ去った者とは思えなかったが、念のために聞いてみた。

「この二人は、単なる連絡要員だ。私を救い出したのは、特殊な作戦をする工作員グループだ」

「ここにはいないのか」

「私を救出してここに連れて来た連中は、自分のアジトに戻ったはずだ。藤堂、悪いが一緒に来てくれないか。このアジトは、しばらく閉鎖する」

ハンは、厨房の奥にある裏口から外に出て行った。振り返ると、男と女は、先に行ってくれと手で合図をしてきた。裏口の外は、狭い路地に面しており、数メートル離れたところに幅が六メートル、奥行きが十二メートルほどの駐車場があった。

猫の額のようなスペースに車が四台停めてあり、ハンは、一番手前の白いワゴン車の前で項垂（うなだ）れて立っていた。ワゴン車のタイヤは四本とも穴が開けられたらしく、空気は抜けてホイールが地面に接していた。監視をしていた連中があらかじめ工作したに違いない。

「行くぞ」

浩志は、ハンの肩を叩いて促した。

六

浩志と工作員のハン・ヨンミン、それに名前も知らない四十代の男女は、北新宿百人町交差点に出る道に出た。交差点までは、百五十メートルほどだ。後ろからとぼとぼとついて来る男女がバックパックを背負って三流映画のラストシーンのように哀愁を漂わせている。文字通り夜逃げということになった。

午前二時半、通りに車の姿はほとんどない。浩志は、次の交差点で駅に向かう路地を見た。駅前通りとの交差点に旧型の白いセダンがまだ駐車してある。倒した工作員たちが乗って来た車なのだろう。男たちはまだ目覚めていないようだ。

「どこに行くんだ。藤堂？」

ハンの声を無視して浩志は、駅に向かう道を進んだ。工作員の車を使えば、追っ手の足を奪うという意味でも都合がいい。それに、真夜中にタクシー待ちしたあげく、見知らぬ連中と窮屈な思いをしてまで乗る気はしない。

交差点の角にあるビルの前で最初に倒した二人の男たちはまだ気絶していた。駐車してあるセダンを覗くと、車のキーはついたままになっている。

「乗れ」

浩志は、ハンらを促して運転席に乗り込んだ。

車は一九九八年型二〇〇〇ＣＣの日本車で走行距離は三十万キロを越している。中古で買った上に乗り回しているようだ。だが、キーを回すと意外にも小気味好い音を立ててエンジンは一発でかかった。

ハンは助手席に乗り、後の二人は後部座席に乗り込んできた。三人とも沈鬱な表情をしている。所属が違うとはいえ、同じ国の工作員に襲撃されそうになったことがショックだったのかもしれない。

浩志は、駅前の一方通行を北に向かい、大久保通りとの交差点で車を停めた。

「どこに行くつもりだ」

「習志野（ならしの）に行ってくれ」

「習志野？　自衛隊基地の近くだな」

「……そうだ」

ハンは、正直言って案内したくなかったのだろう。おそらく横田基地で襲撃されていたホルモン料理屋と同じで、習志野の自衛隊基地を監視するためのアジトなのかもしれない。

浩志は都庁の脇を抜け、首都高に乗った。

「ちっ！」

バックミラーを見て浩志は舌打ちをした。北新宿百人町の交差点からジープタイプのランドクルーザーが後ろを走っていたが、そのまま首都高に乗って来たのだ。

浩志は、アクセルをベタ踏みした。

「くそっ！」

最高で百四十キロしかでない。しかもハンドルの遊びが大きく、タイヤがカーブで横滑りする。

ランドクルーザーが後ろにぴたりと付けてきた。助手席から銃が覗くのがバックミラーに映り込んだ。

「伏せろ！」

後部のウインドーが音を立てて割れた。

浩志はポケットから六八式拳銃のマガジンを取り出し、ハンに渡した。

「撃ち返せ！」

ハンは、すぐさま六八式拳銃にマガジンを装填し、助手席から身を乗りだして後ろの車に向けて銃撃した。さすがに工作員の教官をしていただけに動きに無駄がない。だが、ランドクルーザーは蛇行運転をして銃撃を避けた。

信濃町を通り、地下トンネルに入った。カーブが多いため、この辺りでは銃撃は困難だ。走行車線を走るランドクルーザーはスピードを上げて並ぼうとしている。車体は向こうの方が頑丈でしかも四駆だ。ぶつけられては勝ち目がない。だが、午前三時とはいえ、車がまったくないわけではない。深夜営業のタクシーやトラックが走っていた。ランドクルーザーは障害物となる車を避けながら、追い越し車線と走行車線をジグザグに運転している。

一ノ橋（いちのはし）のジャンクションを曲がった。ランドクルーザーは並ぶことを諦めたのか、後ろに付いて少し距離を離した。

「掴まれ！」

浩志が叫んだ直後、ランドクルーザーは勢いをつけて後ろから衝突してきた。

「ちくしょう！」

ハンは、後部の壊れたウインドー越しにランドクルーザーを銃撃した。銃弾はフロントガラスの隅に当たり、ランドクルーザーは距離を離したが、ハンは全弾を打ち尽くした。

浜崎橋（はまざきばし）ジャンクションを過ぎ、レインボーブリッジを過ぎた。敵は、距離を保ったまま様子を窺っている。この先有明（ありあけ）ジャンクションを過ぎて首都高速湾岸線に入れば、しばらく直線コースが続く。おそらく敵はそこで勝負をかけて来るつもりなのだろう。

有明ジャンクションの巨大なカーブにさしかかった。右手方向にお台場（だいば）パレットタウンにある大観覧車の夜間用ライトが見える。

カーブが終わり、湾岸線と合流した。ランドクルーザーが走行車線に移った。浩志も走行車線に入って並ばれるのを防いだ。だが、ハンドルの遊びが大きいため、制動が利かずタイミングも遅れる。ランドクルーザーは追い越し車線に移動した。浩志も一テンポ遅れ、追い越し車線に戻った。

「もっとスピードを出せないのか」

ハンが助手席から怒鳴った。

「文句を言うな！」

アクセルを床まで踏んではいるが、これ以上スピードは上がらない。

ランドクルーザーが追突してきた。衝撃でハンドルが取られた。すかさずスピードを上げられ走行車線に並ばれた。ランドクルーザーの後部座席ウインドーが開いた。銃身が長い、しかもレシーバーには湾曲したバナナマガジンが装塡されている。

「ＡＫだ。頭を出すな！」

ＡＫ四七が火を噴き、七・六二ミリ弾が容赦(ようしゃ)なく車の上部を粉砕(ふんさい)した。だが、幸いにも敵は接近しすぎているため、車のボディが狙えない。ＡＫ四七で攻撃してくるなら、むしろ離れてボディごと銃撃すべきだ。七・六二ミリ弾なら、車体を貫通させることなどわけない。北朝鮮では軍人すら、資金不足のため射撃の訓練はできないと聞く。銃の扱い方は知っていても実際に銃を撃ったことがないのだろう。

浩志は、ハンドドルを切り、車体をランドクルーザーにぶつけて牽制し、左手でベルトに挟んであるグロック二六を抜き連射した。四発のうち二発が銃撃して来た奴の額と首に当たった。だが、運転席と助手席の連中は頭を引っ込めているので、運転しながらの片手撃ちでは当たりそうにない。

「くそっ！」

浩志が銃撃を止めた隙に、助手席に座っている男が倒れた男からＡＫ四七を拾った。

その時、奇跡的に無傷で残っているバックミラーにマズルフラッシュが立て続けに映った。ランドクルーザーが背後から銃撃されているのだ。助手席の男は、慌てて座席の下に隠れた。

「やるな」

浩志は後ろを振り向いてにやりと笑った。

ランドクルーザーの後方にアルファロメオ・スパイダーが走っている。ウインカーを右に出して合図を送るとスパイダーは、浩志の車のすぐ後ろについてきた。

「ハン！　ハンドルを押さえていろ！」

座席の下に潜っているハンが腕だけ伸ばしてハンドルを横から握り締めた。

「動かすなよ！」

浩志はグロック二六を両手で構え、頭を下げてハンドルの隙間から覗くように運転している男の眉間に二発命中させた。ランドクルーザーは、ガクンとスピードを落としたかと思いきや、蛇行しながら側壁に激突し、横転して炎上した。

「危なかったな」

ハンは、はるか後方で燃え上がる車を見て息を吐いた。

「それにしても、よくこんなボロ車で闘えたものだ。さすが超一流の傭兵だ」

「勝利の女神が味方しただけだ」

「あんたでも謙遜（けんそん）するのか。日本人らしいな」

ハンは皮肉った。だが、運転手を撃たれたランドクルーザーと浩志らの乗った車を縫うようにアルファロメオ・スパイダーが猛スピードで追い抜いて行ったことなど、頭を下げて隠れていたハンは知らない。

反撃

一

韓国大統領の来日を二日後に控え、東京は厳戒態勢に入った。

交通機関はまだ規制されていないが、ＪＲや空港などの駅やターミナルには警官が大量に動員されている。また、北朝鮮が送り込んだ特殊部隊〝死線の魔物〟の正体は掴めないが、その目的はメディアを利用した一般大衆のマインドコントロールにあるとして、各放送機関にも警官が配置された。警護にあたる警官は大統領の来日に備えたものと命令されており、真の目的を知る者は誰もいない。他県に応援も要請し、東京は警備の警官で溢れかえっていた。

一方で、〝死線の魔物〟の捜索は、内調を頂点に公安警察、防衛省の情報本部の捜査官があたっているが、進展はない。そんな中で、唯一〝死線の魔物〟と接触を持ち、内調の協力者である浩志が、前日の夜から所在が分からなくなったため、内調の石井透は部下に浩志の捜査を命じるほど現場は混乱を来した。

北朝鮮の工作員であるハン・ヨンミンと行動をともにするにあたり、浩志は、携帯をハンに取り上げられていた。また、これまでの捜査が失敗に終わった原因に情報漏洩があったのではないかと浩志は疑いを持ちはじめていたこともあり、携帯を取り戻してまで連絡をとろうとは思っていなかった。

浩志は、窓に下ろされたブラインドの隙間から朝日を背にした陸上自衛隊習志野駐屯地を眩（まぶ）しそうに眺めた。

敵対するグループの襲撃からハンを救い出し、案内されたのは、習志野駐屯地と成田（なりた）街道を挟んで反対側にある七階建てのマンションの最上階の一室だった。銃撃でぼろぼろになった車を足が付かないように都内で乗り捨て、四人は徒歩で三キロほど離れた場所まで移動してタクシーを拾いここまで辿り着いた。部屋は無人で四人ともリビングのソファーや床で三時間ほど仮眠して起きたところだった。

「この部屋は、いつもは誰が使用しているのだ」

近くのソファーに座っているハンに尋ねた。部屋は、二DK五十四平米できれいに整頓されていた。

「私の知る限りでは、この半年ほど使われていない。この部屋は、習志野駐屯地を監視するためにあったのだが、今は常駐する工作員がいないのだ。私のような上級工作員は、郵便ポストの暗証番号を知っているため、ポストに入れてある合鍵を取り出して勝手に使うことができる。ひょっとして〝死線の魔物〟が使った可能性もあると思ったが、何の痕跡も見つけられなかった。おそらく連中は、都内に潜伏しているのだろう」

「この部屋で監視したところで、自衛隊の情報が手に入るとは思えないが、何かメリットでもあるのか」

確かに部屋の南側の窓からは駐屯地を見下ろせるが、だからと言って軍事上の機密が得られるはずがない。

「あんたの言う通り、ここから見下ろせる情報以上に得られるものはない。ここだけじゃない。工作員のアジトは日本中いたるところにある。日米の軍事施設や大使館などの側には無数にあるのだ。だが、本当に役立っているかどうか疑わしい。だが、本国からの命令や、日本最大の朝鮮人組織である朝鮮聯盟からの命令は絶対だ」

「無用の施設というわけか」

「我国にとって日本は色々な意味で脅威なのだ。朝鮮人ならだれでもそう思っているし、教育もされている。監視施設は多いに越したことはないと、お偉い連中は考えているわけだ。こんな諜報施設や軍に金をかけるくらいなら、飢えた国民に配給をすればいいのだ」

「金正日政治軍事大学の元教官の言葉とはとても思えないな」

「止めてくれ」

浩志の皮肉にハンは苦笑を漏らした。昨日までと違い、ハンのしゃべり方は、かなり打ち解けていた。それだけ命を助けてくれた浩志を信頼しているのだろう。

「藤堂、とりあえず食事をしよう」

リビングのテーブルには、近くのコンビニで買ったおにぎりやパンが並べてあった。真夜中の脱出劇で腹を空かしていた浩志は、さっそくおにぎりに手を伸ばした。

「俺を呼んだわけは、大久保の食堂から脱出するためじゃないだろう」

二つ目のおにぎりをかぶりつきながら、ハンに尋ねた。

「もちろんそうだ。私はこれまで〝死線の魔物〟の噂を信じて、日本での作戦行動のついでに同胞の不適格分子を粛清(しゅくせい)しているものだとばかり思っていた。だが、殺された同胞をよくよく調べるとある共通点が分かって来た。それは、彼らの所属する上司が支持している後継者の問題だと気付いたのだ」

浩志は、大佐から聞いた〝死線の魔物〟の噂を流すように命じられた元工作員だった脱北者の話をした。

「よくあることだ。我国ではほとんどの国民は、政府に嘘の情報を教え込まされている」

「支持する後継者の問題は?」

浩志は、話の筋を戻すため、質問をした。

「金総書記の長男である金正男が後継者の座から退いたことは知っているな」

「あれは、腹違いの次男と三男を後継者にするために母親の高英姫が日本に密入国する金正男の情報を日本と韓国に売ったと聞いている」

高英姫の陰謀は、米国に亡命した彼女の妹、高英淑の証言で明らかになった。もっとも金正男が逮捕されたのは事故のようなもので公安は密かに国外退去にさせるつもりだったが、その前に入管で偽造パスポートが見つかり密入国容疑で逮捕されていたようだ。

「結局、高英姫は自動車事故を装って暗殺されたようだが、彼女の陰謀に加担していた統一戦線部の部長をはじめ関係者も粛清された」

「すると、今回の一連の事件は次男と三男の権力闘争に関係しているというのか」

「権力闘争は、一般的に二大派閥と思われがちだが、実際は脱落したはずの長男や、金総書記の異母兄弟である金賢も関係している。問題は、本人たちが後継者になりたいと思っているわけではなく、彼らを支持する労働党幹部なのだ」

「陰謀を企むのは、取り巻きというわけか」

「取り巻き連中は、己の地位と権力を守るために後継者を担ぎ上げている。それゆえ、複雑になるのだ。日本のメディアが取り上げるのは、北朝鮮政府が策略的に流すデマばかりだ。彼らは何も分かっていない」

浩志はなるほどと納得した。

「これまで、日本で殺された工作員と私の所属する部を統轄している書記長が、仮に金総書記の息子Cを支持しているとしたら、一番の敵対勢力である息子のBを支持している部署に〝死線の魔物〟は間違いなく関係しているはずだ。現に大久保で監視していた連中は、その部署の工作員だった。高速道路で銃撃してきたのも同じだろう」

ハンは、具体的に後継者の名前を言わなかった。この期に及んでも金ファミリーを守ろうとする意思があるようだ。

「それで、俺にどうしろというのだ」

「我々と一緒に敵対勢力である工作員のアジトに踏み込んでもらいたい。彼らを野放しにすれば、また襲撃される」

「政権抗争に参加しろというのか。下らん」

「結果的にはそうなるかもしれない。だが、〝死線の魔物〟のアジトである可能性もあるのだ。日本を救いたかったら、協力してくれ。決して我々だけの問題じゃないんだ」

ハンの言葉を信じるなら、協力する他ない。だが、これも北朝鮮特有のガセネタの可能性も高い、すぐに頷けるものでもない。

「私が信用出来ないのも分かる。もし、私が嘘をついていたのなら、その場で殺してくれ」

ハンはそう言って、瞬きをせずに浩志を見た。充血した目に嘘はないようだ。

「分かった。だが、おまえたちが襲撃する際、俺は後方にいるだけだ。攻撃に参加はしない。俺の目的は飽くまでも〝死線の魔物〟だ。〝死線の魔物〟が相手なら闘う」

「それで構わない。百戦錬磨の傭兵が後ろにいるというだけで実戦経験の乏しい連中は励まされるだろう」

ハンは、満足そうに笑顔を浮かべた。

二

午前九時五十分、下北沢の丸池屋の応接室には、浩志を除いた主要なメンバーが顔を揃えていた。

毎朝、警察でいう捜査会議を丸池屋で開くことになっていた。しかし、肝心の捜査を仕切る浩志が姿を見せないため、替わって丸池屋の主人でもあり、傭兵代理店の社長池谷が会議をまとめていた。

「藤堂さんの居所は分かっているんですか？」

浅岡辰也は、浩志率いる傭兵チームの副官として池谷に質問をした。

「現在、千葉から都内に向かっていると思われます。またある筋から、藤堂さんは無事であると報告を受けています」

浩志がハンに渡した携帯は、傭兵代理店から支給されたもので、電源を切り、あるいは電池パックを取り出しても、内部に仕組まれた小型の電池によりオフの状態にはならず、GPSで追跡可能となっている。また、池谷がある筋というのはもちろん美香のことである。池谷は浩志が内調の下で捜査をしていることを知っているため、頻繁に美香に連絡をとっていた。

「それじゃ、俺たちは何をすればいいんですか」

「藤堂さんからの連絡を待つしかないと思いますが、ただ待機しているというのも藤堂さんに緊急事態が発生したとき、すぐに対処できない可能性もありますね」

池谷は防衛省がまだ庁だった頃、情報本部に勤務をしていた経験はあるが、こうした非常時の判断力にはいささか欠けていた。

「藤堂さんの携帯をGPSで追跡し、密かに警護するというのはどうですか」

馬面に皺を寄せている池谷に辰也が助言した。

「そうして頂きたいのは山々なんですが、現在都内は、韓国大統領の来日に備えて厳戒態勢に入っています。駅などの交通機関もそうですが、今日から、検問所も設けられます。武器を所持するのはできるだけ控えていただきたい。そうかといって、何の武器も持たずに警護できるものでしょうか」

池谷が首を捻った。

「いや、どんな場面でも即応できるように武器は携帯すべきだ。ここのバンは、床が二重底になっている。前もそこに武器を隠したじゃないか」

「分かっています。しかし、警察もテロ対策でそうした車両を重点的に調べるはずです」

「だが、もし、藤堂さんが拘束されていたらどうするんだ。ここで指をくわえて待っていろとでも言うのか」

辰也は、応接室のテーブルを叩いた。普段は丁寧な言葉遣いをするが、もともとこの男は、短気で気が荒い。

「藤堂さんなら、大丈夫です。それにどんな困難な状況でもあの方なら克服するでしょう」

池谷は、顔色も変えずに答えた。常日頃から辰也のような荒くれ者を相手にするだけのことはある。日本で非合法な傭兵代理店を十年以上続けて来られたのも神経質なまでの用心深さと相反するような剛胆な神経を持ち合わせたからこそだった。

池谷と辰也が睨み合っているところに珍しく加藤が身を乗り出した。

「まずは、藤堂さんの状況を調べたらどうでしょうか。少なくとも拘束されているのか、あるいは何かの事情であえて連絡をしてこないのか判断する必要があります。それに夜間ならともかく昼間は都内で大きな戦闘をするのは不可能です。ハンドガンなど最低限の武器を持って行動すればいいと思いますが」

年齢はメンバーの中で一番若いが、加藤は物事を客観的に見ることができる。

「なるほど、確認は必要ですね」

「確かに言えているな」

池谷と辰也が加藤を見て頷いた。

「それに都内は渋滞がひどいですから、できれば私はバイクで単独で行動させてください」

「いい考えですね。それに加藤さんは、潜入と追跡のプロです。なおさらバイクで行動された方がいいでしょう」

池谷が相槌を打った。

「池谷さん、藤堂さんの現在位置を教えてくれ。加藤は、斥候として先に出すにしても、藤堂さんの居場所しだいで、俺たちは待機したほうがいいかもしれない」

辰也も落ち着いたのか、副官らしい意見を言った。

「土屋君、現在位置を教えてくれませんか」

池谷は、出入口に近い壁際に立っていた友恵に聞いた。

友恵は頷いて部屋を出て行ったが、手に小さな箱状の機器を持ってすぐに戻ってきた。そして、機器と応接室のテレビをケーブルで繋いだ。すると、テレビに地図が映り、赤い点が道路上に点滅していた。

「すばらしい。こんなことができるのですか」

「私のパソコンの画面を無線で飛ばしているだけです」

感嘆の声を上げた池谷に友恵はそっけなく答えた。

「点滅している赤い点が藤堂さんの現在位置です。飽くまでも所持されている携帯の位置ですが、深夜都内から、陸上自衛隊の習志野駐屯地のすぐ近くまで移動した後は停滞していました。三十分ほど前にそこから、都内に向けて移動しています。現在位置は、京葉道路の原木インターチェンジを過ぎた辺りですが、時速は、十キロから二十キロで移動中です。箱崎ランプ付近で起きた事故で渋滞している模様です」

友恵は淡々と説明した。

「まだ、高速道路上か。東京に向かっているとはいえ、そのまま横浜方面に抜けて行く可能性もあるわけだ。全員で動いてはかえって動きが取れなくなる可能性があるな。やはり小回りが利く加藤を斥候に出すのが得策だな」

辰也は画面を見ながら言った。

「加藤、すぐに準備してくれ」

辰也は、加藤に命じた。彼らはみな自分の役割をよく理解している。指揮官である浩志はいないが、〝リベンジャーズ〟は、スペシャリストを集めた精鋭傭兵チームなのだ。彼らの動きに無駄はない。

三

京葉道路は事故の影響で渋滞していた。

事故が起きた箱崎ランプを過ぎてようやく渋滞から解放され、午前十時を過ぎて浩志とハン・ヨンミンを乗せたタクシーは首都高速湾岸線に入ることができた。大久保から一緒に脱出した男女は、ほとぼりが冷めるまで習志野のマンションに残ることになったので、ハンと二人で行動している。

タクシーで移動しているのは、変装して別人のようになっているとはいえ、ハンが警察に殺人事件の重要参考人として指名手配されているためである。主要駅には警官が大勢いる。またレンタカーを借りれば、検問で止められる可能性が高い。なるべく目立つ行動は避けたかった。

目的地は江東区の東陽町（とうようちょう）で、ハンを脱出させた特殊な作戦をする工作員グループが使用しているアジトと聞いている。ハンは工作員のアジトは全国に無数あると言っていたが、嘘ではないらしい。

首都高速湾岸線の辰巳（たつみ）ジャンクションから首都高速九号深川（ふかがわ）線に入り、木場（きば）の出口から下りた。大小の無数の運河で区切られた複雑な土地だが、ハンは土地勘があるようだ。三（み）

ッ目(め)通りの木場五丁目の交差点を過ぎたあたりでハンは突然思い立ったようにタクシーを停めさせた。目的地が東陽町なら、かなり手前で降りることになるが、アジトに直接タクシーで乗り付ける間抜けもいない。

　ハンは、飲み物の白動販売機を見つけると缶入りホットコーヒーを二つ買って、一つを投げて寄越した。

「藤堂、少し寄道をして行かないか」

　浩志の返事も待たずに交差点を渡り、ハンは木場公園に入っていった。

「この国に同胞の工作員は約二千人いる。ほとんどが在日で、本国から新たに派遣される工作員は案外少ないんだ。ずいぶん昔の話だが、私も、大学で教官を務める前に半年ほど日本に滞在したことがある。そして、この国に派遣される工作員が誰しも抱くように、この国の豊かさに驚いた。それと同時に心底日本人への憎しみを募らせたものだ」

　北朝鮮では、教科書に子供をいじめる日本兵や米兵の話を載せて子供の頃から反日、反米教育がされている。祖国が貧しいのは日本に侵略されたためと彼らが短絡に考えるのも無理はない。それゆえ、彼らにとって日本人の拉致問題など些末(さまつ)なことに思えるのだろう。

「だが、この国で生活すれば、我国の教育ばかりか、政策をはじめ、あらゆることに疑問を持つようになる。もっともそれを口に出せば、即刻逮捕されて、強制労働所行きになるから誰も何も言わない。いつ密告されるか分からないからだ。職場だけでない。それは、家に帰っても同じだ。我国には人民班というものがある。聞いたことがあるか」

ハンは缶コーヒーを飲みながら話を続けた。

「人民班？　いや、ない」

浩志も缶のプルトップを開け、コーヒーを飲みながら聞いた。

「二十から四十世帯で構成される人民の組織だ。戦争中の日本の隣組のようなもので、近所で助け合い、住民を統制することが目的とされている。だが、実際は、人民班長によ り、住民は監視、管理されている。国の思想から外れる者は、すぐに人民班長から国家安全保衛部や人民保安署に通報される。しかも、人民班長だけでなく住民の中にもスパイがいるため、めったなことは言えない」

「哀れな国だ」

「そう、哀れな国だ。私もそうだが、我国の人民は心を病んでいる者が多い。〝死線の魔物〟を弁護するわけじゃないが、彼らの手口にある種の悲しみと恐ろしいまでの憎しみを感じる」

浩志は、首を捻った。犯行の手口は、ためらいもなく心臓を一突きにしている。むしろ無機質な冷淡さを感じるのだ。それに、平和な商店街を狙った殺人の実験は、まともな人間の感情を持つ者の仕業とは思えない。

「違うと言いたいところだろうが、商店街の殺人事件を思い出してみろ。犯罪とは無関係な街を狙ったマインドコントロールによる殺人は、憎しみの象徴だと私は感じた。私が北朝鮮の現状を知る朝鮮人だからこそ、そう感じるのかもしれない」

ハンには、何か手掛かりになるかもしれないと、一連の事件の詳細を教えてあった。

「どういうことだ」

「老人が幸せそうな顔をして買い物をする風景は、日本をよく知る我々工作員にとってある意味日本の象徴だ。そして、我国には絶対ありえない光景でもある。だからこそ、二つの商店街は、憎しみの象徴となり、狙われたのだ」

ハンの考えは歪んだ犯罪者の心理にも似ているが、説得力があった。

「とすれば、〝死線の魔物〟は、日本をよく知る者で、日本にかつて滞在した経験のある者という可能性が強いのか」

とげぬき地蔵とよみせ通りの商店街の地理的な問題だけでなく、精神的なものまでは考えが及ばなかった。

「私の教え子の中にも、日本に滞在した経験のある工作員は何人かいる。だが、彼らの年齢はいずれも三十代前後と若い。もし、〝死線の魔物〟が、私が知っているような支援部隊と、戦闘部隊に分かれているのなら、その中の要員にいるかもしれない。だが、これまでの事件を見る限り、指揮している者は、狡猾（こうかつ）で知能レベルが高い。若造じゃないことは確かだ。しかも指揮官は日本に詳しいはずだ。とすれば、部下は別に日本のことを知らなくてもいいわけだ」

「確かにそうかもしれない。だが、おまえの知っている〝死線の魔物〟の概要も、噂で知ったものなら、必ずしも当てはまらないぞ」

〝死線の魔物〟は、特殊な部隊かもしれないが、あえて恐ろしいチームであるという噂を工作員は植え付けられている。

「それは、考慮のうちだ。我国では、個人の意思というものはほとんどない。物事を決定するには、上司の判断を必ず仰がねばならない。日本でこれだけ事件を起こしているというのは、ある程度自分の采配で物事を進めている証拠だ。だとすれば、指揮官は、若造ではできない。年齢もそうだが、階級もかなり高い工作員のはずだ」

「階級も高い工作員か。心当たりはあるのか」

「日本では、工作員と一言で括られるが、所属は様々だ。私は朝鮮労働党統一戦線部に所属する。だから、党に所属する工作員ならだいたい分かる。だが、軍所属の工作員はあまり知らないのだ。もちろん、教え子で軍所属になった者もいるから、まったく知らないわけじゃないが、軍所属の工作員で破壊工作を専門とする部署の者はほとんど知らない」

「〝死線の魔物〟は、敵対するグループと言っていたが、軍の部署がそうなのか」

「いや、敵対するグループは、我々と同じ労働党に属する。あんたに助けを求めたのは、敵対するグループに〝死線の魔物〟、つまり軍部が味方についたと思ったからだ」

ようやくハンの本音が出て来たようだ。ハンの所属するグループが劣勢だということを覚ったからこそ、浩志に助けを求めたのだろう。

四

木場の名は、その昔材木業の倉庫や貯木場があったことに由来する。貯木場が埋め立て地の新木場に移り、その跡地に出来たのが木場公園で、総面積は二十四ヘクタールあり、広大な緑の中に美術館や植物園、それにテニスコートと施設も充実している。

土曜日で天気もいいということもあり、ふれあい広場といわれる芝生の広場は、カップルや子供連れの家族で賑わっていた。

敵対するグループのアジトへ踏み込むのは、夜中になるため、時間は充分過ぎるほどある。そのため、東陽町のアジトには、昼飯後に行くと言ってあるらしい。時間つぶしだけでなく街中に大勢いる警官の目を避けるためにハン・ヨンミンはぶらぶらと公園に入り込んだようだ。

午前十一時、家族連れが芝生にシートを敷いて早めの昼ご飯を食べはじめたのを見て、ハンは苦笑を漏らした。

「確か、この公園には美術館があったな。時間もあることだし寄って行かないか。それに腹も減った。日本の美術館なら食堂もあるのじゃないか」

目立たぬようにと公園で時間を潰しているつもりが、大の大人が二人というのも却って目立つことにハンも気が付いたようだ。

「おまえが、相手じゃなきゃ、喜んで行くんだがな」

木場公園は、南北に長く葛西橋通りと仙台堀川が中央を横切っている。そのため、全長二百五十メートルもある木場公園大橋という立派な斜張橋が南北の公園を繋いでいる。橋の南側には噴水の広場があり、その後ろが橋の袂になる。橋には三角形の大きな花壇ではじまり、中央の高く伸びる白い主桁は空の青さとのコントラストが美しい。

ハンは、花壇や仙台堀川の岸辺の緑に目を細め、ボールを追って走り回る子供を笑顔で見ている。つい最近までマレーシアの監獄に死刑囚として投獄されていたハンの目に公園の風景は天国のように映っているのだろう。

橋の前方に、ジョギングをしているジャージ姿の女性の後ろを、ランニングシャツを着て腰にウィンドブレーカーを巻き付けた男が、こちらに向かって走って来るのが見える。野球帽を目深に被っているので顔は分からないが、身長は一六八センチほど、カモシカのように絞まった体には見覚えがある。浩志は、ハンに気付かれないように異常なしとハンドシグナルを送った。男は、浩志の素振りを無視するかのように黙々と走り抜けて行った。

木場公園の北に位置する東京都現代美術館では、現代彫刻の企画展示があった。浩志は欠伸を噛み殺しながら時間を潰したが、抽象的な展示物の前でハンは何やらしきりに頷いていた。がらにもなく美術鑑賞を終えた後、地下のレストランでランチを食べた。

時刻は、午後一時。来た道を戻り、木場公園大橋をぶらぶらと歩いていると、お揃いのスウェットを着た初老の夫婦がジョギングしている後方に、短パンを穿いた男の姿が目に入った。一八〇を越し、がっしりとした体型だ。サングラスをかけ、携帯音楽プレーヤーを聞きながら軽快に走っている。男は、ハンの横を通り過ぎ、浩志とすれ違い様に小さなボタンのようなものを投げて寄越した。

浩志は、さりげなく受け取ってジャケットのポケットにしまった。ボタン状のものは、小型の通信マイクで、ジョギングをしていたのは、狙撃の名手〝針の穴〟こと宮坂大伍である。ちなみに午前中野球帽を被っていたランナーは、〝トレーサーマン〟こと加藤豪二だった。おそらく加藤が浩志の所在をつきとめ、仲間に知らせたのだろう。連絡を絶っているので何かアクションを起こしてくると思っていた。

「私は、ニューヨークでも工作活動をしていたことがある。あの国ではようやく肥満はぜいたく病だと気付いたようだ。よく公園やオフィス街でジョギングしている市民を見かけた。我国の人民は食べるものもないのに、あいつらときたら、食い過ぎて走っているんだぞ。まったく反吐がでる。それが、どうだ。久しぶりに日本に来たら、まるで米国のようじゃないか。西洋かぶれをしているようで不快な気分になる」

ハンは、苦々しい表情で言った。週末のせいか公園に人出は多い。加藤や宮坂は、大勢のジョギングを楽しむ市民にうまく紛れていた。どうも、ハンは他国の平和な光景が妬ましいらしい。

「腹が立つのなら、散歩は止めて、アジトに早く案内しろ」

浩志もいい加減ハンの愚痴を聞かされながら時間を潰すのにはうんざりしていた。

「言われなくても、そのつもりだ」

ハンは、せかせかと歩きはじめ、公園を出て小さな橋を渡り、東陽町に入った。アパートやマンションが立ち並ぶ住宅街だが、時おり小さな町工場が点在する下町の風景も残されている。

「あと、百メートルほどだ……」

ハンの言葉を継ぐようにパトカーのサイレンが響いて来た。しかも、四方から聞こえてくる。

「しまった。通報されたか」

〝死線の魔物〟の重要な証人だったハンが失踪してしまったため、内調は苦肉の策として警察庁と謀ってハンを殺人事件の重要参考人として全国に指名手配している。

さりげなく浩志とハンは、近くに停めてある車の陰に隠れた。

「違う」

浩志は、脇をすり抜けて行くパトカーの行く手を見て呟いた。もし、ハンがマークされているのなら、すでに周りは警察官や刑事に包囲されていなければならない。

「まさか！」

ハンは、通り過ぎて行ったパトカーを追うように走り出した。

次の交差点を右に曲がると、パトカーが四台、救急車が二台も集結しており、その周りにはすでに野次馬が取り巻いていた。

浩志は、野次馬の隙間から警官が出入りしている小さな印刷工場を見た。ハンを見ると、血の気が失せ、土気色の顔色をしている。どうやら、目の前の印刷工場が目指すアジトだったようだ。

「金井(かない)さんのところに昨日の夜に泥棒が入ったらしいわよ」

「泥棒！」

少し離れたところに近所の主婦らしい五十代前後の女の話し声が聞こえてきた。まわりにいる野次馬も聞き耳を立てているのだが、それをまるで意識するかのように女たちは大きな声で話している。

「それで、金井さんはどうなったの？」

「金井さんご夫婦と、住み込みで働いていた三人の従業員は殺されていたらしいわ」

「まあ、恐ろしい。だれが通報したの？」

「町内会長の竹村（たけむら）さんよ。回覧板を渡そうとしたけど、玄関が閉まっていたので、裏口に回ったら、従業員の人が倒れていたらしいわ」

浩志は、悄然（しょうぜん）とするハンの袖口を摑み、現場から離れた。

「あの印刷工場がアジトだったんだな」

「……先を越された。もうだめだ」

ハンは、俯（うつむ）いて首を振った。

「ハン、〝死線の魔物〟に復讐がしたいと言っていたな」

「ああ、言ったよ」

「今も、そう思っているか」

「もちろんだ。政権争いか何か知らないが、同胞を簡単に殺すなんて許せない」

「それなら、改めて言う。俺に協力しろ」

「何でも協力する。知っていることはすべて話そう」

ハンは、拳を握り力強く答えた。

「永代（えいたい）通りに向かっている。車を回してくれ」

浩志は、独り言のように呟いた。すると三十メートルと歩かないうちに背後から現れた二台の白いバンが目の前で停まった。

「乗るんだ」

一台目の後部座席のドアが開き、浩志は、ハンの背中を押した。

「何！　どういうことだ」

ハンは、歩道に踏ん張って抵抗した。

「いいから乗れ。俺の仲間だ」

「仲間？　いつの間に……」

助手席から瀬川が顔を覗かせた。

「指揮官と連絡が取れなくなったんだ。我々が探さないとでも思ったのか？」

瀬川の言葉に絶句したハンは、小さく頷きバンに乗った。

浩志は、ハンの隣に座りドアを閉めた。

「芝浦の倉庫に行ってくれ」

浩志は、運転席に座る田中に言った。車内に加藤の姿はない。チーム分けをしているのなら、おそらくトレーサーの加藤は、バイクで単独行動をし、二台目のバンには、パンサーチームのメンバーが乗っているのだろう。

交差点を右折して永代通りに入った途端、バンが大きく揺れた。

「馬鹿野郎！　何て運転しているんだ」

運転している田中が叫んだ。

「どうした?」

「赤いスポーツカーが、鼻先を掠めるように追い抜いて行ったんです。接触するかと思いましたよ」

田中は興奮ぎみに答えた。

「安全運転で頼む。着いたら起こしてくれ」

浩志は、笑いを堪えて座席に深く腰をかけ目を閉じた。

五

芝浦、大手運送会社の倉庫のすぐ隣にある倉庫に傭兵代理店が所有するバンが二台停められている。浩志とハン・ヨンミンは、東陽町から引き上げて、そのまま倉庫の中で時が経つのを待っている。都内では、いたるところに警察による検問が行なわれ、迂闊には動けなかった。

午後七時、コンビニで買ったおにぎりや弁当で軽い夕食を摂った浩志らは、ハンと敵対する北朝鮮の工作員のアジトを襲撃する作戦を練っていた。といっても、浩志とハン、それに辰也と瀬川が狭いバンの後部座席に座って窮屈な思いをしながら打ち合わせをしている。地下の極秘の武器倉庫は、浩志が住み込んでいるために今は快適に過ごせる空間になっているが、部外者であるハンがいるために地上で我慢するより他ない。

ハンは、朝鮮労働党統一戦線部に所属する工作員で、敵対するグループは、同じく労働党ではあるが社会文化部に属するようだ。必ずしもはっきりと区分けはなされていないようだが、ハンらのグループは、主に麻薬や偽札などの外貨獲得のために海外で活動をする。一方で社会文化部に属する工作員は、暗殺や拉致などの政治的なテロ活動をしているらしい。また、軍部に属する工作員は、海外に武器の密輸や軍事的なテロ活動をするようだが、工作員であるハンも実態はよく知らないらしい。

敵対するグループのアジトは、新宿歌舞伎町にあり、雑居ビルの一階が韓国料理の店で、二階がその事務所になっている。二階の事務所は名ばかりで従業員の宿泊施設になっており、四人いる従業員はみな工作員のようだ。

「ターゲットは、韓国料理の〝美味家マシソヨ〟。東新宿に近い明治通りから二本西の裏通りの三叉路の交差点の角にあり、北隣りは五階建てのマンション、西隣りは、ラブホテル。道を隔てた東の向かいはオフィスビル、北の向かい側は、雑居ビルで、一階に焼き鳥屋がある。店は午後十時閉店、二階の事務所の入口は店の右側にある階段だけらしい。ちなみに焼き鳥屋の閉店時間は、午前零時。それに西側のオフィスビルにヤクザの事務所があるため、この界隈は、深夜になっても人の出入りがある。また、ときおりマル暴の刑事がうろついており、土日は刑事の姿はないらしい」

浩志は、これまで得られた情報をまとめた。すでに現地には、加藤と田中、それに傭兵代理店の黒川と中條を派遣しており、四人体制で見張りをさせている。

「恐れ入ったな。三、四時間でこれほど詳細に情報を得られるとは思わなかった。あんたのチームは大したものだ」

ハンは、驚きを隠せないようだ。

裏の情報は、知り合いのヤクザで渋谷を縄張にしている大和組の組長である犬飼から得ているだけにかなり込み入った情報も得ることができた。また、見張りにつけた面々から新しい情報が刻々と寄せられた。

「この界隈で騒ぎを起こすと、ヤクザや中国マフィアの根城だけに新宿警察署から警官隊がすぐに出動してくる。また、ヤクザの事務所が目の前にあるだけに外でまともに見張りはできないらしい。彼らは襲撃に常に備えているから、不審人物に対して過敏になっているからな」

「すると、密かに襲撃してすぐに退散するほかないですかね」

辰也が、腕組みをして唸った。

「そこに〝死線の魔物〟がいるとは思えない。むしろ、手掛かりを探すために調査を念入りにすることになるだろう」

「調査？　なるほどね」

薄笑いを浮かべて辰也は頷いた。

この場合、調査は、警察のように鑑識を動員して綿密に調べることを意味しない。書類等を調べることはするが、むしろ敵の工作員の口を割らせることになる。

浩志の携帯が振動した。東陽町から引き上げる際にすぐにハンから取り返していた。ハンは、浩志から取り上げた直後に電源を切って自分の上着のポケットに入れていた。おかげでＧＰＳでの追跡が可能になった。

「藤堂君かい。森本だ。君が依頼していた血液の検査結果が出たので知らせておく」

松濤の森本病院の院長である森本だった。韓国国家情報院のリュ・ソンミンとミスティックに向かう途中何者かに襲撃された。その際に、浩志は異常な動悸とけだるさを感じていたので、血液検査を森本病院に勤務する医師を通じて防衛省の技術研究所に依頼していた。

「微量だが、メチルアミノシクロヘキサノン塩酸塩が検出された。化学特性がフェンサイクリジン系の化合物と似ているらしい。それとアトロピンも検出されたようだ」

「フェンサイクリジン、アトロピン？」

「フェンサイクリジンは、よく知られたところではケタミンと呼ばれて麻酔薬として使われている。通常麻酔薬は血圧を下げるのだが、ケタミンは逆に血圧を上げる。それからアトロピンは、副交感神経を抑制し、心拍数を増す。君は動悸がすると言っていたがこれらの化合物のせいじゃないかな。フェンサイクリジン系は水やメタノールに溶け易い。おそらくガス状になったものを君は知らずに摂取したのだろうが、中毒になるような量ではなかったはずだ」

浩志は、道に白い煙のような霧を見たのを思い出した。

「たしかに白い霧のようなものを見た気がしますが」

「白い霧？　これらの化合物はガス状にしても透明なはずだ。おそらく何かの容器に入れられていて、その容器が破裂する際、白い霧状になって視認出来たんだな」

「本来は透明なんですか。それで、そのガスは一体どんな目的で散布されていたのですか？」

「すまない、藤堂君。私は研究所の結果を伝えるのみで、それらの化合物が配合された薬品の影響力を想像できるほど化学的な知識はない。報告して来た研究員も、君の血液から得られる量では、見当がつかないと言っていた。ただし、アトロピンを含む毒で、ベラドンナという物質がある」

「ベラドンナ？」

「中枢抑制作用を持つ、つまり大脳上皮を麻痺(まひ)させて、判断力を鈍らせる化合物だそうだ」

襲撃された時、リュは平常心を失い、叫びながら走り出した。逆に浩志は、それを追って行こうとしたが、頭がしびれて躊躇した。二人ともガスの影響を受けていたに違いない。

「ベラドンナと聞いたが、何があったのだ」

携帯を切った浩志にハンは尋ねてきた。

「リュと俺は、フェンサイクリジンとベラドンナを混合させたガスを吸い込んだらしい」

浩志は、ハンに襲撃を受けたときの様子を説明した。

「軍部では、フェンサイクリジンやベラドンナをスパイの自白に使うと聞いたことがある」

ハンは、首を傾げながら言った。

「自白剤として使っているというのか？」

「そうだ。だが、フェンサイクリジンにしろ、ベラドンナもそうだが、副作用で妄想が激しいので自白に信憑性がないらしい。その一方で誘導すれば期待した答えを導き易いという点もあり、罪を押し付けるのには便利だとも聞いた」

「襲撃された時に使われた理由は、なんなのだ」

「あんたの判断力を鈍らせ、行動を阻害するために使ったのじゃないか。反応が鈍ければ、攻撃し易いからな」

納得するとまではいかないが、ハンの説明は十分に理解ができた。動悸がして体は気怠かった。確かにあの時、襲撃されていたら浩志でも危なかったかもしれない。だが、敵は現れなかった。新たに分かった情報は、新たな疑問を生じさせた。

六

午前一時、東新宿に近い歌舞伎町の裏通りには民家やマンションが意外と多いため、眠らない街の中でもひっそりとしたたたずまいを見せる。それゆえ繁華街から逃れたラブホテルやクラブが点在するのも納得できる。

イーグルチームである浩志と瀬川、それに田中と加藤は、二組に分かれ、〃死線の魔物〃と関係していると思われる工作員のアジトである韓国料理の店〃美味家マシソヨ〃がある雑居ビルの階段を上がった。マシソヨは、韓国語でおいしいという意味らしい。

所持している武器は、ハンドガンタイプの麻酔銃だけで、その他にインカムを付けたヘッドギアとプラスチック製の手錠を携帯しているに過ぎない。

一方、辰也が指揮するパンサーチームは、職安通りに停車させたバンの中で、浩志らの無線をモニターしながら武装して待機している。彼らの武器は、リベンジャーズが標準で装備しているカスタムハンドガンで、四十五口径、装弾数十七発のハイキャパシティ（複列弾倉）ガバメントである。また、ハンは、パンサーチームと共にバンの中でじっと成り行きを見守っていた。

浩志は、二階のドアの鍵に先の尖った道具を差し込み、鍵を開けた。そして、音を立てないようにドアを開けた。中からは、物音一つ聞こえない。瀬川が麻酔銃を構え、部屋に突入して行き、浩志は援護するためにすぐ跡に続いた。

もともと事務所なので床はクッションフロアになっており、土足のまま上がることができた。入口の近くにトイレと簡単な流しがあり、トイレの前の流しの照明が点けっぱなしになっていた。二メートルほどの短い通路の奥は三十平米ほどのワンルームになっており、手前に事務机とコピー機が置かれ、部屋の奥に二段ベッドが二つ置かれている。

瀬川と遅れて入って来た田中と加藤が、二段ベッドの上下をすばやく調べ、その間浩志は、麻酔銃をベルトに挟み込んで作業を溜息混じりに見つめていた。

「四人とも死んでいます」

報告を聞くまでもなかった。部屋には血の匂いと腐臭で満たされていたのだ。

どの死体も心臓を一突きされていた。これまで〝死線の魔物〟の犯行とされた千口と同じだ。死体の手足は冷たく硬いが、顎や首のあたりの筋肉は柔らかい。死後硬直が解けはじめているのだ。死後三十時間以上経つ、おそらく一昨日の夜に殺されたのだろう。

「手分けして、手掛かりを探すぞ」

浩志は、仲間に命じた。この現場は、例によって警察ではなく内調に知らせるつもりだ。現場をどう扱うかは内調が考えればいい。だが、その前に徹底的に調べるつもりだった。

「こちら、リベンジャー。爆弾グマと針の穴は、ストライプスを伴い現場に急行せよ」

浩志は、待機している辰也にハン・ヨンミンを連れて来るように無線で連絡をした。ストライプスは、ハンを意味するコードで、囚人服の横縞から名付けた。

二分後、辰也と宮坂に連れられて現れたハンは四人の死体を見て、腰が抜けたように部屋の片隅に置かれた事務椅子に座り込んでしまった。

「ハン、これはなんだ」

浩志は、ベッドの下に落ちていた金属製のバッジをハンに見せた。バッジは、赤と青の縁取りの中に星のデザインが施（ほどこ）されている。

「待てよ」

よく見るとバッジの端が少し歪んでいる。ベッドの直ぐ下をハンドライトで床を照らして見ると、床に小さな傷があった。おそらくバッジを床に叩き付けたのだろう。

「これは……。ちくしょう。そうだったのか」

ハンは、バッジを握りしめて悔しがった。

「時間がない。ハン、説明してくれ」

浩志は、ハンの肩を叩いて促した。

「これは、第一級国旗勲章だ。我国で最高位の〝金日成勲章〟、〝共和国栄誉章〟に次ぐ勲章だ。現在、日本を含むアジア地域で活動する工作員でこの勲章を授与されたのは、私ぐらいのものだ」

「これは、おまえの勲章なのか」

「こんな大切な物を持ち歩くものか。私は自分の家に仕舞ってある。逆に肌身離さずに持ち歩く者もいるが、私はそんなことはしない。おそらく、四人の死体とこの勲章を見た反勢力グループの工作員らは、私の仕業だと勘違いしたに違いない」

「とすると、大久保や首都高で襲ってきた連中が、この現場を見たということか」

「おそらくそうだろう」

「ハンの仕業にみせかけてわざと勲章を殺害現場に落とし、敵対するグループ同士を闘わせたのか。それにしても、よくそんな子供騙しの手口に引っ掛かったものだ」

浩志は、馬鹿馬鹿しさゆえに思わず鼻で笑った。

「馬鹿にするな！　日本人には分からない。我国では、勲章をなくしただけでも罪になる。また、公式行事にはすべての勲章を身につけて出席しなければならない決まりがあるのだ。誰でも手に入る党員バッジならともかく、勲章を囮にするとは誰も考えない。私でも騙されたかもしれない」

よく北朝鮮の軍人が胸に数えきれないほどの勲章を付けている姿を写真で見かけるが、

彼らはこれ見よがしに付けているのではなく、すべて身につけていないと行事に参加できないためらしい。

「過去に授与されたものは無数にあるはずだ。誰のものなのか分からないだろう」

浩志は、あまりに短絡な見方に反論した。

「この勲章は、簡単に売り買いできないように、裏に秘密の刻印がしてある」

浩志は手に取ってみたが、小さな丸い穴がいくつか空いているだけで、刻印らしきものはない。

「この丸い穴が、刻印なのか」

「刻印は、受賞した年号を示すのだが、意味を知る者はこの勲章を製作したか、受賞した者ぐらいだ。もっとも受賞者の中でも知らない者もいるかもしれない。聞かなければ教えてもらえないからな」

「それなら、どうして、おまえが知っている？」

「勲章を勝手に売り買い出来ないように極秘に刻印を入れるように進言したのは、私が所属する労働党統一戦線部だ。それに私は受賞者だ。知っていて当然だ。この勲章は功績を認められた証拠なのだ。当時仲間の間でも有名になったよ」

ハンは、得意げに話した。もっともその功績とは、麻薬や偽札の売買で外貨を大量に獲得したことなのだろう。

「この勲章は何年のものなんだ」

「二〇〇五年の受賞を意味する。同じ年に受賞した者は、五人いる。私以外の者の勲章が盗まれたのだろう」

「本人かあるいは近しい存在がおまえを陥れるために使ったとは考えられないのか」

「馬鹿な。こんな大事なものを使って罠を仕掛けるなんて考えられない…………」

ハンは右手を振ってみせたが、そのうち真剣に考えはじめた。

「可能性は、あるのだな」

「受賞した五人のうち三人は、軍と党の幹部だった。残りの二つは海外の工作活動で業績を収めた者に与えられた。一つが私で、もう一人は軍の工作員だった。確か、ソン・ジェデクという名前だったはずだ。韓国で長年にわたって工作活動をしているため、栄誉ある式典にも出席できないと聞いた。任務とはいえかわいそうだと思い、名前を忘れずにいたんだ」

「授賞式に出席しなかったということは、勲章を受け取っていない可能性もあるのだな」

「それはない。かわりに近親者が受け取ることになっている」

「それなら近親者に工作活動をする者がいたか、あるいは売買した可能性も考えられるな」

「まさか、そこまでは……。私にはできないが、否定はできない」

ハンは、次第にトーンダウンした。彼は海外生活しているだけに、北朝鮮の斜陽はよく分かっているはずだ。

中国と北朝鮮との国境地帯では朝鮮人や脱北者の中に勲章や党員バッジを換金する者が多く、中には亡くなった近親者の墓を暴いて勲章を持ち出す者もいるらしい。北朝鮮の国家体制がいかに揺らいでいるのか分かるというものだ。

「ソン・ジェデクか。そいつのことを調べられるか」

「無理だ。軍部のことまでは調べられない。それにソン・ジェデクは極秘任務に就いている。命令を出した上官も今どこにいるか分からないだろう。分かるのは年齢ぐらいだ。確か、今年で四十五歳になるはずだ。授賞式のとき、ソンは最年少だったから、記憶にある。軍部の工作員の中で最も優秀だという評判だった」

「軍部の工作員で最も優秀だった？」

最も優秀という言葉が引っ掛かった。

「藤堂さん、書類から、ゴミまですべて回収しました」

手掛かりになりそうなものをすべて拾い集めたと瀬川が報告してきた。

「撤収！」

またしても先を越されたという焦りは覚えたが、浩志にとって〝死線の魔物〟という言葉が、次第に色あせて行くような気がした。

惨死

一

　中国吉林省の延辺朝鮮族自治州の州都である延吉を脱出した大佐と北朝鮮問題のスペシャリストである重澤和芳教授、それに二人に随行している寺脇京介は、北京の故宮博物院の東に位置するラッフルズホテルに滞在していた。老舗として有名な北京飯店の一部を改装して生まれ変わった高級ホテルだ。

　ラッフルズホテルにあるフランス料理店〝ジャーン〟のパーテーションで囲まれた一角に大佐と重澤は、中国人の客人を昼食にもてなすということで一席設けていた。正方形の四角いテーブルに、大佐の正面が客人、左の席に通訳も兼ねる重澤が座った。京介は、近くのテーブルで一人食事を摂り、周囲を警戒している。北京の高級ホテルだからといって、中国では何が起きるか分からない。記憶にない罪でいきなり公安部に逮捕されないとも限らないからだ。

「重澤さん、これまであなたと会うときは、いつも王府井(ワンフーチン)の屋台で羊肉串を肴に酒盛りというパターンでしたが、五つ星のホテルで昼食とはずいぶんご出世されましたね」

中国人は席に着くなり、重澤に皮肉ともとれる言葉をかけた。重澤は、笑いながら隠し事がないようにすべての言葉を大佐に通訳した。男は、およそ一七〇センチで体重八〇キロほど、太って見えるが肥満ではなく筋肉質の体型をしている。綾启成(リンキセイ)、中国国防大学国際戦略研究所に所属する研究員で主に北朝鮮の政治経済を研究している現役の軍人だそうだ。十一年前、北京で開かれた国際会議で知り合った重澤とは、以来、何度となく国際会議の場で顔を合わせるうちに酒を飲みながら情報交換をする仲になったらしい。

「今回は、ちょっと訳ありでしてね。屋台じゃ、人の耳が気になる。とはいえ、ホテルの一室というのも味気ないので、少し見栄を張りました。もっとも友人のマレーシア人、マジェール・佐藤が勘定を持ってくれる」

重澤は、苦笑を交えながら話し、韓国や中国の東北部まで足を延ばしたことを話した。

「これまでずいぶんと脱北者にインタビューされたようですね。はやく私に連絡をくれればよかったのに」

綾は、北朝鮮に詳しいが、研究員であると同時に軍人でもあるため、中国政府の介在を警戒した重澤が今回は接触を控えていた。だが、これまで成果が得られなかったためにあえて危険を承知で連絡をしたのだった。

「我々が、〝死線の魔物〟について得た情報をお話ししますので、綾さんも知っていることがあったら、教えて欲しいのです」

「正直言って、〝死線の魔物〟の話は、四年ほど前から聞いていましたが、私はあまり感心を持っていませんでした。噂ばかりで実在するのか分からなかったからです。そこで、連絡を受けてから、仲間の研究員や国防部の友人に聞いてみました」

綾には、重澤が前日の夜に〝死線の魔物〟について話が聞きたいとコンタクトを取っていた。

「我々のことは、ご友人に話されていませんよね」

重澤は、念を押した。

「むろんです。あなたを結果的に売るようなことになるかもしれませんからね。もっとも我国の不利益にならなければ、公安だって口は出しません。それに今や北朝鮮は、我国にとって同盟国ではありませんから」

綾は笑いながら大胆な発言をした。大佐は、重澤から通訳してもらうため、一テンポ遅れてぎこちなく笑って見せた。

「各方面に問合わせましたが、多くの情報は得られませんでした。おそらくあなた方が今持っている情報と変わらないでしょう。だが、軍部の工作員であるソン・ジェデクのことは多少分かりました。韓国の国家情報院から得られた情報があります」

浩志は、工作員のアジトで拾った北朝鮮の勲章から、ソン・ジェデクという工作員の存在を知り、そうそう大佐に調べるように連絡をしていた。

「ソンは、現在生きているとしたら、四十五歳、階級は中佐、十八年前に韓国に潜入し、韓国の左翼系の政治家や学生と接触し、彼らをチュチェ思想で啓蒙するとみせかけて洗脳し、テロリストに仕立て上げ、彼らを使って数々の事件を起こしたと考えられています。また、彼自身も、暗殺のスペシャリストだったらしく、脱北して韓国に協力しようとする軍人や政治家を次々と殺していたそうです。韓国国家情報院で、最も恐れられた存在だったようですが、一度も証拠を握られるようなことはなかったようです」

「待ってください。生きているとしたらって、ソンは、死んだのですか?」

「今から、六年前に自殺したと記録にはありました。ただ、本人が使っていた偽造の運転免許証と所持品でやっと確認できたということで、彼の死を完全に確認したものではありません」

「詳しく教えてください」

重澤は、大佐に通訳しながらも綾を促した。

「夜間、京釜線の貨物列車に轢かれたようで、死体が男と判断できるに留まったそうです。場所はソウル郊外の人気のない、貨物列車が百キロ前後で通過する場所だったらしいです。もちろん、目撃者はいません。ただ彼と接触していた者の証言では、死ぬ一ヶ月前からソンは死にたいと口走っていたようで、状況証拠のみで警察では自殺と断定したようです。また、それ以来、彼の噂は聞いていませんから、やはり死んだのでしょう」

通訳してもらった綾の話を聞いて大佐は首を捻った。

「重澤さん、ソンがどんな方法で人を洗脳していたのか聞いてくれないか」

重澤は、頷いて大佐の質問を訳した。

「詳しくは、分かっていませんが、北朝鮮の軍部で自白剤として使用していた麻薬を使っていたそうです。また人を殺す際も麻薬を使って被害者の自由を奪った上で、心臓を一思いに刺すという手口だったらしいですね。殺害方法にこだわりがあったのかもしれませんが、被害者の遺体は、みな恐怖に歪んだ表情をしていたと言われています。ソンは極めて冷酷な男だったようです」

「似ている。殺しの手口が〝死線の魔物〟と同じじゃないか。殺される人間は、体の自由を奪われ、心臓を刺されるのをただ見ているんだ。だから、死に際に魔物を見ると恐れられているに違いない」

大佐は、綾の話を聞いて思わず声を上げ、〝死線の魔物〟が起こしたとされる事件の概要を話した。

重澤は、すぐさま手振りを交えて通訳した。

「確かに似ていますね。ただ、あえて言わせてもらうなら、ソンは韓国では単独で行動していたようです。〃死線の魔物〃は、特殊部隊と考えられているようですね。だとすれば、ソンの殺しのテクニックを模倣(もほう)していると考えたほうがいいのじゃないですか」

「あるいは、ソンが〃死線の魔物〃の指揮官になったかだ。チームというのは、指揮官の性格を反映させるものだ」

綾の言葉に大佐は補足した。

会食は、一時間半に及んだ。後半は、関係のない日中問題になったが、綾は、帰り際、ソン・ジェデクの資料を気前よく置いていった。自国と関係ない問題だけに機密ということでもないのだろう。

「大佐は、ソンが生きていると考えているのですか」

重澤は、大佐に尋ねた。

「殺しにこだわりを持つ奴は、どこかいかれているんだ。それを特殊部隊がわざわざ模倣する必要はない。ソンが韓国の情報部と警察の手を逃れるために自殺を装ったと考えた方が自然だ。おそらく北朝鮮に一旦帰ったソンは、特殊部隊の指揮官になり、〃死線の魔物〃と恐れられるように噂を流したのだろう。噂を広めて、自らの価値を高めたに違いない」

「藤堂さんに、報告ができますね」

「先生のおかげだ。今夜は、祝杯でもあげますか」

大佐は、嬉しそうに頷いた。

二

浩志が、中国国防大学の綾启成から得た情報を大佐から聞かされたのは、傭兵代理店が所有する芝浦の倉庫でだった。北京とはプラス一時間の時差があるため、昼食会を終えた大佐から国際電話を受けたのは午後二時半になっていた。

北朝鮮の軍部の工作員であるソン・ジェデクが、韓国で六年前に自殺したという話を、ハン・ヨンミンは知らなかったが、驚いた様子は見せなかった。たとえ本当に死亡していたとしても任務中に死亡するケースは珍しいことではなく、本国で極秘の内に処理されたためとハンは、解釈したようだ。

倉庫の地上部は、平屋でコンクリート敷きの広いスペースがある。そのコンクリートの上に大きなブルーシートを二枚並べ、一つに横田基地のすぐ脇にあった工作員のアジト〝七宝山〟から得られた書類やゴミが並べられ、もう一方のシートには、新宿の別の工作員のアジトである〝美味家マシソヨ〟のものが並べられている。

〝死線の魔物〟の真のターゲットは分かっていない。だが、韓国大統領の来日を明日に控え、焦りと疲れはピークに達していた。シートの上の内調の特殊処理班が現場を洗浄する前に手当たり次第に持ち出した物で手掛かりになりそうなものは、今のところ見つかっていない。それでもだめ元で、浩志とハンで一つ一つ目を通している。朝から、作業を続けているが、これといってめぼしい物はない。捜査とは、こうした地道な作業なのだが、タイムリミットがある可能性も考えると無駄に思えて来る。

倉庫の片隅に置かれている小さなプレハブの事務室で電話がなった。

「藤堂さん、大佐から資料が届いていました」

受話器から、瀬川の明るい声が響いてきた。

「期待できそうだな」

瀬川は、池谷と打合わせがあるために一旦下北沢の丸池屋に戻っていた。

「これから、資料をファックスで流します」

電話を切ると、A四で六枚送られてきた。電子書類をプリントアウトしたものなのでファックスのわりには鮮明だ。元は韓国の国家情報院の極秘資料だが、それを中国国防大学国際戦略研究所の綾启成が中国語に翻訳した資料が三枚、さらに重澤教授がテキストのみ中国語から日本語に翻訳したものが三枚添付されていた。

浩志は、日本語版を手に取り、ハンは、中国語版を手に取った。

「これが、国家情報院の極秘資料なのか、我々でも知らないようなことまで書いてある」

ハンは、首を振って感心してみせた。

資料はソン・ジェデクが自殺するまでの経歴と彼が関わったと思われる事件の概要が記載されていた。国家情報院がソンをマークしていたということがよく分かる内容だ。また、情報統制されている北朝鮮では却って伝わらない情報もあるのだろう。

「何！　そうだったのか……」

ハンは、読み進むうちに驚きの声を上げた。

「ハン、説明しろ」

「我々は、〝死線の魔物〟は、軍部の高官が作り上げたと教えられていた。というか噂に過ぎなかったのだが、この資料を見ると〝平壌防衛司令部に所属するものと推測〟と書かれている。また、責任者は防衛司令部副司令官であるキム・ギョワン少将だとも書かれている。おそらく平壌の防衛上の機密情報を持っていた政治家や軍人が〝死線の魔物〟に暗殺されているために国家情報院は、平壌防衛司令部に所属する工作員だと判断したのだろう」

「間違っているのか？」

浩志にはとても判断しかねることだ。

「いや、正しいと思う。だが、問題は、ソン・ジェデクの上官である、キム・ギョワン少将は、今年の六月に交通事故で亡くなっている。少将には反乱を企てたという噂があった。交通事故というのは、我国ではよくあることだが暗殺や粛清を意味する場合が多い」

「首都防衛の副司令官の反乱だけに、軍に動揺を与えないように闇に葬ったのだな」

「だが、その噂も体制側のものだ。キム・ギョワン少将は、五十一歳と若く、改革派のホープだった。だが、我国の労働党や軍の幹部は、七十を過ぎた老人が多く、保身的な者ばかりだ。中国のように改革開放政策をすれば自分の既得権を失うと信じている。だからこそ、アジアで最貧国になろうと体制維持をするために核に頼っているのだ。現政権指導部は、老人ホームだと中国からあざ笑われているそうだ。情けないもんだよ」

「上官が暗殺された場合、ソン・ジェデクはどうなるのだ。北の体制なら、副司令官の少将とともに連帯責任で、処刑か強制労働の罪になるのじゃないのか？」

「この資料は、飽くまでも六年前の資料だ。もし、ソンが生きていたとしたら、少なくとも二通り考えられる。一つは、あんたの言う通りだが、これでは〝死線の魔物〟とソン・ジェデクが関係しているというのを頭から否定することになる。もう一つは、何らかの理由で、少将とは無関係として処罰されなかったということだ」

「当然、後者だろうが、無関係とされるには、この五、六年の間に所属が変わったということか」

「それも考えられる。もう一つは、自殺が偽装として、その後も引き続き海外で工作活動をしていた場合、少将とは無関係として罪を免れる可能性がある。それに、第一級国旗勲章を受けるほどの工作員としての腕を軍や党でも買っているのだ、簡単に処罰されなかったのだろう」

「だが〝死線の魔物〟は、特殊部隊と聞いている。訓練や人員育成は国内じゃないと難しい。海外で工作活動をしていた場合、それができないのじゃないのか」

ハンは、可能性を提示するのだが、どれも決め手に欠ける。浩志とハンは、資料に目を落として唸るしかなかった。

「防衛司令部か……。待てよ。まだ、アジトがあるぞ」

ハンが手をポンと叩いた。

「工作員のアジトか？」

「いや、厳密に言うと違う。労働党中央財政経理部直属の企業の別荘が箱根にある。その別荘を軍部の幹部が日本にお忍びで来た時に保養所代わりに使っていると軍部の友人から聞いたことがある」

「北朝鮮の高官といえども、困窮していると聞く。海外に別荘を持つなんて考えられない。……いや、待て、そう言えば、リュも政商がいると言っていたな」

浩志は、五反田の〝須賀川〟で韓国国家情報院のリュと酒を飲んだときのことを思い出した。その時、リュは、資産一千万ドルを越す政商と呼ばれる富豪が北朝鮮にはいると言っていた。

「よく知っているな。我国では、配給がストップしている現状では、闇市は市民になくてはならないものになっているように、すでに市場経済が生まれている。そんな市民の生活を尻目に、貿易商社として海外で手広く事業を展開し、富豪になった者もいる。指導部は社会主義に反する彼らを外貨獲得の先兵としてもてはやしている。彼らは、日本だけじゃなく、海外にいくつも別荘を持ち、イタリアのブランドのスーツを着て高級車を乗り回している。まったく胸くそ悪い連中だ」

ハンは、吐き捨てるように言った。

「別荘の正確な場所は分かるか」

「行ったこともないので知らない。だが、会社の名前は分かる。〝朝鮮強国会社〟という貿易商社だ」

傭兵代理店の友恵に連絡をすれば、すぐにでも詳しい情報が返って来ることだろう。それに美香にも教えるつもりだ。彼女には、ソン・ジェデクの名前はすでに教えてある。今のところ彼女からは何も情報はないが、彼女のルートでそれなりに調べているはずだ。

「箱根の別荘か」

〝死線の魔物〟の犯行とされた事件は、東京に集中している。箱根は、東京からは近いが、地理的にアジトにするにはいささか遠い。だが、少しでも疑いがあれば全力で調べる必要がある。

浩志は傭兵代理店に連絡をすべく携帯を手に取った。

三

箱根は古くから温泉地として栄え、富士箱根伊豆国立公園の中にあるという立地条件も手伝い、軽井沢や熱海とならぶリゾート別荘地として知られる。

箱根町仙石原は、ゴルフ場、美術館、そして多くの別荘を抱える。箱根裏街道から、別荘地に抜ける道をさらに一キロほど北に行くと、森に囲まれた二百坪を越える敷地に建てられた二階建ての別荘がある。大手不動産会社が住宅地のように別荘を乱立させたとはいえ、この別荘は隣の家と百メートル以上離れていた。

ハンが言っていた労働党中央財政経理部直属の企業〝朝鮮強国会社〟の別荘ではなく、社長であるチョ・サンフンの個人的な別荘だった。傭兵代理店の土屋友恵が会社名でこの地域に関わる不動産屋を調べたが、該当する別荘はなかった。そこでチョ・サンフンの名で調べたところ、チョは、三年前に米国人が手放した別荘を大手不動産業者から購入していた。さすがに見取り図までは手に入らなかったが、建坪が六十坪を越える二階建ての洋館ということは事前に分かった。

午後十時二十分、浩志率いる〝リベンジャーズ〟がチョの別荘を包囲していた。まるで森に潜む動物のように全員木々の陰に身を隠している。車は、百メートル離れた無人の別荘の前に置いてきた。季節がらということもあるのだろうが、日曜日の夜、都心から押し寄せていた観光客は引けている。夜中というほどの時間でもないが、落ち着きを取り戻した箱根町は真夜中のような静けさにどっぷりと漬かっていた。

チョの別荘の敷地には植栽がなされ、ロッジ風のレンガ色の屋根に白壁の洋館は、東西に長く南向きに玄関と庭があり、玄関のすぐ脇の駐車スペースにベンツと国産の高級セダンが停められていた。門灯がぽつんと闇に浮かぶ以外は、どの部屋も明かりはなくひっそりと静まり返っている。

友恵はチョの入国状況も調べていた。チョの入国は、春から秋にかけて入国する場合が多く、長期滞在はしないらしい。現在、チョが入国した形跡はないが、駐車している車から判断して、彼の近しい関係者が宿泊しているに違いない。

いつものように浩志がリーダーとなるイーグルチームは、オペレーションのスペシャリスト〝ヘリボーイ〟こと田中俊信と、〝トレーサーマン〟こと加藤豪二、それに傭兵代理店のコマンドスタッフである〝コマンド一〟瀬川里見を加えた四名だ。

パンサーチームは、リーダーで爆破のプロ〝爆弾グマ〟こと浅岡辰也と、スナイパーの名手宮坂大伍にコマンドスタッフの〝コマンド二〟黒川章と〝コマンド三〟中條修を加えている。両チームとも四名で合計八名から構成されている。

装備は、場所柄重火器はもちろんアサルトライフルも使用できない。ハンドガンタイプの麻酔銃にサイレンサーを装着したベレッタM九二と消音タイプのフラッシュバン（閃光弾）、それに手錠とマイクとレシーバー付きの小型ヘッドギアと無線を各自身につけている。

「せめてナイフぐらい私にも貸してくれ」

浩志の後ろで別荘を見つめるハンが白い息を吐きながらぼやいた。一人にするわけにもいかず、また本人も同行を強く望んだために連れて来たのだ。

「手錠をしないだけましだと思え」

浩志は、振り返りもしないで答えた。

闇を抜けて黒豹のように音もなく一つの影が近づいてきた。

「周囲を調べましたが、敵の監視はありません。また、建物に警報装置はありません」

浩志は加藤の肩をポンと叩き頷いた。加藤はにこりと笑って、再び闇の中に消えて行った。

玄関は、門灯によって照らし出されているために庭に面したガラス戸を切り開いて田中と加藤が潜入し、浩志と瀬川がハンをともないサポートに回る。また建物の裏側には勝手口があり、辰也と宮坂が潜入、サポートは黒川と中條がすることになっていた。

「こちらリベンジャー。各自、所定の位置につけ」

「爆弾グマ、位置につきました」

「コマンド三、位置につきました」

浩志の指令で点呼を兼ねて次々に無線が入り、最後に加藤から連絡が入った。

「突入！」

浩志は、別荘の植栽を越えて表の庭に潜入した。ハンも足音も立てず機敏に付いてきた。さすがに工作員の教官をしていただけのことはある、年齢を感じさせない。その跡を瀬川がハンを監視がてら続いた。

田中と加藤が、ガラス戸を特殊なガラスカッターで円形に切り取り、鍵を開けて建物に潜入して行った。浩志らは、すぐさま銃を構えながら、その跡に続いた。

建物の中は階段の足下用ランプ以外の照明は点いておらず、屋外と変わらない闇がそこにあった。襲撃で一番注意しなければならないのは、同士討ちだ。今回の作戦では、全員ハンドライトを左手に持ち、銃と一緒に構えながらの突入になった。

一階のリビングは、三十畳近くあり、ソファーセットにビリヤードの台が置かれ、東側の壁際にバーカウンターがあった。床は、どこも毛足の長いカーペットが敷き詰められ、天井には豪奢なシャンデリアがぶら下がっている。突入した面々は、贅を凝らしたソファーや椅子、テーブルなど障害物の陰に注意しながら、進んで行った。

「クリア！」

田中と加藤は、ヘッドギアから聞こえる程度に声を上げながら、リビングから玄関、そして納戸に入った。

「クリア！」

浩志らは廊下で援護している間に、田中らは納戸を確認した。

廊下に戻り、奥に進むと廊下の突き当たりにある階段下でキッチンから突入してきた辰也ら四人と鉢合わせになった。

浩志は、ハンドシグナルで辰也らパンサーチームに先に行くように指示をした。四人が二階に到着したのを見計らって、浩志らイーグルチームも階段を上がった。

二階は、長い廊下にトイレとバスルームを除いてドアが六つもある。手前の部屋を辰也らのチームに任せ、浩志らは一番奥の部屋に向かった。

加藤がドアを開け、田中がドアを蹴って突入し、その跡に浩志も続いた。

「うっ……」

暗闇に死臭が鼻を突いた。

突入した四人の男たちのハンドライトの光線が交差し、ベッドに横たわる死体を照らし出した。

屈強な男の死体が三つ、心臓を貫かれている。廊下まで死臭が漏れて来なかったのは、ドアの密封度が高いのと気温が低いためだろう。すぐに隣の部屋を調べた。今度は、男の死体が一つ、その隣は、無人であった。

廊下に出ると、階段に近い部屋から突入した辰也らが、三つ目の部屋から出て来るところだった。宮坂は、二本指を立てて首を振ってみせた。二つの死体を発見したようだ。

浩志は頷き、辰也に六番目の部屋に突入するように指示をした。

辰也は、すぐさま宮坂と共にドアを蹴破るように入って行った。続いて、黒川と中條が援護しながら入った。

「クリア！」

廊下で援護していた浩志らも部屋に入った。

ハンドライトで部屋を調べた後、浩志は部屋の電気を点けた。

大きなダブルベッドに、女の全裸の死体があり、男の死体が、ベッド脇の椅子に全裸で縛り付けられていた。どの死体も心臓を一突きされているにもかかわらず、この男だけは違った。胸を鋭利な刃物で切られて、ハングル語らしい血染めの文字が描かれている。傷から出血しているところをみると、生きたまま文字を入れられたようだ。

「なんと、書いてあるんだ」

浩志は、遅れて部屋に入って来たハンに尋ねた。

「豚と書かれてある。しかも、この男は、〝朝鮮強国会社〟の社長チョ・サンフンだ」

「何、チョの入国した記録はなかったはずだ」

友恵が入国管理局のサーバーを調べた限りでは、記録はなかった。

「おそらくお忍びで遊びに来ていたのだろう。北朝鮮の大物は、偽造のパスポートを使って海外に行くことがある。日本は公安がうるさいから、中国人にでもなりすまして来日したんだろう。〃死線の魔物〃は、それを知っていたに違いない」

ハンは、そういって肩をすくめてみせた。

浩志は、溜息をついてベレッタを仕舞った。

四

箱根仙石原にある閑静な別荘地に佇む〃朝鮮強国会社〃の社長チョ・サンフンの洋館から、チョを含む八人の死体が発見された。

「俺たちは、どうやら、〃死線の魔物〃の犯行を逆から辿って来たようだ」

浩志は、八人目の死体を調べて、傍らに立つハンに言った。

横田基地の脇にあったホルモン料理屋〃七宝山〃にあった死体は、死後十二時間ほど、歌舞伎町の韓国料理の〃美味家マシソヨ〃にあった死体は、死後三十時間以上経っていた。

すべての死体を調べて、死後一週間以上経過していることが分かった。暖房が切られ除湿がかけられていたために一部の死体がミイラ化していた。この地域は、湿気が多い。古い建物のために老朽化を防ぐ意味でも夏に限らず常時除湿をしていたのだろう。低温と除湿で水分を失った死体は、ミイラ化する。そのため、腐敗は最低限に抑えられたようだ。

浩志とハンは、胸に豚と切り刻まれた死体がある部屋に戻った。

「復讐か？」

ハンが、口を歪め、目が飛び出した男の死体を見ながら言った。

「ソン・ジェデクが、暗殺された上官であるキム・ギョワンの復讐をしているとでも言いたいのか」

「政権抗争で対立する派閥の傘下にある工作員を殺し、社会主義に反する政商を殺すことにより、現政権に抗議したとは、考えられないか」

ハンは、首を捻りながら答えた。自分でも納得できないのだろう。

「考えられなくもないが、政権指導部は、そんなことで考えを改めるような連中じゃないだろう」

「そりゃそうだ。逆に怒り狂って暗殺部隊を大量に投入してくるのが関の山だ」

ハンは大きく頷いた。

「こちら、爆弾グマです」

レシーバーに辰也の声が響いた。

「どうした？」

「ちょっとしたものをヘリボーイが見つけました。一階の階段下まで来てください」

「了解」

浩志は、ハンを伴い急いで階段を下りた。

「藤堂さん、これを見てください」

田中は、下から六段目の階段の手すりの支柱を回した。すると階段下の壁に隙間ができた。壁を押すと下に階段が現れた。

「もともと地下室があったものを後から塞いだんですね。この部分の壁紙が他より新しいのでおかしいと思ったんですよ」

田中の説明を聞きながら浩志は階段を下りた。すると突き当たりにドアがあり、隙間から光が漏れている。中を覗くと加藤と瀬川が十畳ほどの広さの部屋の壁を覗き込んでいた。

「何か、見つかったか？」

「正確には、何も見つけられなかったということになりますね」

瀬川はそう言って指で壁の穴を示した。レンガで出来た壁には、床から一メートルほどの高さに三十センチ四方の穴が空いており、レンガに偽装された扉が付いていた。その奥を覗き込むと、バーナーで焼き切られた金庫の扉があった。扉を手前に開き、ハンドライトで内部を照らしてみた。

「空か」

浩志は、何もない金庫の壁や天井を叩いてみた。

「うん？」

金庫の床にハンドライトの光に反射した傷があった。擦り傷のような痕にライトの角度を変えて照らすと金色に輝いた。

「金か」

おそらくかなりの金の地金が重ねて置かれていたのだろう。一度に抜き取ろうとして傷が付いたに違いない。

「笑わせる。腐った政権に鉄槌を与えるどころか、ただのこそ泥じゃないか」

振り返るとハンが、腹を抱えて笑っていた。祖国では勲章まで貰ったと言うが、国のためとはいえマレーシアで麻薬の売人として逮捕され死刑囚となっていた。わざと声を出して笑っているようで、物悲しい道化のように見える。

浩志は、初老の工作員の姿を見てはっとした。

「ハン、麻薬の取引きでどれぐらいの売り上げを上げていた。というか国にどれだけ送金していた」

「藪から棒に何を言う」

「答えろ！」

「日本円にして、年間三億前後だ」

有無を言わせぬ浩志の口調に、ハンは渋々答えた。

「それじゃ、これまで襲撃されたアジトの工作員は、本当は何をしていた」

「何をしていた？　言ったはずだ。あれは、政権抗争での」

「馬鹿野郎、俺が聞いているのは〝死線の魔物〟に襲撃された、横田基地と東陽町、それに歌舞伎町のアジトのことだ」

「彼らは……。実は、麻薬と武器の密輸だ。彼らが得た利益は、それぞれの派閥の政治資金に使われていた。待てよ。私の売り上げも……」

「〝死線の魔物〟は、北朝鮮の闇の収入源を絶ち、同時に政権抗争の資金を奪っているとは考えられないか」

「だが、いったい何のためにそんなことをするんだ」

ハンの質問には浩志も答えられなかった。確かな証拠は何もない。行く先々で死体が転がっているだけだ。

「終わったな」

ハンは、ぼそりと言った。

〝死線の魔物〟を追いつめているつもりだったが、単に犯行現場を逆にトレースしているに過ぎなかった。調べるうちにやつらから遠ざかっていたようだ。すべきことはもう何もないと、ハンは言いたいのだろう。

「終わったのか？」

ハンに答えるわけでもなく、浩志は、自問した。

五

浩志らを乗せた二台のバンは、箱根から、小田原厚木道路を経て東名高速道路に乗り、首都高速の料金所に差し掛かった。一台目のバンの後部座席に浩志は乗り、その隣にはハン・ヨンミンが座っている。その疲れきった横顔には、深い皺が刻まれ五十三という年齢以上に老けて見えた。

これから、都内のホテルでハンを内調の石井透に引き渡すことになっている。ハンは、すべきことを終えたという脱力感からか、自首すると言い出した。とはいえ、指名手配の解除と大統領の来日を終えた段階で自由の身にするという条件付きだった。

「〝死線の魔物〟を野放しにしていいのか？」

車窓から首都高速の防音壁をじっと見つめているハンに、浩志は尋ねた。

「よくはない。〝死線の魔物〟は名前の通り、人の死をもて遊ぶ魔物だ」

窓の外から目を離そうともしないでハンは、答えた。

「本当にやることはすべて終わったのか」

「私が、自首するのは、気力が無くなったからだ。敢えていうのなら、〝死線の魔物〟に対する憎しみが消えてしまったからだ」

「どういうことだ」

「やつらがやっていることは、極悪非道だ。どんな理由であれ、人をゴミのように消し去るなんて許せない。殺された方はどうなのだ。外貨を稼いで国の困窮を救おうと、私も含め工作員たちは犯罪と知りつつ麻薬や偽札などに手を染めて働いている。その金は一体どうなっているんだ。毎日ジャガイモしか食えない市民を助けているのか、食う物もなく餓死して行く農民のためになっているのか。答えは否だ。国の一部の特権階級を生かしているに過ぎない。私たちがやってきたことは、むなしい。罰せられて当然なのだ」

「くだらん。そんなこと、今頃気付いたのか」

浩志は、冷たく言い放った。

「日本人のあんたには分からない」

ハンは浩志を睨み付け、溜息のように言葉を吐き出した。祖国のために働けど民衆を結果的に苦しめることはあっても何の助けにもならない。この男のむなしさは底が知れない。浩志は、それ以上口を利かなかった。

「信濃町の出口です」

加藤が運転席から声をかけてきた。目を覚ましているのは、浩志とハンだけだ。助手席に座る田中も、浩志の後ろの席に座っている瀬川もいびきをかいて寝ている。目的地は、ホテルニューオータニの地下駐車場だ。石井は、内調と公安の捜査員を二十人ほど引き連れて待ち構えているらしい。前回の失敗がよほど応えているのだろう。

浩志は携帯で内調の石井に数分で到着する旨を伝えた。石井の方も問題はないようだ。

時刻は、午前一時四十分、外堀通りから左折し、ホテルニューオータニの地下駐車場の入口で浩志とハンは、車を降りた。仲間を見知らぬ内調や公安の捜査官に覚えられないようにするためだ。

「藤堂、世話になったな。再会することはないかもしれないが、酒を酌み交わしたかった」

「工作員とは飲まない。それに堅苦しい酒の席はごめんだ」

「堅苦しい？　我国が儒教の国だからといって勘違いしているようだが、日本のように酒を注ぎ交わす習慣がある。相手のグラスが空にならないように注ぐのだ。酒の席はどこでも賑やかで楽しい。歌って踊ることもある」

ハンが、楽しげに笑って見せた。

浩志は、国家情報院のリュ・ソンミンと五反田の〝須賀川〟で飲んだ夜を思い出した。

「そう言えば、韓国人のリュも、俺のグラスが空かないようにしていた。酒を注ぎ合うのは、北朝鮮とは限らないだろう」

「なんかの勘違いだろう。韓国人は、酒の席では両手を使って相手のグラスに酒を注ぐことはあっても、グラスが空かないうちに酒を注ぎ足すようなことはしないはずだ。もっともリュは、日本人のあんたに見習ったのだろう。あいつは、人には決して本心をさらけ出さずにカメレオンのように周囲に合わせている」

「カメレオン？」

リュは、はじめこそ浩志の酌を両手で受けていたが、杯を重ねるうちに積極的に酒を注いで来るようになった。ハンの言うように浩志に見習ったとその時も思ったが、今から考えると酒の飲み方が自然な振る舞いだったようにも思える。ハンの言うカメレオンという言葉に違和感を覚えた。

「首を傾げているようだが、あいつは、生粋の情報員だよ。教官として幾人もの工作員も育てたが、私自身工作員として二十年以上働いている。あの男には、同じ匂いがするんだ」

ハンは、皮肉な笑いを浮かべた。

「藤堂さん！」

地下駐車場から、数人の男たちを引き連れて内調の石井が駆けて来た。

「慌てて、どうした」

「遅いので、見に来たのですが、まさか、歩いて来られるとは思っていませんでした」

「タクシーをそこで降りたのだ」

「タクシーで来られたのですか！」

「冗談だ。首尾はどうなんだ」

浩志が念を押すと、石井はポケットから無線機を取り出し、誰かに連絡をとった。すると駐車場の奥から、護送車と覆面パトカーが二台現れた。

「藤堂、さらばだ」

ハンは、自ら石井の元に歩いて行った。解放されたところで北朝鮮の工作員に命を狙われる。本当の意味で自由の身になったことにはならないだろう。だが、彼には帰る所はもうない。初老の工作員は振り返らなかった。

浩志は、ハンが護送車に乗せられて、駐車場から出て行くのを見送った。

「さて、行くか」

独り言が白い溜息となり、外気に吸い込まれていった。

六

月はないが、雲もなく星が煌（きら）めいている。そういえば今日は新月のはずだ。

ハンを内調に引き渡し、仲間とは紀尾井町（きおいちょう）のホテルニューオータニの駐車場で別れ、ホテルの脇の道を赤坂見附（あかさかみつけ）に向けて歩いた。冷たい夜風に当たりたかったこともあるが、仲間とは別行動を取りたい理由もあった。

背後から現れたアルファァロメオ・スパイダーが、浩志の歩くスピードに合わせて、ゆっくりと並走しはじめた。

「まだ、歩くの？」

運転席から、美香が顔を覗かせた。

「いや、もう気がすんだ」

浩志は、スパイダーの前を横切って、助手席に乗り込んだ。

美香は、いつもと違い、ジーパンにランニングシューズ、ハイネックのＴシャツの上から黒いダウンのジャケットとラフな格好をしている。

「箱根までついて来なくてもよかったんだ」

「私は、仕事に忠実なの。あなたとは、一緒に行動するって言ったでしょう」

美香は、この二日間、浩志の跡をぴたりと尾行している。浩志以外、仲間にすら気付かれないという完璧な尾行だった。小姑（こじゅうと）のようでうるさかったが、おかげで昨日は、首都高速湾岸線のボロ車でのカーチェイスでは、危ういところを助けてもらった。

「どうするの。家に帰る？　それともドライブする？」

「冗談だろ。帰る」

「おじさまは、疲れましたか」

美香は、子供をあやすようにからかってきた。

「なんとでも言え。寝てないんだ」

とにかく眠い。なんでもいいからはやく帰りたかった。

「浩志、眠る前に聞いて」

美香の声が、急にまじめになった。

「なんだ」

「今日の午前十時に、予定通り韓国の大統領が羽田空港に特別便で到着する。都内には一万六千人の警官が動員されることになっているわ」

左腕のミリタリーウォッチは、午前二時十八分、残り八時間を切っている。

「まるで、米国の大統領なみだな」

「それ以上よ。〝死線の魔物〟対策として、放送局などのメディアには、別に二千人の警官が動員されるから」

「一万八千人か。都内で石を投げたら、警官に当たりそうだな」

「明日は、私も警備に駆り出されているの。私と行動をともにしてくれる？」

「分かった」

疲れているのか断る気力もなく答えた。

「それから、あなたのチームにも準備をお願いするわ」

「警官が一万八千人もいるところで、俺たちに何ができるんだ」

「SATに扮装し、内調の指揮下に入って欲しいの」

「SATだって、そんなことができるはずがないだろう。第一、本物のSATは出動しないのか。偽物として逮捕されるのが落ちだ」

SAT（特殊急襲部隊）は、警察に所属する特殊部隊だ。内調がいくら政府に近い情報機関だとはいえ、SATを指揮下に置けるはずがない。

「もちろんSATはいつでも出動出来るように待機している。だけど、我々の指揮下というより、あなたの指揮下で作戦行動がとれるチームが是非必要なの。政府直属の部隊が、SATの制服を着て行動をとることを関係各方面には、通達してあるの。部隊名は一切言ってないけど、彼らはみな陸上自衛隊の特殊作戦群だと思っているらしいわ」

特殊作戦群は、対テロ、対ゲリラを得意とした陸上自衛隊の特殊部隊だ。通達を受けた役人が真っ先に思い浮かべるのは当然だ。まさか、傭兵部隊とは誰も思わないだろう。

「警視総監もそうだが検察庁長官にも通達は行ったのか」

「だから、言ったでしょう、関係各方面だって。内調は、政府にフェーズ五の危険に直面していると報告したの」

「フェーズ五？　アラートの最高値という意味か？」

「そう。フェーズ六は、危険に遭遇している。つまり実際に攻撃を受けているときの警報だから、場合によっては、自衛隊が出動することになるわ」

「内調は、国家情報院に同調し、〝死線の魔物〟と大統領の来日は、無関係とみているのじゃなかったのか」

韓国が〝死線の魔物〟をリュに押し付けて組織的に動かないのは、自国とは関係ないと思っているからだろう。だが、大統領暗殺を主張していたリュも今では〝死線の魔物〟に対して及び腰だ。

「それは、韓国側の考え。もっとも一時は、石井も上司にそう報告していたけど。今は、大統領の暗殺を視野に入れてリスクを回避しようとしているの。フェーズ五は、政府から国民に知らされる場合もあるけど、もちろん今回は、極秘に処理されることになる。とにかく、危険を回避するためなら、いかなる非常手段も取ることができるの」

「ということは、政府で一番偉い奴が動いたのか」

「そう言うことね。ただし、あなたのチームは飽くまでも最後の切り札。出動しないに越したことはないの。逆に言えば、あなたのチームが出動する時は、フェーズ六になった時、最悪の状態になっているということ。自衛隊にも出動を要請するけど、あなたのチームなら俊敏に行動してくれるはず」

「かいかぶりだ。それにしても、内調のトップをそうとう脅したな」

浩志は、にやりと笑った。美香は、内調の室長に直談判したに違いない。

「これまで得られた情報からでも、そうとう危険な状態が予測される。もし、今日の韓国大統領の来日に併せて、都民がマインドコントロールされて都心が暴動状態になったらどうなると思う。政府の面子が潰れるなんてなまやさしいものじゃなくなるわ。暴動を隠れ蓑にして大統領の命が狙われることも考えられる。とにかく未曾有の凶悪な犯罪に対して万全に対処しておきたいの」

「仲間をすぐに招集しよう。今日は、下北に泊まるから、送ってくれ」

「よかった。納得してくれて。朝になったら、平河町にある〝レジデンスビル〟までチームを連れて来て欲しいの」

「いいのか、俺の仲間まであのビルの存在を知って」

「あのビルの前で、度襲撃されているでしょう。今回の仕事が終わったら、あのビルから引っ越すことになったから大丈夫」

北朝鮮の工作員に所在がばれたのだ。引っ越す他ないだろう。

「集合時間は？」

「午前六時、早過ぎるかもしれないけど、事前に装備の引き渡しや、打合わせもあるから、それがぎりぎりのところだと思う」

「分かった」

浩志が頷くと、美香が大きく息を吐いてにこりと笑った。

「ものわかりがよすぎたな」

どうも美香に頼まれると嫌と言えなくなる。政府の仕事をこれほど簡単に引き受けていいものか考えさせられる。とはいえことは急を要する。浩志は、傭兵代理店の池谷に携帯で連絡し、仲間の招集を頼んだ。美香と池谷が顔見知りになっていることが分かったので、こそこそする必要がなくなった。

「ゆっくり走るから、その間寝ていて」

「サンキュー」

浩志は腕を組んで瞼(まぶた)を閉じた。

途端に体がシートに引っ張られるようにスパイダーが加速した。美香がアクセルを踏み込んだようだ。この分では十分とかからずに着いてしまう。

「寝られそうにないな」

左目だけ開けて、美香を見た。彼女の唇の端が上がり、白い歯が見えた。

「あら、そう。私も一人で運転していて退屈しなくて助かるわ」

話し相手が欲しかったのか、中年男をこき使うものだ。

「勝手に話してくれ」

浩志は、目を閉じ、シートに深く座り直した。

厳戒都市

一

真っ黒な戦闘服に防弾のタクティカルベストを装着し、プロテック社製のヘルメットを被った男たちが八人、人員輸送用の警察車両に乗っていた。全員、ベストにはＳＡＴの文字がプリントされている。ＳＡＴは、警察に所属する特殊急襲部隊である。部隊で通常使用されるサブマシンガンは、Ｈ＆ＫのＭＰ五Ａ五だが、彼らが手にしているのは、ＭＰ五ではなく遥かに威力があるＭＰ七Ａ一で、しかも右上腕に部隊を示すワッペンも貼られていない。彼らの正体は、もちろんリベンジャーズ、浩志が率いる傭兵部隊である。車両は、韓国大統領の特別便が到着する羽田空港に向かっている。午前八時四十分、あと五分ほどで到着予定だ。

装備は、内調が陸白と警視庁から調達してきた。特にドットサイト（照準器）が付けられたＭＰ七Ａ一は、特戦群でもまだ制式配備がされておらず、試験的に納入されたものを借りてきたようだ。名前からしてＭＰ七は、ＭＰ五の後継銃のようだが、ハンドガンと同じ九ミリパラベラム弾を使用するＭＰ五に対して、ＭＰ七は、ライフルのような先の尖った専用の四・六ミリ弾を使用する。

ＭＰ七は、ベルギーのＦＮ社のＰ九〇（プロジェクト九〇）に対抗してドイツのＨ＆Ｋ社が開発したのだが、その破壊力は抗弾ベストをも撃ち抜くＰ九〇よりも上と言われている。また、静穏性に優れ、反動が少ないため二百メートル離れた標的にも命中させられる集弾性を持つ。だが、サイズは小型のサブマシンガンであるＭＰ五と大して差はない。

ＭＰ七Ａ一のマガジンは二十発入りだが、驚いたことに通常の四・六ミリ弾のもの以外にゴム弾のマガジンも用意されていた。マインドコントロールされた一般市民が襲撃してきた際に使用するためらしい。そのため、状況に応じて交換するのだが、安全性を考えゴム弾のマガジンを先に装塡しておくことになっている。また、銃身には専用のサイレンサーが装塡されていた。

一般にゴム弾でも至近距離では充分殺傷能力がある。支給されたものは、防衛省で密かに開発されたもので、四・六ミリ弾の弾頭部が発射直後に膨張して空気抵抗を受けるため、衝撃をやわらげる仕組みになっているそうだ。それでも、十メートル以下の距離で人体に直接当たると、骨折は免れない。また、頭部や眼球に直接命中するとやはり死の危険性があると注意された。

　その他の装備として、警視庁では突入服と呼んでいるそうだが、支給された黒の戦闘服と防弾のタクティカルベストと特殊警棒は、警視庁のＳＡＴの制式装備だ。また、全員プロテック社製の樹脂ヘルメットに小型の無線とインカムを装着している。狙撃手以外の隊員は、通常ポリカーボネート製の防弾バイザーが付けられたヘルメットを被るのだが、バイザー付きヘルメットは動きが鈍くなるため、防弾性のない樹脂ヘルメットを被ることにした。また、ハンドガンは、使い慣れたものということで全員ベレッタＭ九二を装備している。これもまたサイレンサーが装着されていた。出来る限り隠密に行動して欲しいという配慮なのだろう。だが一旦銃を使うような市街戦が都内ではじまったら隠密に行動することは難しい。

「藤堂さん、それにしても今回支給された銃からして、日本政府はそうとう緊張しているようですね。それに比べ韓国の対応は鈍い」

　隣に座る辰也が手元のＭＰ七Ａ一をまるで飼い猫の頭を撫でるように右手で銃身を触りながら言った。基本的に傭兵は武器フリークが多い。最新鋭の武器を渡されれば、おもちゃを与えられた子供のようになるものだ。

　人員輸送車は、バスのように二人掛けの椅子が並んでいる大型のタイプではなく、いつでも出撃できるようにベンチシートが向かい合わせになっているタイプが今回用いられている。

「日頃の日本と韓国の北朝鮮に対する対応と同じようなものだ」

浩志は、軽く鼻で笑った。

日本は、北朝鮮に対して何事も過敏に対応すると言われている。北朝鮮が百万人の軍人を擁し、核兵器を所有してミサイルを乱発する脅威の軍事大国と捉えている国民が多い。これは、政治家とマスコミの責任だが、政治家がことさら北朝鮮の軍事力を過大に評価するのは、ミサイル防衛の予算枠を確保するために過ぎない。

北朝鮮の通常兵器は、近代化されておらず現代ではほとんど使い物にならない。また百万といわれる軍人のほとんどは腹を空かせて栄養不足といわれている。そして、一番の問題は、燃料となる石油がないことだ。だからこそ、彼らは、ミサイルや核に頼っているのである。百万の烏合(うごう)の集団よりも一発の核兵器が有効と思っている彼らが、六ヵ国協議を何度開こうと核を諦めることはないだろう。

韓国では、隣国北朝鮮がアジアで最も貧しく、こけおどしの核兵器だけ持つ軍事弱小国ということを知っている。そのため、日本のマスコミが国民の恐怖を煽(あお)るような報道をするたびに、隣人は大げさだと笑うのだ。

「韓国の国家情報院で、現在も大統領の暗殺を唱えているのは、リュだけだそうですね」

〝死線の魔物〟の捜査に韓国は、国家情報院ではリュをヘッドにして捜査官を二十人も送り込んでいたが、現在は大統領付きのＳＰの数を増やして、逆に国家情報院の捜査官は五人にまで減らされていた。

「〝死線の魔物〟が日本で起こした事件は当初政権抗争と思われていたのが、箱根の事件で上司が暗殺されたことの政権への意趣返しと、国家情報院では分析したようだ。間違ってはいないと思う。だが、それだけでは、商店街の一連の殺人事件は説明出来ない」

浩志も、〝死線の魔物〟の真の狙いを未だに計りかねていた。

「あれはどう見ても、不特定多数の人間のマインドコントロールを目的にしたものです。ただ一般の家庭に銃が普及している米国と違って一般の日本人をコントロールしたところで、凶悪な暴徒になるとは思えませんがね」

辰也の言っていることは正論だった。

だが、浩志はいつになく美香が捜査に積極的に参加し、彼女の思惑で日本の対応がなされているという気がしてならない。美香が〝死線の魔物〟の攻撃を予知する情報を得ているのか、あるいは過去の事件の核心に触れるような情報を得ているのかどちらかだと思っている。彼女の意見を取り入れたからこそ、内調は過剰とも言える装備を浩志らに持たせているに違いない。

二

韓国の大統領は、予定通り羽田空港に午前十時に到着した。

日本側は、副総理が空港に出迎え、専用車で総理大臣官邸に行くことになっている。大統領の専用機は空港ビルに接続せず、要人専用のスポットで大統領と側近は昔ながらのタラップを使用して降りてきた。これは見栄えと警備の問題なのだろうが、全身が露になるため狙撃に対しては無防備になる。そこで、狙撃に対応するために空港ビルの屋上に本物のＳＡＴの狙撃手が数名配置された。また、取材陣は、身元の確認された者を厳選し、取材させているようだ。ちなみに浩志らは、出番がないため人目につかないように空港ビルの陰で警察車両に乗り込んだまま待機させられている。

大統領が空港で専用車に乗り、副総理の専用車とともに前後をパトカーと白バイに護衛され、そのまま交通規制された首都高速に乗って総理大臣官邸まで行くことになっている。浩志らの車両は警備のパトカーの後ろから金魚の糞のように付いて行くのだ。

「こちら、ミスティー、リベンジャー応答願います」

空気の滞った車内で欠伸を噛み殺していると、無線に女の声が入った。

「リベンジャーだ」

ミスティーとは、美香のコードネームだ。彼女は、副総理のSPに混じり行動していると聞いている。彼女が言った、フェーズ五の緊急事態に備えて、なんでもありと言っていたが、まさか警官に扮して警備の最前線に就くとは思ってもいなかった。

浩志らは、平河町の〝レジデンスビル〟の七階にある会議室で朝の六時に集合し、内調の国際部の石井から護衛のスケジュールとブリーフィングを受けている。その時、美香はすでに副総理のSPとの打合わせで出かけていた。

ブリーフィングは、三十分で終わり、その後装備を支給され、各自点検を行なった。ベレッタはともかくMP七A一は、浩志ですら見るのも触るのもはじめてだった。会議室の前に置かれた輸送用の金属ケースから取り出す時、仲間から溜息が洩れたほどだ。

ストックは、伸縮式で伸ばしても、銃は全長五百九十ミリにしかならない。また、重さは、マガジンを入れなければたったの千七百グラム、大口径のハンドガンと大して変わらない。この小さなボディから発射される弾丸の速度は、毎分八百五十発、有効距離は二百メートルで防弾チョッキも貫通させられるというから驚きだ。

「予定変更。大統領の気分が悪いというので、空港ビルで少し休んで行かれます」

美香は、捜査官としての立場上、硬い口調で話しているようだ。

「気分が悪い？」

「機内食が悪かったようです。他にも大統領のSPに支障がでているようです」

「大丈夫なのか、そんなことで」

「とにかく予定外の行動なので、警備をお願いします。大統領をとりあえず第二ターミナルビルの要人用VIPルームに案内することになりました。そこで、空港の医師の診察を受けることになります」

美香は、浩志の質問には答えずに事務的な口調で一方的に連絡をしてきた。

「……リベンジャー、了解」

無線は、チーム全員がモニターしている。仲間の顔に緊張が走った。

輸送車は、車両を貸し出した警視庁の警備部警備第一課の警官が運転しており、助手席には交代要員の警官が乗り込んでいる。彼らは、浩志らが自衛隊の特殊部隊で、SATの別働隊として応援に来ていると聞かされているようだ。SATは警備部警備第一課に所属しており、運転をしている警官に機密漏洩の心配はない。

運転席の警官は、無線で詳細を聞いたらしく車を第二ターミナルビルの一階に停めた。そこには、すでに大統領と副総理大臣の専用車が停めてあり、ビルの出入口には、空港の警備員が立っていた。要人用VIPルームは、出発ロビーにある航空会社のVIPルームと違い、海外の要人が使用するためのものでセキュリティ上、一般に公開されていない。入口は、一般の利用者からは見えないような位置にある。

重装備の浩志らが入口に近づくと警備員が緊張した面持ちで敬礼してみせた。

「コマンド二、コマンド三、出入口を見張れ」

浩志は、警備員の手前、コードネームで黒川と中條に命じ、他の仲間を連れてビルに入った。数メートル廊下が続き、大きめのエレベーターとその隣には、階段があった。ＶＩＰルームは、出発ロビーがある二階と聞いている。おそらくこのエレベーターは専用のものなのだろう。

浩志らは、階段を二階まで上った。

二階の廊下は、カーペットが敷かれ、ターミナルビルというより高級ホテルのような作りになっていた。エレベーターの目の前にあるＶＩＰルームのドアの左右に日本のＳＰが立っていた。彼らは、トレードマークのダークスーツに赤のネクタイ、それに無線のイヤホンを片耳にしているのですぐに分かる。彼らは、黒ずくめでマシンガンを持った浩志らが階段から現れたのでぎょっとしている。

「こちら、リベンジャー、ミスティー応答願います」

「ミスティーです。今どこにいるのですか」

「ＶＩＰルームの前に着いた」

「了解しました。今外に出ます」

待つこともなく、ドアが開き、ＳＰに扮した美香が廊下に出て来た。

「初めまして、警備担当の真木由比（まきゆい）です。指揮官の藤堂さんですね」

美香は、いつもより数段低い声で話しかけて来た。

「はあ……」

返事するのがやっとだった。

美香の演技もさることながら、長い髪を後ろで束ね、薄化粧のわりには、眉を太く描いて、その上黒ぶちのメガネまでかけている。しかもいつもの華やかな衣装ではなく、上下黒のパンツスーツに白いブラウスを着ていた。まったくの別人、どこから見ても警察のキャリアウーマンである。仲間は全員、渋谷のミスティックに行ったことがあるので、彼女のことを知っているはずだが誰一人気付いた者はいないようだ。

「すみませんが、打合わせのため藤堂さんだけ、入室していただけますか」

「分かった」

浩志は副指揮官である辰也に目配せをすると、辰也は敬礼してみせた。

VIPルームは、二十畳ほどの部屋の真ん中にソファーセットが置かれ、SPらしき男が四人座っている。部屋の奥にバーカウンターがあり、その近くに出入口があるため、さらに奥にも部屋があるようだ。ドアの前にSPが立っているところをみると、副総理と大統領は奥の部屋にいるようだ。

奥の部屋から男が一人出てきて、浩志に会釈をした。

「藤堂さん、ご足労願ってすみません」

韓国国家情報院のリュ・ソンミンは、握手を求めてきた。

「リュ、帰国したのじゃないのか」

浩志は、リュの手を握りながら皮肉を言った。

「そうしたかったですね。大統領と副総理は、奥の部屋でお休みです。さきほど真木さんが言っていたのは、対外的な嘘で本当は、〝死線の魔物〟から脅迫状が韓国大使館に送られて来たので、警備強化をするための時間稼ぎをしているのです」

「脅迫状？　写しはあるのか」

リュは、頷いて懐から、便箋（びんせん）を出して拡げて見せた。日本語とハングル語で書かれてあった。

〝南朝鮮の大統領に告ぐ。貴様は、生きて朝鮮の地を再び踏みしめることはないだろう。死線の魔物〟と日本語で書かれている。

「日本語とハングル語は同じ内容です」

リュは、聞くまでもなく答えてきた。

「この脅迫状が、本当に〝死線の魔物〟からという証拠はあるのか」

浩志が尋ねると、リュはソファに座っている男の一人に何か命じた。男は、立ち上がって小さなジュラルミンのケースをリュに渡した。

「これは、この脅迫状と一緒に送られてきたものです」

リュは、ケースの蓋を開けて浩志の目の前に出して見せた。

「……なるほど」

金日成の顔写真が入った北朝鮮の党員バッジだった。数は二十三個、福生、東陽町、歌舞伎町、そして、箱根の別荘で殺された朝鮮人の数と一致する。

「当局もこれでやっと、私の言っていることを信じてくれたようで、不謹慎ではありますが、ほっとしています。それで私は、急遽加わることになりました」

リュは、ケースの蓋を閉めて肩をすくめてみせた。

「私が五人の部下を指揮して、大統領の警備に加わります。藤堂さんは、チームを率いて、総理大臣官邸内部での警備をお願いします」

「俺たちまで、官邸に入るのか。というか、そんなことはできないだろう」

「韓国側からの要求として、直接日本政府に打診しました。オッケーはすでに取り付けています。藤堂さんがいてくれたら、怖いもの知らずですからね」

どうやら、リュが直談判したようだ。

「お願いしますよ」

リュは、再び握手を求めて右手を差し出した。その手は、意外に節くれ立っており、人指し指には銃だこがあった。どうやら、外見と違いハードな訓練をしているようだ。

浩志は、無言でリュの右手を強く握り返した。

三

韓国の大統領を暗殺するという大胆な〝死線の魔物〟の脅迫状に、都内のアジトを襲撃して殺した工作員と北朝鮮の政商を殺して集めた党員バッジが添えられ、韓国大使館に届けられた。これまでの犯罪が、北朝鮮の裏金を絶つ目的と思われていただけに浩志は戸惑いを覚えた。しかも、予告することで浩志ら最強の傭兵チームが加わり、警備はさらに厳重になる。なんのメリットもない行為に、首を捻るばかりだ。

疑問が消え去らぬうちに浩志は仲間と共に千代田区永田町（ながたちょう）にある総理大臣官邸の警備に就くことになった。さすがに官邸のセキュリティや警備は厳しく、外部からの侵入は不可能と思われた。おそらく〝死線の魔物〟が狙うとしたら、官邸から空港に向かう途中か、あるいは帰りの空港ビル内で襲われる公算が高い。警視庁も帰路の沿道と空港に多くの警官を配置し直した。

総理大臣官邸、あるいは首相官邸とも呼ばれる鉄骨鉄筋コンクリート構造の五階建て、地下一階のビルは、延べ床面積二万五千平方メートルもあり、四万六千平方メートルの敷地に、ガラス張りの美術館か博物館といった風情で建っている。

官邸は、国会議事堂がある東が正面玄関になっており、傾斜地に建てられているため、エントランスホールは三階になっている。四階は閣議室や会議室、五階は、総理の執務室や官房長官の執務室などがある。二階はレセプションホール、一階は、西の通用口で記者会見室や内閣広報室の施設があり、地下は総理大臣官邸危機管理センターになっている。

午前十一時半、予定より三十分遅れて、総理大臣と韓国の大統領との会議が四階の首脳会議室ではじまっており、間もなく一時間が経とうとしていた。予定では、午後一時から日韓の首脳が四階の特別応接室で、両国の緊密な関係をアピールすることになっている。そのため、百人を越すプレス関係者が官邸の一階に詰めかけていた。

浩志らは、まさかMP七A一で武装したSATの姿をメディアの前にさらすわけにもいかず、結局、三階の会議室で待機することになった。

会議室の椅子に座り、銃の点検をしていると、ドアがノックされ、美香が顔を覗かせた。無線を使わないところが、自然な行為に見える。

「すみません。藤堂さん、別室で今後の警備の打合わせをさせてください」

浩志はさりげなく立ち上がり、部屋を出た。

美香は、無言で廊下を隔てた別の会議室に入った。会議室の入口脇に置かれた段ボール箱の中から美香は袋入りのシリコン製マスクを取り出し、浩志に差し出した。

「とりあえず、これをみんなに配って欲しいの」

「ガスマスク？」

有毒ガスや粉塵が発生する工事現場や工場で使われるもので、左右に有機ガス用吸収缶をセットする高性能フィルタを内蔵した市販の防毒・防塵兼用マスクだ。

「取り寄せるのに時間がかかって、さっき届いたの。テストはしてないけど、〝死線の魔物〟が使う、フェンサイクリジンとベラドンナを混合させたガスにも有効なはず。とりあえず警備関係者には全員配るつもり。あなたも仲間にこれを配って」

美香は、真空パックを破り、有機ガス用吸収缶を二つ取り出して、マスクの左右にセットしてみせた。

「これはいい。あのガスは、ちょっと吸っただけで動悸がして、体が気怠くなる。おそらく大量に摂取すれば体が麻痺するかもしれない。官邸を出たら、常時装着するようにした方がいいな」

浩志は、人数分のマスクを段ボールから出そうと俯いた。

「むっ……………?」

頭を下げたせいか、軽い動悸がした。深呼吸して、もう一度胸に手を当ててみた。やはりいつもより心拍数が高い。

「美香、マスクをしろ！　ガスだ。例の有毒ガスだ」

美香にすでにセットしてあるマスクを着けさせた。

「換気ダクトからガスが漏れているのだろう」

浩志は、段ボールを抱えて、ドアを開けようとした。

「くそっ！　鍵がかかっている」

「誰かがセキュリティセンターでロックしたんだわ」

「余計なことしやがって」

肩から、ドアにぶつかったがびくともしない。浩志は、腰のホルスターからベレッタを抜いた。ドアロックに二発撃ち込み、足で蹴ってドアを開けた。

「浩志、これをつけて！」

美香が有機ガス用吸収缶をセットしたマスクを渡してくれた。

すばやく顔に装着し、マスクを入れた段ボールを持って仲間のいる部屋に入ろうとしたが、ここにも鍵がかけられていた。

ドアを拳で叩いた。

「ドアから離れろ！　銃で撃ち抜くぞ！」

浩志は、叫びながらドアロックを撃ってドアを蹴破った。

「何をしている！」

部屋の奥で、辰也と宮坂が睨み合い、二人を他の者が羽交い締めにして押さえていた。

全員、ガスマスクを装着した浩志を見て、きょとんとしている。

「馬鹿野郎！　大事な時に何をしている」

浩志が怒鳴りつけると、辰也と宮坂は渋々頭を下げた。ガスの影響を受けて平常心を失った二人が喧嘩をはじめたのだろう。おそらく換気システムから官邸全体にガスは広がっているに違いない。あらかじめシステムにガスを噴出させる時限装置を設置していたのかもしれない。部屋をロックしたのは、密室状態にし効率よくガスを吸わせるためだろう。

「館内に例の有毒ガスが出ている。全員ガスマスクを装着しろ。ガスを長く吸うと平常心を失うぞ」

浩志は、人数分のガスマスクと有機ガス用吸収缶のパックを取り出し、テーブルに置いた。

「全員、装着したら、四階の首脳会議室に急行しろ」

浩志は、自分のＭＰ七Ａ一を摑み、段ボールを抱えて部屋を出た。

「浩志、私たちは、官邸に封じ込められたみたい。携帯電話も館内の電話機も使えない。どこからか妨害電波が出されている」

美香が厳しい表情で言った。

「とにかくマスクを持って、総理と大統領のところに行くぞ」

「浩志、段ボールは私が持つわ。あなたは銃を構えていて」

「分かった」

美香に段ボールを渡し、ＭＰ七Ａ一のセレクターを単発撃ちにセットしたが、浩志は首を傾げた。たとえ全員がガスを吸い込んで倒れたとしても、外部から侵入できなければ、それ以上の攻撃を受けることはないからだ。

「浩志、行くわよ」

美香に背中を押された。いつの間にか立ち止まって考え込んでいた。ガスを吸ったせいか判断力が鈍っている。浩志は、神経を集中させ廊下を進んだ。

四階に通じる階段の手前に十人前後の警備員と警官が警棒を持って争っていた。しかも、床には血を流して倒れている警官が十人近くいる。

「止めろ!」

浩志が声を掛けると、争っている連中が一斉に振り向いた。

「殺せ!　殺せ!」

全員警棒を振り上げ、襲いかかって来た。中には、銃を持っている浩志に刺激されたのか、ホルスターから銃を抜く警官もいる。

浩志は、MP七A一のセレクターをすぐさま連射モードにし、ゴム弾で次々と警官らを銃撃した。そして、銃弾が無くなると腰のホルスターからベレッタを抜き、まだ立っている者の足を撃ち抜いた。自力で立ち上がれる者がいなくなったのを確認し、ベレッタをホルスターに戻した。

床には二十人を超す警備陣が昏倒していた。

「くそっ！　どうなっているんだ。ちくしょう！」

無性に腹が立って、気分が悪い。とても平常心を保てそうにない。

「浩志、しっかりして、これはガスのせいだけじゃない。きっと館内放送を使って、例の超高周波が流され、殺人を命令しているに違いないわ」

美香が、浩志の腕を強く握りしめて言ってきた。

「そうか、超高周波トランスミッション装置が、官邸のコントロールセンターの放送機器にセットされているのだな。マインドコントロールされやすいようにガスが流されたに違いない。襲撃犯は、護衛の中から出て来るのか」

官邸は、いつにも増して警備は強化された。しかも最強の武器を持った浩志らが助っ人に投入された。だが、結果的に浩志は鎮圧したとはいえ、警備陣の半数近くをあっという間に壊滅させてしまった。

「……一番危ないのは、俺たちなのか」

浩志は、ホルスターの横に差し込んである刃渡り十四センチのタクティカルナイフを取り出し、右腿に突き刺した。

「浩志！　何しているの」

美香が悲鳴を上げた。

一瞬鼻に抜ける痛みがあったが、ガスの影響かすぐに痛みは消えた。浩志は、さらに深く刺した。今度は効いた。頭を殴られたような激痛が走った。

「効いたぜ」

浩志は、ナイフをホルダーに仕舞い、ベストのポケットからバンダナを取り出して、太腿をきつく巻いた。そして、ＭＰ七Ａ一にゴム弾が入ったマガジンを差し込み、軽く息を吐いた。

「行くぞ！」

浩志は、右手を上げて美香に合図を送り、階段を駆け上がった。

四

総理大臣官邸の四階には、閣議室や内閣執務室、閣僚の応接室、大小の会議室に、よく国の代表が座って国旗を背景に握手を交わすところがテレビに映る特別応接室、それに現在総理らがいる首脳会議室がある。

ガスマスクを装着した浩志と美香は、四階の中程にある首脳会議室に急いだ。中から銃声が聞こえる。

「遅かったか」

浩志は、美香に段ボールを床に下ろすように指示をし、ホルスターからベレッタを抜いて彼女の前に突き出した。美香は首を振ってジャケットから、自分のグロック二六を出して構えた。

ドアノブをゆっくりと回してみた。鍵はかかっていない。

美香は、浩志と反対側に立ってグロックを構えた。なかなか様になっている。

浩志は、ＭＰ七Ａ一のセレクターをフルオートにセットしドアを蹴って突入した。

入口付近に二人の男が倒れており、正面のテーブルの向こうにいる二人のＳＰが銃を向けてきた。目が血走り、鬼のような形相をしている。倒れている男たちを飛び越え、右にすばやく移動しながら、彼らの腹にＭＰ七Ａ一のゴム弾を連射した。二人のＳＰは腹を抱えて倒れた。

浩志は、テーブルの陰に隠れながら、倒した男たちに近づき、銃を取り上げた。美香が入口から転げるように移動し、すぐ横に飛び込んできた。

立とうとする浩志の肩を美香が押さえた。

「総理と大統領はご無事ですか？」

美香が声を張り上げた。

「ここには……いない」

会議室の奥から弱々しい声が聞こえてきた。

浩志と美香は、前後に注意を払いながら会議室の奥へと進んだ。美香はグロックを構え、浩志をしっかり援護しながら歩いている。訓練を受けた者の歩き方だ。

テーブルの下を覗くと、秘書や通訳など数人の男が頭を抱えて隠れていた。

「外の安全は確保されていない。そこを動かないように」

浩志がそう言うと、全員何度も首を縦に振ってみせた。さらに奥に進むとグレーのスーツを着た日本人のSPが右胸を撃たれて倒れていた。

「会議中に……ドア近くに立っていた仲間がいきなり発砲してきた」

男は、荒い息をしている。

「総理と大統領は？」

「韓国のSPがガードし、どこかに逃げました」

男は、首を力なく振った。マインドコントロールする超高周波の館内放送は、おそらく日本語だけで流されているのだろう。そのため日本語が分からない韓国人は影響を受けないのだ。

「きっと、総理の執務室よ。館内から、携帯や電話が通じなくても、執務室には外部へのホットラインがある。あの部屋の通信機能は地下の官邸危機管理センターと同じで断絶しないようになっているはず」

美香は、男に代わって答えた。

「そうかもしれない。救援を求めて執務室に行かれたのだろう。頼む、総理を守ってくれ！」

男は、必死にそう言うと息を引き取った。

男のすぐ後ろには、浩志らが突入した入口とは別のドアがあった。

廊下に出ると加藤が後ろ向きにＭＰ七Ａ一を発砲しながら、走ってきた。

「藤堂さん、浅岡さんと宮坂さんがおかしくなりました」

心配していた事態になったようだ。

浩志の姿を確認すると、加藤は、背を向けて膝撃ちの構えになった。階段の陰から、ＭＰ七Ａ一の銃口が見え隠れしている。

「おまえを追って来たのは誰だ？」

「浅岡さんです。中條さんを負傷させました。宮坂さんは、先に銃を撃ちながら部屋から飛び出したので、仲間が追って行きました」

浩志は、無線のスイッチを入れて呼びかけてみたが、誰にも通じなかった。こうした場合、連絡が取れるように無線のスイッチを入れておくべきだが、誰もしていないようだ。チーム全体で正常な判断力ができない状態になっている。

「加藤、一緒に来い」

浩志は、美香を先に行かせ、加藤と交互でしんがりになりながら、辰也が廊下に出て来られないように威嚇（いかく）射撃をした。

「こっちにも階段があるの。早く来て」

美香が、階段の上から手招きをしてきた。

「殺せ！　殺せ！」

辰也がMP七A一を連射しながら突進してきた。

浩志と加藤の銃撃が辰也のボディに何発か当たったが、ガスの影響だろう、辰也はものともせずに猛烈な反撃をしてきた。

加藤が全身を数発撃たれて、気絶した。浩志も樹脂製のヘルメットの上に当たった。ゴム弾といえども至近距離のため衝撃はすさまじい、一瞬気が遠くなった。

あっという間にを弾を撃ち尽くした辰也は銃を捨てて、浩志に飛びかかってきた。

「辰也、目を覚ませ！」

浩志は、辰也のパンチを避けながら、声を上げた。だが、辰也は、別人のように目をつり上げて襲いかかってくる。確か、辰也と宮坂は、換気ダクトの真下にいたような気がする。だれよりも多くガスを吸っていたのだろう。しかも、ガスマスクもしていない。マスクをセットする間に、マインドコントロールされたに違いない。

辰也の鋭い左右のパンチを避け、浩志は辰也の左顔面にパンチを入れた。だが、辰也は平気な顔をしている。ガスのせいで感覚が鈍っているのだ。辰也は鋭い前蹴りを入れて来た。避けたつもりがマスクの先端にあたり、マスクのひもが引きちぎれて壊れた。いつもより、数倍体が気怠く重い。その上、動悸がするため、息が続かない。辰也の方が、若く体力がある分、動きがいい。

「くそっ！」

浩志は、数歩後ろに下がり、自然体に構え、攻撃を待った。

「殺せ！　殺せ！」

辰也が咆哮を上げて、右のパンチを入れてきた。

浩志は、紙一重でパンチをかいくぐり、左肘を辰也のタクティカルベストの右脇に決めた。メシッと音がした。肋骨にひびが入ったはずだ。ここはベストの隙間で、時に脇の下から銃弾を受けて命を落とすことがある。さらに右の掌底で辰也の顎を振り抜いた。

「うっ！」

辰也は、後ろによろけて気絶した。

「辰也！　しっかりしろ」

浩志は、辰也の後ろから両肩を持ち、腰のあたりを蹴り上げるように膝を当てた。

「痛てて、どうなっているんだ」

辰也は、頭を振りながら目を覚ました。顎を打たれると、脳が強烈に揺さぶられる。マインドコントロールから醒めたようだ。

「辰也、加藤を担いで後から一緒に来い」

「あれ、加藤はどうしたんですか」

口から泡を吹いて倒れている加藤を見て、辰也は首を捻った。

「覚えていないのか。おまえが撃ったんだ。ゴム弾でよかったな」

「本当ですか。参ったな」

脇の激痛に悲鳴を上げながらも辰也は、気絶している加藤を担ぎ上げた。さすがにタフな男だ。

「何やっているの、行くわよ！」

美香がしびれを切らして怒鳴り声を上げた。どうやら、彼女もガスの影響を受けているようだ。

浩志は、壊れたガスマスクを捨てて、美香の跡から階段を駆け上がった。

五

総理大臣官邸の最上階である五階には、総理、副総理、内閣官房長官、副官房長官の執務室がある。四階の内閣執務室などを含め、これら二つのフロアーに政府の執務機能が集中している。

美香は、日本の中枢とも言うべき建物の中をまるで勝手知った我が家のように階段を上って行く、どうやらここに来るのは、はじめてではないらしい。謎多き女だが、今さらながら驚かされる。いや、驚くべきことではないのかもしれない。

上の階から銃声がした。

「美香、待て！」

浩志は、一旦美香を下がらせ、階段から廊下を覗いてみた。廊下に数人の警備員が倒れている。

執務室のドアが薄く開き、銃口がちらりと見えた。韓国のSPらしい。彼らは銃を携帯していないはずだ。日本のSPの銃を奪ったのだろう。

「私に任せて」

美香が浩志の前に出て、韓国語で何か叫んだ。すると執務室のドアが開き、韓国のSPが早口に叫んできた。

「何を言ってきたんだ」

美香が困惑した表情をしている。

「助けに来たと言ったんだけど、官邸の警備員や警官が襲って来た以上、誰も信じられないというの。安全が保証されないなら、総理を人質にとって韓国に帰ると言っているわ」

「馬鹿な」

首脳会談をしている最中に、日本のSPに襲われ、廊下では警備員に襲撃されたのだ。

信じられないのも無理はない。だが、一国の代表を人質にするような馬鹿な真似をすれば国交は断絶、下手をすれば紛争になりかねない。超高周波による館内放送の影響こそないが、彼らもガスをたらふく吸っている。正常な判断力を失っているようだ。〝死線の魔物〟の狙いは、労せずして日韓関係を潰すのが目的だったのかもしれない。

「まずいな。このままでは本当に総理が人質になりかねない」

言ってはみたもののどうしたらいいか何もアイデアが浮かんで来なかった。

「私が、説得してくる」

美香はグロックを浩志に預け、両手をあげて執務室に向かった。

「リベンジャー、応答願います。こちらコマンド一」

瀬川からの連絡だ。ようやく無線のスイッチを入れたようだ。

「リベンジャーだ。どうした」

「針の穴を三階南側の非常口近くで拘束しました。正常な状態ではないので、手錠とタイラップで縛り上げました。拘束する際、ヘリボーイとコマンド二が撃たれました」

タイラップとは、荷物などを結束する際に使うもので、商品名としては、その他にインシュロックとも呼ばれている。最近では、かさばらないということで、ＳＡＴなどでは拘束する際に手錠代わりに使う場合がある。

「負傷者の状態は？」

「ヘリボーイは、左腿を負傷。コマンド二は、右肩を負傷。どちらも命に別状ありません」

「針の穴は、適当な部屋に転がしておけ。負傷した者に針の穴の監視をさせろ。超高周波の館内放送が流れている。コマンド一は、地下の危機管理センターに行って、館内放送を止めるんだ」

「…………」

瀬川からの連絡が突然途絶えた。

「コマンド一、応答せよ」

何度か呼びかけた後に、瀬川の緊迫した声がレシーバーに響いた。

「こちら、コマンド一。今、大勢の男たちが、東側の階段を上がって行きました。二十人は越えています。隠れていたのでよく見えなかったのですが、カーキー色の制服を着ていたようです」

「カーキー色？　軍服か？」

「そのように見えました」

「武器は持っていたか？」

「宮坂さんが暴れないように隠れていたので確認できませんでした。すみません」

「気を付けるんだ。コマンド一」

「了解！」

「くそっ！　くそっ！」

通信を終わり、浩志は階段の壁に二度、三度頭を打ちつけ、我が身を罵った。総理大臣官邸に侵入者はいないと先入観で判断していた。というかガスを吸入したせいで判断力が鈍っていたらしい。これまで起きたことは、すべて侵入者が地下の危機管理センターを占拠して行なっていたのだ。冷静に考えればすべて分かることだった。だが、一度に二十人以上も兵隊が潜入できるはずがない。

「だれかが、引き入れたのか」

官邸の外の警備は厳重だ。外部から簡単に入れるものではない。もともと官邸内にいた人間が、一階にいる記者に紛れていた仲間を引き込んだに違いない。そして、潜入後に軍服に着替えたのだろう。だが、なぜそんなことをする必要があるのか。

「〝死線の魔物〟か」

今、この時点で攻撃をして来る者は、彼ら以外に考えられない。難攻不落、日本一のセキュリティーをかいくぐり、彼らは軍服を着て総理大臣官邸に潜入したのだ。しかも、今現在官邸の外で警備している警官は誰一人気が付いてないだろう。

館内に警報が響き、廊下に赤い非常灯が点灯した。

「リベンジャー、応答願います。コマンド一です」

「どうした！」

「二階の非常階段の防火扉が閉じられました。それに、正面玄関のシャッターが閉じられています。我々は、外部と完全に孤立しました」

通信だけでなく、物理的にも孤立したようだ。

床が小刻みに揺れた。下の階から何か衝撃があったようだ。

「大変です！　地下の危機管理センターが爆発した模様です」

いつもは決して動じない瀬川が、パニック状態になっている。

「落ち着け、コマンド一！　針の穴は目覚めたか」

「いえ、まだ、普通の状態ではありません」

地下の官邸危機管理センターの放送機器は、爆発されなかったようだ。

「コマンド一。館内放送を止めろ。どこかに配線があるはずだ。捜し出して破壊しろ。それから、ヘリボーイや、コマンド二を復帰させろ」

「こちら、ヘリボーイ。復帰します」

田中の声だ。無線のスイッチを入れて、モニターしていたようだ。

「コマンド二です。私も闘えます」

黒川からも連絡が入った。

「なんとしても、針の穴を目覚めさせろ！」

「了解しました」

「コマンド三、応答せよ」

加藤から、中條は辰也に負傷させられたと聞いた。まだ気絶しているのか応答がない。どうやら中條は戦線から完全に離脱したようだ。

「爆弾グマ、応答せよ」

「こちら爆弾グマ」

「今どこにいる?」

「四階のトイレにいます。トレーサーマンの応急手当をしていました」

「状態は?」

「左腕を骨折しているようです。今添え木をして、タオルを巻いているところです」

「こちら、トレーサーマンです。銃は右手だけでも撃てます。すぐにそちらに向かいます」

加藤は目覚めたようだ。

「敵は、東の階段を移動中。二十人はいるそうだ。西側に回られたら、挟撃される。そこに留まって、西への進行を防ぐんだ」

「任せてください」

辰也には、銃が撃てるかどうかなどと聞かなかった。あの男なら、あばら骨の二本や三本折れたところで走り回ることはできる。

闘う前にチームは、ぼろぼろになっていた。仲間は闘えると言っていたが、実際の戦闘力は、三十パーセント以下だろう。気力でカバーする他ない。

戦闘は、武器弾薬、体力、最後は気力だ。

仲間を信じ、闘い抜くより他ない。

死線の魔物

一

息継ぎをすると動悸がし、立つと脱力感がする。総理大臣官邸を満たした有毒ガスは、フェンサイクリジンとベラドンナという麻薬にもなる薬を混合させたものに違いない。だが、症状が極端に悪化する様子はなさそうだ。換気システムの働きにより空気は清浄になっているに違いない。敵の出現はガスの効力が弱まったことを確認してのことだろう。

「こちら、リベンジャー。ミスティー、応答願います」

浩志は、美香を無線で呼んだ。総理執務室に立てこもる韓国大統領とそのＳＰ、それに半ば人質のようになった総理を説得するために部屋に入って五分以上経過する。

「こちらミスティー、どうぞ」

「何をしているんだ」

「まだ、説得中なの」

「ぐずぐずしていると、〃死線の魔物〃がここまでやってくる。二十人以上いるぞ。コマンド一が確認した」

「それ、本当！」

「カーキー色の軍服を着た奴らが、東側の階段を上がって来る。そこにいたら、却って危ないぞ」

浩志は、西側の階段にいる。〃死線の魔物〃は、廊下を隔てて反対側からやってくることになる。

「了解。説得を続けます」

「ちっ、遅かったか！　連中が現れたぞ」

東側の階段から、カーキー色の軍服を着た男が、一人、二人、……合計八名現れた。全員、大きな軍帽を目深に被っている。彼らの服装は、野戦用でも突撃用でもない、北朝鮮の軍服の正装をしているようだ。瀬川から聞いた人数より少ないのは、三階から五階まで手分けして総理や大統領を探しているのだろう。

階段の下から、覗くように見ているのでまだ連中には気付かれてはいない。目一杯引きつけて、ＭＰ七Ａ一の掃射で全員倒してやる。

「よし！」

浩志は、廊下に躍り出てＭＰ七Ａ一の引き金を引いた。数発撃ったところで、マガジンが空になった。一秒にも満たなかった。しかも、撃ち出された弾は、ゴム弾のままだった。

「しまった」

ＭＰ七Ａ一は、連射モードで毎分八百五十発、一秒に十四、五発は発射できるのだ。敵の一人を完全に気絶させ、もう一人の足に負傷させたが、それで終わりだった。敵は、負傷者を引きずって廊下の反対側に消えた。

普通なら、弾薬の残りを計算に入れているはずなのに兵士としての基本が完全に欠落していた。新しいマガジンに換えておくべきだったのだ。浩志は、拳で頭を叩きながら、実弾の入ったマガジンに差し替え、総理の執務室まで走った。

「敵を一旦退けた。脱出するなら今しかないぞ！」

声を張り上げて、ドアを叩いた。

「待って、今行くから」

美香がドアの側まで現れた。

「有毒ガスや超高周波の説明をして、なんとか信じてもらえたけど、総理も大統領もここを離れない。というのも総理が直接ホットラインで、救援要請をしたので逃げる必要はないと判断されたの」

「廊下を見張っていてくれ」

浩志は美香から預かったグロックを彼女に返し、部屋に入った。

総理執務室の左奥に日の丸が掲げられ、その前にある執務机の革の椅子に総理は座っていた。執務室の右半分は応接スペースになっている。大きなテーブルを挟んで、三人掛けの革張りのソファーの対面に一人掛けの革のソファーが三つ並んでおり、テーブルの奥にあるソファーに韓国大統領は、深々と腰を降ろしていた。なるほど、二人とも腰を上げる様子はない。韓国大統領の周りに四人のSPが立っており、その内の二人が、浩志に銃を向けてきた。武器はそれだけのようだ。

浩志は、SPを無視して部屋の奥の窓に近づき、レースのカーテンを開け、外の様子を窺った。窓は、セキュリティー上いつもカーテンが閉められているようだ。窓ガラスは当然防弾ガラスなのだろう。外は見えないが、微かにパトカーのサイレンの音がガラス窓から伝わってくる。おそらく官邸の外はけたたましいサイレンの音で騒然としているはずだ。

「ひょっとすると、君が藤堂君かね」

無視をしていたが、総理の方から声をかけてきた。

「そうです」

浩志は、必要最低限に敬意を払って答えた。

「君の名は、内調の室長から何度も聞かされている。状況を君からも説明してくれたまえ」

総理は、革の椅子にもたれたまま聞いてきた。

「彼女から、説明を受けたはずです。この場に留まるなら、敵の襲撃を食い止めなければならないというだけですよ」

はっきり言って、面倒くさかった。それに、体内に残る薬のせいか分からないが、無性に腹が立ち、話していると、目の前にいるこの男を殴ってしまうかもしれない。

「時間がないんだ。美香、SPに通訳してくれ。部屋の前にバリケードを築く。すぐにソファーと家具を廊下に運び出すんだ」

美香はすぐさま強い口調で通訳し、SPらは、慌ててソファーを持ち上げた。

浩志は、先に一人掛けのソファーを廊下に押し出した。途端に、ソファーに銃弾が撃ち込まれた。浩志は、部屋の中からソファーに撃ち込まれた銃弾の状態を観察した。背の部分は貫通したが、座面に当たった弾は、飛び出して来なかった。

「敵の武器は、ハンドガンだけだ。ソファーを積み上げるだけで防げる」

AKなどのアサルトライフルだとしたら、ソファーをいくら積み上げたところで何の役にも立たないが、ハンドガンなら、ソファーを二重、三重に積み上げれば、充分食い止められる。敵は、検問が設けられているため、小さなハンドガンをカメラの機材に隠して持ち込むのが精一杯だったのだろう。

「どんどん、廊下にソファーを放り出せ」

浩志は英語で指示をした。英語なら理解できるらしくSPたちは浩志が廊下に出したソファーを盾にしながら、大小のソファーを廊下に出してバリケードを築いた。

「次は、西側の階段の上にもバリケードを作るんだ」

浩志は、総理の執務机を指差した。

「これも、使う気か？　冗談じゃない。歴代の総理が使った机だぞ。すぐに警官隊が突入してくるはずだ。慌てることはない」

「この官邸は、三階から上の階は外部と完全に孤立した。防火扉や正面玄関のシャッターは、防弾になっているはずだ。救援は期待しない方がいいですよ」

「地下の管理センターで遮蔽（しゃへい）装置を一部起動させたのだろう。大丈夫だ。それぐらいなら、ここからでも解除できる」

総理は、立ち上がって執務机の右隣に置いてある棚の近くの壁を叩いた。すると壁が二十センチ四方にわたって下にスライドした。ボタンが、五つ横に並んでおり、その上にボタンの解説がご丁寧に書き込んである。

「私も使うのははじめてだが、このボタンを押せばすべての遮蔽装置が解除できるはずだ」

遮蔽解除と書かれた赤いボタンを総理は押した。

「おかしいな。ボタンの色は青に変わると聞いていたが」

何度も総理はボタンを押してみたが、ボタンの色は変わらない。

「管理センターが爆発されたから、起動しないのだ。ここに突入するには、正面玄関を爆破するしかない。内部の様子が分からない以上、すぐに突入して来ることはない」

「なっ、何！」

事態をようやく覚った総理は、腰砕けに執務椅子に座り込んだ。

「机を運び出すぞ」

浩志は成り行きを見守っていたＳＰたちに命じた。

ＳＰたちは、他国の代表のものというわけでもないのだろうが、何の躊躇もなく、総理の家財道具を次々と運び出し、まるで薪でも積み上げるように廊下に無造作に置いてバリケードを作り上げた。階段側は、仲間の回収も考え、バリケードと壁の間に一メートルほどの隙間を空けて通路を作った。銃を持っているＳＰを廊下と階段上に一人ずつ見張りにつけた。彼らは、いずれも軍隊経験があるため、なかなか機敏に動いてくれる。

「よし、これなら、闘えるぞ」

浩志は、完成したバリケードを見て、はじめてにやりと笑った。

二

浩志は、韓国のSPたちが総理執務室の前に築き上げたバリケードを点検した。その間も、散発的に銃弾が撃ち込まれてくるが、敵の武器はハンドガンのみと分かっているため、姿を見せない限り無視することに決めた。

「爆弾グマ、トレーサーマン、応答せよ」

下の階で敵の侵入を防いでいるはずの辰也と加藤に連絡をした。

「爆弾グマです。敵を迎撃中」

「そこを捨てて、五階に来るんだ。バリケードを築いた」

「助かった。すぐに行きます」

「コマンド一、応答せよ」

瀬川には、館内放送を止めるように命じたが、まだ連絡がなかった。

「コマンド一です。報告が遅れました。現在、ヘリボーイと館内放送の配線を切断している最中です」

「こちら、ヘリボーイ。たった今、館内放送の基幹配線を切断しました」

田中から、間髪を入れずに連絡が入った。

「コマンド一、ヘリボーイ、針の穴とコマンド二とともに五階の総理執務室に集合。四階と五階に敵が展開している。注意せよ」

「了解。なんとか突破します」

警察は、出入口が遮蔽されてしまったため、対策に苦慮していることだろう。おそらく陸自の特殊作戦群に出動を要請しているに違いない。

「爆弾グマです。これからバリケードを越えます。援護をお願いします」

「リベンジャー、了解」

浩志は、美香と銃を持っている二人のSPに廊下側のバリケードに張り付いて東の敵に対峙するように指示をし、急いで西側の階段の上に積み上げてあるバリケードまで走り寄った。

辰也と加藤が階段下で敵に発砲する姿が見えた。

「二人とも上がって来い！」

浩志は、手を振って叫んだ。

「私も、入れてください！」

突然下の階の階段から男が叫びながら現れた。

「何！」

韓国国家情報院のリュ・ソンミンだった。

「辰也、リュを援護しろ」

辰也は、加藤とリュを背後に回し、MP七A一を連射した。

リュは加藤に守られながら、バリケードの通路を通って五階のフロアーに辿りついた。

「辰也、急げ！」

浩志は叫びながら辰也がバリケードを通過するまで、階段下に威嚇射撃をした。敵はなぜか辰也らに発砲もせず、反撃もしてこなかった。敵の武器はハンドガンだけだが、予備の弾薬も少ないのかもしれない。

「辰也、加藤。二人でここを守ってくれ」

浩志は辰也らに命じ、急いで執務室に向かったリュの跡を追った。

「リュ、今までどこにいた」

浩志はリュの進路を妨げるように前に回り込み、総理や大統領を背にして立った。

「部下の一人が、急に暴れ出して大乱闘になり、五人の部下の大半が負傷してしまったので、二階の小ホールで休ませています。私は、北朝鮮の軍服を着た連中が、大勢押しかけて来たのを見て、慌てて上の階に行こうとしたのですが、武器を持っていないので、さっきまで隠れていたのです。遅いからと言って、そんなに責めないでください」

リュは悪びれる様子もなく答えた。

「部下とは、軍服を着た連中のことか？　地下の危機管理センターを爆破したのはおまえだろ」

「馬鹿な！　すぐに大統領のもとに駆けつけられなかっただけで疑うのですか」

「手を上げて、両足を開け！」

浩志は、強い調子で言った。

「なっ、何ですか、いったい」

「さっさとしろ！」

浩志が命令するとリュは肩をすくめてみせが、次の瞬間目にも留まらない速さで、懐から銃を抜いていた。だが、浩志もほぼ同時にホルスターからベレッタを抜いていた。互いの銃口を相手の顔面に向けていた。

「藤堂さん、銃を下ろしてください」

リュは、ロシア製マカロフの銃口を浩志の眉間に合わせた。すでに安全装置も外してある。

「それは、こっちの言うセリフだ」

浩志はにやりと笑った。

「銃を下ろしなさい」

リュの後頭部を、グロック二九で狙いながら美香は冷たく言い放った。

「日本のＳＰか、気の強い女だ」

「手を高く上げなさい」

　リュは美香の言葉を無視してにやにやと笑っている。

　美香はリュの膝の裏を蹴って体勢を崩し、あっという間に銃を取り上げた。驚くべき早業だった。

「くそっ、女のすることか！」

　リュは、跪いて悔しがった。

三

　総理大臣官邸の周囲の道路は封鎖され、数えきれないほどのパトカーと警察官輸送用の車両が包囲した。一階に詰めていた日韓の記者たちは強制的に官邸から退去させられ、警察のバリケードの外に追いやられた。報道関係者と車両が遠巻きに取り囲んでいるが、警察車両は続々と増え続け、報道関係者を蹴散らすようにバリケードは拡大している。さらに、官邸に通じるあらゆる道路で警察車両による渋滞がはじまっていた。

　リュは、マカロフを美香に取り上げられても落ち着いた様子で執務室の中央に立っていた。

「リュ、部下に降参するように言うのだな」

浩志はベレッタを構えたままリュに言った。

「私は、国家情報院の情報事務官だ。これ以上無礼な真似をすると国際問題になるぞ」

リュは、韓国語で大統領とSPに何か言った。すると大統領は、激しい口調で浩志と美香に抗議をしてきた。

「黙りなさい。ソン・ジェデク！　〝死線の魔物〟の指揮官はあなたね」

美香は、鋭い声で言った。

「なっ！」

リュが両目を吊り上げた。

「私は、国家情報院のリュ・ソンミンの経歴を調べた。すると六年前、交通事故で大怪我をして、顔面を整形手術していることが分かった。その事故の翌日、北朝鮮の工作員ソン・ジェデクは、自殺を図っている。だが、それは偽装、あなたは、事故を起こしたリュ・ソンミンを殺し、線路の上に置いたのよ」

浩志は、やはりそうだったのかと美香の話に納得した。予想はしていたが、決め手がなかった。

「馬鹿馬鹿しい。安っぽいテレビドラマを見ているようだ。証拠はあるのか。第一それが分かっているのなら、どうして事前に拘束しなかったのだ」

「携帯が使えないから、さっき総理のホットラインを借りて結果を聞いたの」

「なっ、何を聞いたのだ」

「三日前、あなたは襲われて怪我をしたでしょう。もっともあれも偽装だったようだけど。あなたの血液のサンプルを韓国の情報院に送っていたの。七年前のリュと現在のあなたのＤＮＡを比較したら、まるで別人だった。情報院に直接調べてもらったから間違いないわ。韓国に帰れば、あなたはスパイと殺人罪で捕まるわよ」

美香は、韓国語で大統領に手早く説明した。すると大統領とＳＰたちは驚きの声を上げた。

「馬鹿馬鹿しい。保管されていたＤＮＡが本当に私のものという保証はあるのか」

「往生際が悪いわね。それなら、原宿殺人事件で摘出された犯人の指紋と一致したというのはどう？　別にリュでもソン・ジェデクでもどちらでもいいわ。あなたは日本の警察に殺人罪で逮捕されるだけよ」

「なっ……」

これには、リュだけでなく浩志も驚かされた。

「警視庁に指紋のデータを渡したのか」

浩志は思わず口を挟んだ。

「その逆、警視庁から指紋のデータを貰うのに手間がかかったけど、国の機関で調べてもらったの。その結果もさっき聞いたばかりよ」

「馬鹿な。いったいいつ私の指紋や血液を採取したというのだ」

美香は、銃を構えたまま、後ろにまとめた髪をほどき、メガネを外した。

「おまえは、あの店のママなのか！」

リュは、振り返って美香の顔をしげしげと見つめた。

「女は、昔から化けるって言うでしょう。あなたが血を拭った私のハンカチを捨てずに保管しておいたの。指紋はグラスから採取できたわ」

美香は、にやりと笑ってみせた。

「だが、あの時点で怪しまれるはずはない。調べるのなら、疑問を抱くきっかけが何かあったはずだ」

「あなたは、怪我をして私の店に来た。私は韓国語で大丈夫かと聞いたら、あなたは、〝イルオプソ〟と答えたわ」

「なんと……そうだったのか。迂闊だった。日本人にいきなり韓国語で聞かれたので、きっと無意識に答えていたのだ。……まいったよ。確かに、私は、ソン・ジェデクだ」

ソン・ジェデクは、諦めの表情で名を名乗った。

「どういうことだ？」

美香とソンの会話が見えないため、浩志は尋ねた。

「韓国で、大丈夫と答える時は、〝クェンチャナヨ〟と答えるの。〝イルオプソ〟は、ほっとけとかうるさいとかいう意味になる。しかし、北朝鮮では〝イルオプソ〟は、大丈夫という意味らしいわ」

「まったく、同じハングル語でも南北で半世紀以上も分断されれば、言葉の意味も変わってくる。日頃、北朝鮮の方言には細心の注意を払っていたのに日本では気が緩んだらしい」

ソンは溜息混じりに言った。

「よく、そんなことまで知っていたな」

浩志が、ソンを疑い出したのは、ハンと別れ際に酒の飲み方を聞いてからだった。

「北朝鮮を分析する資料に書いてあったの。おもしろいからいくつか覚えていたのが役にたったわ」

美香は涼しい顔で答えた。

「そうか、私は演技をしたつもりで、逆に墓穴を掘っていたのか。これまで誰一人、私の真の姿を見破る者はいなかったのに、スナックのママに化けた日本の情報員にばれるとは傑作だ」

ソンは、腹を抱えて笑った。開き直ったのか、この期に及んで余裕のある態度だ。

「笑ったら、暑くなった。ジャケットを脱がせてもらうよ」

ジャケットを脱いだソンの体には、爆弾と思われる物が巻き付けられ、赤や青のリード線が胸元の装置に繫がっていた。

「これは……」

どよめきが起こった。

「さて、形勢逆転ということかな。動くなよ。いつでも爆発させられるからな」

いつの間にか、ソンは右手に起爆装置のような小さな黒い箱を握り締めていた。

「動くな、ソン。本物かどうか確かめる。辰也、こっちに来い！」

浩志は、ベレッタを構えたまま辰也を呼んだ。

「あれっ！」

辰也は、部屋に入るなり、リュよりも美香がこの場にいることに驚いたようだ。

「辰也、爆弾を調べるんだ」

浩志に言われて、辰也はリュの体に巻き付けられた爆弾を念入りに調べた。その間、リュは調べやすいように両手を上げる余裕を見せた。

「これは、まずいですよ。爆薬は、C４で、間違いなくこの部屋ごと吹き飛ばします。さらにまずいのは、背中にある小さな機械ですが、これは爆薬を取り外そうとすると働くセンサー付きの起爆装置です。センサーは、同時に激しく動いても振動を感知しますので、要注意です」

「センサーを切断できないのか」

「それが、センサーの起爆リードは、前のこの機械に繋がっていて、どの線を切っても、今度はこっちの時限装置が作動します。要は何をやっても爆発する仕組みになっています」

辰也は、溜息をついて首を振った。

「すばらしい。さすがに君の部下はエキスパート揃いだ。私が言っても信じてもらえるか心配だったが、これで説明が省ける。立場が逆転したことを理解してもらえたかな。ママさん、すみませんが、今のを大統領とSPに説明してもらえますか。私より女性のあなたが説明した方が、説得力がありますからね」

ソンは、美香に馬鹿丁寧に頭を下げてみせた。

美香はすぐさま韓国語で説明し、SPたちは顔を見合わせ、大統領は生唾を飲み込んだ。

ソンは満足そうに笑顔を浮かべながら、大統領に近づき肩を組むように左手を大統領の背中に回した。

「辰也、もし、背中のセンサーの線を切ったら、時限装置のカウントはどうなる」

浩志は、辰也の耳元でささやいた。

「おそらくカウントは、五、六十秒でしょう。もしすぐ爆発させるなら、時限装置はつけません。たぶん、カウントがはじまったら、爆弾を脱ぎ捨てる時間を設けてあるはずです。もっともあれを外すには、そうするしか方法はないでしょう」

脱ぎ捨てるだけなら三十秒もいらないが、逃げるのなら、さらに二、三十秒は必要になる。一見捨て身の自爆テロに見せかけておきながら、安全策を講じているようだ。

「俺は右手、おまえはリードだ」

浩志は、小声で手短に命じた。

「了解!」

「ソン、実は、俺もおまえを見破っていたのだ。悔し紛れに言うのじゃないぞ」

「藤堂、いい加減に銃を捨てろ。他の者も同じだ」

ソンは、日本語と韓国語で命じてきた。

浩志は、ベレッタを床に置き、ゆっくりとソンに近づいた。

「ハンに、おまえの酒の飲み方はおかしいと言われた。おまえの酒の飲み方は朝鮮人の飲み方だと言っていたぞ」

ソンは、首を傾げた。五反田の須賀川で酒を酌み交わした時のことを思い出せないようだ。

「韓国では、酒が残ったグラスに注ぎ足しはしないそうだ」

浩志は、酒を注ぐ真似をしながらさらに二歩ソンに近づいた。

美香が、浩志と反対側に突然歩き出した。

「女！　動くな」

ソンが美香に視線を移した隙に、浩志はすばやくソンの右手をねじ上げ、辰也は背後にまわりポケットから、自慢の折りたたみナイフを取り出してソンの背中のセンサーのリード線を切断した。

「なんてことを」

ソンは、絶句した。

胸の時限装置に五〇と数字が浮かび、すぐに四十九になった。

「逃げろ！　全員逃げろ！」

浩志は、ソンの腕を取ったまま大声で叫んだ。

ＳＰは慌てて大統領を外に連れ出し、総理も叫びながら部屋を飛び出した。

「浩志！」

美香が悲痛な声を上げた。

「大丈夫だ。すぐ後から行く！　行け！」

美香は、首を振って立ち去ろうとはしない。

「藤堂さん、私がこいつを押さえています。先に行ってください！」

辰也がソンを羽交い締めにした。

「辰也、頼む！　美香を連れて行ってくれ」

カウントが三〇を切った。

「しかし」

「友人として頼まれてくれ。俺は死なない」

「藤堂さん」

辰也は頷き、美香の腕を引っ張った。

「加藤！」

出入口で困惑の表情を浮かべて立っていた加藤も、頷いてみせた。

カウントは、二〇。もう待てない。

「行け！」

浩志は叫んだ。

「いや、浩志！　止めて！　浩志！」

泣き叫ぶ美香を辰也と加藤が抱きかかえて外に出て行った。

時限装置の数字は一〇を切り、一桁のカウントダウンに入った。

階段上のバリケードに通路を作っておいたのは正解だった。先に逃れた総理や韓国大統領も階下の安全圏に逃れただろう。美香の叫び声も小さくなった。辰也と加藤は、彼女を担いでバリケードを抜けたに違いない。銃声が聞こえないところをみると敵の姿もないようだ。

浩志は、ほっとして時限装置を見た。

まさにカウントは、一から〇に変わるところだった。

四

警察車両と機動隊、それに狙撃銃を持ったSATチームなど、アリの這い出る隙間もなく総理大臣官邸を取り巻いた。さらに報道関係者に野次馬、その数五千人は下らないだろう。そして、テレビカメラに映し出された映像は、実況中継され、何千万という国民が見守り、いち早く駆けつけた米国や韓国などの海外メディアが、衛星生放送を開始した。世界中が見守る中、官邸の五階、総理大臣執務室は大爆発を起こした。

総理大臣や韓国の大統領とその関係者は、寸前のところで階下に脱出し、難を逃れた。

一方潜入した北朝鮮の軍服を着ていた男たちは、爆発前に五階の東側の階段に集結していた。彼らは何を思ったのか、爆発した総理大臣執務室の前を通り、官邸の西側にある屋上のヘリポートに移動を開始した。

「おまえの狙いは、大統領じゃなかったのか」

隊列を作って目の前を通り過ぎて行く軍服姿の男たちを見ながら、浩志は言った。

「日本と韓国を震撼させる事件を起こせば、それでよかったのだ。別に首脳を殺すつもりはなかった。官邸を爆破し、彼らを殺す目的があった事実さえ残せれば充分だ。北朝鮮が日韓の最高責任者を狙った歴史上まれに見る凶悪なテロ事件として世界中に広まる」

ソン・ジェデクは、遠くを見るような目つきで答えた。その横顔には、〝死線の魔物〟と呼ばれる特殊部隊の指揮官とは思えぬ、穏やかな表情を見せていた。

ソンの体に巻き付けられた爆弾の時限装置のカウントが〇になった瞬間、カウントは再び三〇という数字に戻った。周囲の敵を排除してから逃げるようにセットしてあったのだろう。ソンは、その時点ではじめて爆弾を着脱し、浩志を誘うように階下ではなく、屋上のヘリポートに通じる西側通路に逃れた。その際、爆発から浩志を庇い、背中に爆発物の破片が背中に刺さり負傷していた。

「それにしても分からない。結局、おまえの起こした事件は、なんだったのだ。キム・ギョワンの復讐だけじゃなさそうだな」

「さすがだな。キム少将のことも調べていたのか。どうやら、私はあなたのことを見くびっていたようだな。日本政府が極秘に任務を出す傭兵部隊の指揮官ということは以前から知っていた。だが、偶然とはいえ、原宿の事件に関わって来るとは思っていなかった。そこで、逆にあなたやハンを利用しようと考えたのが、間違いだった」

「谷中のよみせ通りと巣鴨の地蔵通り商店街の事件もおまえが指揮したのか」

リュに成り済ましたソンを疑いつつも、無関係な人々を巻き込んだ商店街の事件と彼が結びつかなかった。

「言い訳をするつもりはないが、私の部下が勝手に実験をしたのだ。故国の窮乏を知っている彼らにとって日本の平和な街が妬ましさを通り越し、憎かったのだろう。彼らは全員脱北者だが、子供のころから反日教育を受けているので分かる気がする。罪もない人々を巻き込んで本当にすまないと思っている」

屋上に向かう兵士の一人が、ソンの前に立って敬礼をし、折り畳まれた軍服をソンに手渡した。

「藤堂さん、彼らの勇姿を見てくれないか」

官邸の上空には、おびただしい数の警察や報道機関のヘリコプターが飛んでいる。望遠カメラで写されれば特定されてしまう。浩志は、せめてもと思い、SATのタクティカルベストを脱ぎ、サングラスをかけた。

屋上に上がる階段の下で、ソンは、軍服に着替え、最後に軍帽を被った。

「彼らは、いったい何をするつもりだ」

「クーデターの締めくくりだ」

「クーデター？　これがクーデターだと、しかも他人の国だぞ」

浩志は、鼻で笑った。

「私の尊敬するキム・ギョワン少将は、国を憂い、中国のように改革開放政策をするように提案していた。その結果、暗殺された。私は、少将が将来、軍の幹部になり、国を変えると信じていただけにショックだった」

「やはり、キムは暗殺されたのか」

「もはや改革開放政策ではあの国は変わらない。というより、国家体制を崩壊させ、人民を奴隷生活から解放するには、クーデターしかないのだ。だが、過去何度かクーデターは行なわれたが、その都度鎮圧され、関係者は処刑された。そこで、国外でクーデターに匹敵する国家転覆を計画したのだ。それには、国の闇資金を絶つことからはじめた」

〝死線の魔物〟に襲撃された工作員は、やはり北朝鮮に闇の資金を送金していた。ソンは、闇資金のルートを長年にわたって潰し、北朝鮮の外貨を枯渇させようとしていた。

「国の資金はある程度底を尽きはじめた。だが、人民の困窮状態は、待ったなしの状態になってしまった。そこで、日本で軍事行動を起こそうと思った。むろん総書記の命令で我々は動いていると思わせるためだ。命令書はもちろん偽物だが、私が持っている」

「なるほど、凶悪なテロ行為をする北朝鮮への制裁に中国やロシアも全面的に加わり、体制は揺らぐわけだ。ひょっとして、米国が安保を盾にして、北朝鮮を空爆するかもしれないな」

中国が北朝鮮への石油を完全にストップさせれば、備蓄のない北朝鮮はあっという間に壊滅すると言われている。だが、現段階でそうしないのは、中国に大量の難民が押し寄せてくることを恐れているからだという。中国は、核爆弾よりも難民による暴動や経済への悪影響を恐れているのだろう。また、韓国に統一された場合、中国国境付近に米軍基地ができるのを嫌っているということもあるらしい。

「そうなれば崩壊は早いが、米国に期待するだけ無駄だろう。だが、今度の事件で軍部もさすがに政権を見放すだろう。世襲ではなく変わって軍部が政権を担うことになる。だが軍部に政権を維持する能力はない。そうすれば、加速度的に国は崩壊するはずだ。韓国に併合されるのも遠くないはずだ。国民は、そこではじめて救われるだろう」

屋上に頭だけ出した。すると、一辺が十メートル近い巨大な北朝鮮の国旗を十六人の兵士が拡げて整列しているのが見えた。彼らは、上空から国旗が撮影され、映像が全世界に配信されるように行動しているのだ。

「ソン、〝死線の魔物〟とは、結局なんだったのだ」

初めからクーデターを起こすために結成されたというのだろうか。

「自動車事故を利用して、リュ・ソンミンになり替わったときに私に付けられたコードネームが〝死線の魔物〟だった。そのころから、韓国で脱北者の若者を教育し、私の仕事を手伝わせた。やがて彼らも含めて、〝死線の魔物〟と呼ばれるようになったのだ。部隊を強く見せるために、工作員の間で噂を流したり、殺し方を統一するなど、工夫したわけだ。すると軍部から、さまざまな指令を受けるようになった」

「それで工作員の間で恐れられるようになったのか」

「だが、私は若者と行動するうちに、国に疑問を持つようになった。彼らも同じだった。やがて心が一つになり、いつかクーデターを起こそうと、決意したのだ。藤堂さん、あなたはこれ以上、身をさらさない方がいい」

ソンは、屋上に上がり、身なりを正した。軍服の背中にははやくも血が滲み出しているが、ソンは気に留めることもなく背筋を伸ばしている。

「ソン、俺に詳しく話して、生かしといていいのか。クーデターではなく、飽くまでも本国からの命令によるテロ行為として処理されなければ意味がないだろう」

「あなたは、誰にも話さない。あなたはそういう人だ」

「買い被り過ぎだ」

浩志は苦笑いをした。

「一緒に酒を飲めば、人柄が分かる。違いますか」

浩志は頷き、ポケットから歌舞伎町の工作員のアジトで見つけた勲章をソンに渡した。

「私にとって、これは屈辱の勲章だった。なぜなら、命令とは言え裏切り者とされた脱北者を何人も暗殺して授与されたものですから。だから、ハンを嵌めるために惜しげもなく使うことができた。しかし、あなたから貰ったことで記念になった。ありがとう」

ソンは、大切そうにポケットに仕舞った。

「結末は変えられないのか？」

「〝死線の魔物〟というコードネームを付けられた時にすでに運命は決まっていたのです。もう行きますよ、彼らが待っている。最後にあなたと話ができてよかった」

ソンはにこりと笑って回れ右をし、兵士の元に歩いて行った。

ソンが国旗を前に敬礼すると、兵士たちは敬礼を返して国旗を足下に下ろした。国旗は、ヘリポートのほぼ中央に位置するように置かれている。上空から見ると、まるで総理大臣官邸が北朝鮮の兵士に占拠されたように映るだろう。

ソンが、号令をかけた。すると兵士は、それぞれ対面の兵士に銃を向け、次の号令で一斉に発砲した。兵士は、まるで花が開くように、国旗を中心に外側に倒れた。

ソンは敬礼して一人一人傷の状態を調べ、傷が浅い者は、自分の銃で留めをさした。一周して、兵士全員の死を確認すると、ソンは起立した。

「……、万歳（まんせい）！　……、万歳！」

ソンは大声で叫びながら、万歳をしたが、低空飛行をする警察ヘリの爆音にかき消された。おそらく国家を称賛する言葉でも叫んだのだろう。彼の最後の演技に違いない。そして、ソンは自らのこめかみに銃口を当て、ためらうことなく引き金を引いた。

浩志は、血しぶきを上げて一人の革命家がヘリポートに崩れて行く様を見届けた。

五

総理大臣官邸を北朝鮮の正規の軍人が占拠し、一時は総理大臣と韓国の大統領を巻き込む自爆テロ寸前だったという衝撃的ニュースは世界中を駆け巡った。だが、肝心の北朝鮮は、日本と韓国の陰謀だと逆に両国政府を名指しで非難した。濡れ衣だから仕方がないのだが、彼らの詭弁を信じる者はまずいないだろう。だが、この事件は、北朝鮮の政権にボディブローのように効いたに違いない。政権がどう移行しようとも、影響は免れないに違いない。

浩志は、事件の二日後、何食わぬ顔でミスティックのドアを開けた。いつものように看板娘の沙也加の挨拶が聞こえるかと思いきや、

「いらっしゃい」

美香が、カウンターの中から満面の笑みを浮かべて挨拶をしてきた。

午後八時、奥のテーブル席に客は八人ほどと、カウンターに三人。幸いお気に入りのカウンター席は空いていた。

「いらっしゃいませ」

厨房から、沙也加が両手に鳥の唐揚げを載せた皿を持って現れた。いつもと変わらない風景にほっとさせられる。

何も言わないでも、美香は、ストレートグラスにターキーをなみなみと注いだ。

「お腹空いている?」

「腹ぺこだ。さっき俺の目の前を通り過ぎて行ったのが食いたい」

美香は、時計を見て首を傾げた。

「おいおい、まだ八時だぜ」

「今日は、許してあげる。おじさんは、あんまり脂っこいものを夜遅く食べちゃだめよ」

健康管理といって、美香はいつもうるさく言う。この店でなければ、寝る前でもステーキが食べられるものをとよく思う。

事件当日、ソン・ジェデクの自殺後、浩志は死体や怪我人が転がる官邸をあてどもなく歩いた。脱出しようとも考えなかった。というより、頭の中は真っ白で、何も考えられなかった。足の赴(おもむ)くまま歩いていると、浩志を探していた辰也と美香に出会った。美香に飛びつかれるように抱きしめられ、はじめてすべて終わったことに気が付いた。

任務に就いたときのように、SATに扮して帰れるのかと思ったが、報道陣に見られるとまずいということになり、急遽、救急車に乗せられ、現場を離れた。まるで犯人を扱うように病院からさらに公安が用意した車で内調のビルまで戻り、そこでやっと解放された。

「はい、お待たせ」

事件のことを思い出しながら、ターキーを呷っていると、いつの間にか、カウンターに鳥の唐揚げとガーリックライスにサラダが載っていた。

「これは、ごちそうだ」

浩志は、舌鼓を打ちながら箸を進めた。ジューシーな鳥の唐揚げと、ニンニクと醬油で味付けたガーリックライスがたまらない。

ソン・ジェデクの体に巻かれた爆弾が爆発する寸前、美香が浩志の名を泣きながら呼んでいたのが、未だに耳に残っている。死を覚悟し、美香の叫び声で心が張り裂けそうになった。あの時の感情はいったいなんだったのだろう。

「何、考えているの」

美香が覗き込むように顔を近づけてきた。

抱きしめたいという誘惑を抑えた。

「いや、何でもない」

深く考えるのは、止めておこう。

美人が目の前にいて、うまい酒が飲める。それだけで充分だ。

この作品はフィクションであり、登場する人物および
団体はすべて実在するものといっさい関係ありません。

一〇〇字書評

切り取り線

購買動機（新聞、雑誌名を記入するか、あるいは○をつけてください）

□（　　　　　　　　）の広告を見て	
□（　　　　　　　　）の書評を見て	
□ 知人のすすめで	□ タイトルに惹かれて
□ カバーがよかったから	□ 内容が面白そうだから
□ 好きな作家だから	□ 好きな分野の本だから

●最近、最も感銘を受けた作品名をお書きください

●あなたのお好きな作家名をお書きください

●その他、ご要望がありましたらお書きください

住所	〒				
氏名		職業		年齢	
Eメール	※携帯には配信できません		新刊情報等のメール配信を 希望する・しない		

あなたにお願い

この本の感想を、編集部までお寄せいただけたらありがたく存じます。今後の企画の参考にさせていただきます。Eメールでも結構です。

いただいた「一〇〇字書評」は、新聞・雑誌等に紹介させていただくことがあります。その場合はお礼として特製図書カードを差し上げます。

前ページの原稿用紙に書評をお書きの上、切り取り、左記までお送り下さい。宛先の住所は不要です。

なお、ご記入いただいたお名前、ご住所等は、書評紹介の事前了解、謝礼のお届けのためだけに利用し、そのほかの目的のために利用することはありません。

〒一〇一-八七〇一
祥伝社文庫編集長　加藤　淳
☎〇三(三二六五)二〇八〇
bunko@shodensha.co.jp

祥伝社ホームページの「ブックレビュー」からも、書き込めます。
http://www.shodensha.co.jp/bookreview/

死線の魔物（しせんのまもの）　傭兵代理店（ようへいだいりてん）　長編ハード・アクション

平成22年2月20日　初版第1刷発行

著　者　渡辺裕之（わたなべひろゆき）

発行者　竹内和芳

発行所　祥伝社（しょうでんしゃ）
東京都千代田区神田神保町3-6-5
九段尚学ビル　〒101-8701
☎ 03（3265）2081（販売部）
☎ 03（3265）2080（編集部）
☎ 03（3265）3622（業務部）

印刷所　萩原印刷

製本所　積信堂

ISBN978-4-396-33552-6　C0193

祥伝社のホームページ・http://www.shodensha.co.jp/